Franziska Erhard

# Dieser Moment, als Santa Claus mein Wohnzimmer putzte

## Und mein Herz verrückt wurde

# DAS BUCH

Verdammt! Wo ist nur das Loch, in dem ich verschwinden kann, wenn ich es wirklich mal brauche? Zum Beispiel in dem Moment, als mir klar wurde, dass dieser attraktive Santa, der eben fröhlich summend den Wohnzimmerboden geputzt hat, gar kein Fiebertraum war, sondern mein neuer Chef? Woraus folgt, dass ich somit auch nicht Santa Claus gebeten habe, endlich die wahre Liebe vorbeizuschicken, sondern ausgerechnet den Mann, der mein Herz immer mehr in Aufruhr versetzt? Wenn man dann wie ich auch noch die eindringlichen Warnungen in den Wind schlägt, die weithin bekannte Hilfsbereitschaft dieses Kerls bloß nicht mit Zuneigung zu verwechseln, dann wird es wirklich Zeit für das Loch – oder ein Weihnachtswunder. Denn sonst könnte auf den schönsten Advent ever das einsamste Weihnachtsfest folgen, das ich je erlebt habe.

# DIE AUTORIN

Franziska Erhard schreibt seit 2015 Liebesromane und romantische Komödien. Ihre Geschichten bezauberten seither unzählige Leserinnen und stürmten immer wieder die Bestsellerlisten. Fesselnd, klug, mit Humor und Augenzwinkern, aber auch stets mit einem tieferen Hintergrund, entführt sie in Welten, die lange nachklingen. Nicht umsonst lautet ihr Motto: »Geschichten, wie sie das Leben schreibt. Nur romantischer. Und schöner.«

# Dieser Moment, als Santa Claus mein Wohnzimmer putzte

## und mein Herz verrückt wurde

Franziska Erhard

1. Auflage Oktober 2023


Korrektorat: Doris Eichhorn-Zeller / www.perfekte-texte-coburg.de
Cover/Umschlaggestaltung: Buchgewand / www.buch-gewand.de

Ich freue mich über jede Rückmeldung.
Schreibt an franziska.erhard@gmx.de
Oder besucht mich auf Facebook:
Franziska.Erhard.Autorin

# Prolog

Dieser Moment, als ich die Augen aufschlug und Santa Claus mein Wohnzimmer putzen sah, war zwar nicht ganz der Anfang dieser Geschichte, aber es war der Moment, in dem ich mich erstmals fragte, ob ich jetzt auch noch verrückt wurde. Würde ja zeitlich passen, denn aktuell schien mein Verstand das Einzige an mir zu sein, das nicht in irgendeiner Weise Blessuren davongetragen hatte. Ich steckte nämlich gerade in einer Phase, die Psychologen optimistisch als »herausfordernd« bezeichnen, die ich aber ganz profan »beschissen« nennen würde. Auch wenn ich es normalerweise recht gut hinbekomme, dieses »Nach vorne sehen und Chancen erkennen, wenn sie sich uns bieten« zu leben, waren es jetzt gerade ein paar »potenziell positive Gelegenheiten« zu viel, um nicht doch dem Frust nachzugeben. Oder sich eben einzubilden, dass ein attraktiver Weihnachtsmann aufgetaucht war, um dir deine sehnlichsten Wünsche zu erfüllen und nebenbei auch noch den längst überfälligen Weihnachtsputz zu übernehmen.

Vielleicht sind es einfach die Schmerztabletten, dachte ich und streckte mich ein wenig. Es tat weh und ich stöhnte unwillkürlich auf.

»Alles klar?«, fragte Santa besorgt und schaltete den Staubsauger aus, mit dem er eben meinen Boden bearbeitete. »Bin ich zu laut? Ich kann auch erst die Spülmaschine ausräumen.«

»Nein, alles gut«, murmelte ich und beschloss, ihn einfach machen zu lassen. Meine Wohnung hatte einen putzwütigen Weihnachtsmann leider ziemlich nötig und zudem war er ja eh nur ein Produkt meiner Fantasie. Oder der Tabletten, aber das kam vermutlich auf das Gleiche heraus.

»Brauchst du was? Kann ich etwas für dich tun?«

»Oh ja. Da fiele mir eine Menge ein.« Ich sprach leise, denn mein Hals tat immer noch ziemlich weh. Und ich war müde, so müde! Ich kämpfte gegen den Drang an, einfach die Augen zu schließen. Wenn ich schon mal in den Genuss eines dermaßen ansprechenden Fantasieproduktes kam, dann wollte ich das ausgiebig genießen. »Wenn du mit dem Putzen der Wohnung fertig bist, dann könntest du in meinem Leben weitermachen. Da gibt es einen miesen Typen, der dringend mal zurechtgeputzt werden müsste. Und mein Herz gehört endlich geklebt. Ach, und wenn du schon mal hier bist, nimmst du dann auch gleich meinen Wunschzettel mit? Ich habe ihn allerdings noch nicht geschrieben. Ich komme einfach nicht dazu. Du siehst es ja selbst, ich komme im Moment zu gar nichts. Aber es ist nicht viel, versprochen. Du kannst es dir bestimmt merken. Das Einzige, was ich mir wünsche, ist nämlich, endlich die wahre Liebe zu finden. Ein netter, ganz einfacher Mann, der zur Abwechslung mal kein Arschloch ist und mich so liebt, wie ich bin. Und der das Gleiche darunter versteht wie ich, wenn man sagt, man will nur ein wenig Freude in das Leben eines einsamen Menschen bringen.« Ich hustete und schniefte undamenhaft, weil es mir zu mühsam war, nach einem Taschentuch zu tasten. »Das kann doch nicht so schwer sein. Ich bin doch nett, oder? Ich bemühe mich zumindest, nett zu sein. Klar, ich bin keine superheiße Traumfrau, aber das sollte doch zweitrangig sein, nicht? Mir ist das zweitrangig. Also, ob er blond oder schwarzhaarig ist oder ob seine Zähne ein bisschen schief sind. Ich will gar keinen Supertypen. Er muss nicht so gut aussehen wie du.« Ich sah ihn mit fiebrigen Augen an und versuchte erst gar nicht zu verbergen, dass mir seine Erscheinung ziemlich gut gefiel. Es fiel mir zunehmend schwerer, die

Lider offen zu halten, um mich an ihm zu erfreuen. Ich spürte, dass der Drang, sie zu schließen, immer übermächtiger wurde und bemühte mich, meinen Wunsch rasch fertig zu formulieren. »Auch wenn ich nichts dagegen hätte, wenn er deine Fähigkeiten im Haushalt mitbrächte. Und dein Lächeln, das ist nämlich sehr nett. Überhaupt scheinst du ein geeigneter Kandidat zu sein. Ich vermute aber, dass du nicht zur Wahl stehst, was? Nein, klar, du hast ja einen Job und gar keine Zeit für so was. Schade!« Ich starrte ihn noch einen Moment an, dann seufzte ich leise. »Aber vielleicht findest du einen, der mich haben will. Einfach einen netten Mann, der mich liebt und nicht betrügt und der da ist, wenn ich abends in diese leere Wohnung komme. Bitte. Das wäre wirklich schön. Kannst du das hinbekommen?«

Santa schien mich einen Moment anzusehen, so als müsse er abwägen, ob das zu schaffen sei. Dann nickte er und räusperte sich.

»Es dürfte kein Problem sein, einen Mann zu finden, der dich liebt, Fine. Du bist ein Mensch, bei dem man nicht umhinkommt, Gefühle zu entwickeln, ob man das will oder nicht.«

Ich seufzte glücklich. Und dann gab ich nach und ließ mich wieder in die gnädige Welt des Schlafes gleiten.

# Kapitel 1

Ich glaube, ich muss mich korrigieren. Es war dieser Moment, als ich das nächste Mal aufwachte, in dem ich mich fragte, ob ich jetzt wirklich verrückt wurde. Ich öffnete die Augen und streckte mich vorsichtig. Noch immer tat jede Faser meines Körpers weh. Ich unterdrückte ein Stöhnen und spürte, wie sich mein Hals bemerkbar machte, einfach nur, weil ich schluckte. Dann richtete ich mich mühsam in eine sitzende Position auf und bemerkte das Dilemma. Meine Wohnung war definitiv sauber. Okay, immer noch nicht wirklich aufgeräumt, aber unbestritten sauberer als heute Morgen. Langsam machte ich mich ans Aufstehen und nahm vorsichtshalber beide Hände zu Hilfe, um meinen rechten Fuß auf den Boden zu bekommen. Der steckte nämlich seit einigen Stunden in einer dieser Stiefel-Gehhilfen und tat jetzt, wo die Schmerzmittel allmählich nachließen, auch wieder ordentlich weh. Ich brauchte ein bisschen, bis ich stand und es gewagt hatte, das Gewicht auf diesen Fuß zu verlagern. Vorsichtig humpelnd, mit langen Pausen auf dem gesunden Fuß, machte ich mich auf den Weg in Richtung Küchenzeile. Auch hier eindeutig eine klare Verbesserung. Das schmutzige Geschirr war verschwunden, das Becken war poliert. Ich öffnete die Spülmaschine, aus der ein frischer Geruch strömte, die aber nur noch wenig Wärme abgab. Sie musste gelaufen sein, und zwar schon vor einer Weile. Mit dem Geschirr, das sich bisher hier gestapelt hatte. Was hieß, dass sie zuvor endlich ausgeräumt worden war. Die Arbeitsfläche blitzte sauber und krümelfrei und sogar der

Mülleimer war geleert worden. Ich griff mir an den Kopf, der noch immer dröhnte und sich vor allem in einer Watteschicht zu befinden schien. Es war nahezu unmöglich, einen vernünftigen Gedanken zu fassen, geschweige denn, mich zu erinnern, wann ich um Himmels willen das Kunststück fertiggebracht hatte, hier aufzuräumen. Vielleicht waren diese Tabletten, die ich heute Morgen im Krankenhaus bekommen hatte, doch nicht so schlecht. Sie benebelten zwar den Verstand, aber scheinbar wurde man damit zu Wonder Woman, die mal eben mit einem frisch gebrochenen Mittelfußknochen und einer fetten Erkältung die Wohnung putzte. Mein Blick fiel auf die leere Obstschale und den Kürbis, der daneben lag und den ich eigentlich am Wochenende zu einer Suppe hatte verarbeiten wollen. Seit wann trug der eine Weihnachtsmannmütze? Ich musste lächeln, denn es sah niedlich aus. Ich hatte dem Kürbis sogar ein Gesicht aufgemalt, mit einem grinsenden Mund und einem zwinkernden Auge. Herrje, was ich alles tat, wenn ich nicht ganz in der Spur war. Dann zuckte ein anderer Gedanke durch die Watte in meinem Kopf. Santa! Nun, jetzt wurde mir einiges klar. Ich hatte die Mütze auf dem Kürbis platziert und mein umnebeltes Gehirn hatte diese Sache auf recht kuriose Weise verarbeitet. Es hatte mir – vielleicht als Belohnung für das tapfere Putzen – nette Träume geschenkt, in denen der Kürbis echt wurde. Wie im Märchen, dachte ich versonnen. Oder eben im Fiebertraum, denn das war es ohne Zweifel gewesen. So verrückt konnte die Welt über Nacht einfach nicht werden, dass einem so etwas passierte.

Langsam und ein wenig nervös humpelte ich zum Tisch hinüber, auf dem meine Thermoskanne und eine Tasse standen. Eine saubere Tasse, noch eine Tatsache, über die ich gerade nicht nachgrübeln konnte. Ich ließ mich auf einem Stuhl nieder und griff nach der Kanne. Schwer, also offensichtlich gefüllt. Nachdenklich schraubte ich sie auf und der scharfe Geruch von Thymiantee, eines meiner

Hausmittel und gut bei grippalen Infekten, drang mir in die Nase. Ich goss etwas davon in die Tasse und nahm einen vorsichtigen Schluck. Dann strich ich mir erschöpft mit der Hand über die warme Stirn. Ich hatte immer noch Fieber, wie es schien. Kein Wunder, bei dieser miesen Erkältung, die mich seit Tagen im Griff hatte. Mein Fuß pochte, um auf sich aufmerksam zu machen und mich daran zu erinnern, dass es ihn auch noch gab. Was war ich doch für ein Wrack, dachte ich kopfschüttelnd. Aber ein geniales. Eines, das im Fieberwahn mal eben seine Bude auf Vordermann brachte. Dann klingelte das Handy und ich schielte auf das Display. Es war Lia, meine Kollegin, und ich nahm den Anruf an.

»Hey, Fine. Ich wollte nur mal schnell hören, wie es dir geht«, kam ihre vorsichtige Stimme aus dem Apparat.

»Danke. Ganz gut.«

Sie lachte. »Bestimmt nicht nach diesem Tag. Und ich will es wirklich wissen, also sag die Wahrheit.«

Automatisch verzog sich mein Mund zu einem schwachen Lächeln. Auch wenn ich Lia noch nicht lange kannte, war sie bereits eine gute Freundin geworden. Sie war mir vom ersten Moment an sympathisch gewesen, wie eigentlich alle neuen Kollegen. Aber mit Lia passte es besonders gut.

»Ich fühle mich wie durch den Wolf gedreht. Und gleichzeitig komplett in Watte gepackt. Also, mein Körper ist durch den Wolf gedreht und mein Kopf in Watte. Sorry, ich rede nur Mist.« Ich stieß die Luft aus. »Ich bin einfach kaputt.«

»Kein Wunder. Seit Tagen schleppst du dich mit einer fetten Erkältung ins Büro und dann stürzt du heute auch noch die Treppe hinab. Haben die deinen Kopf untersucht? Hast du dir was getan?«

»Mein Kopf hat nichts abbekommen. Nur mein Fuß. Ich habe mir den Mittelfußknochen gebrochen, wie dämlich kann man denn sein? Aber es ist ein guter Bruch, nicht verschoben oder so, und es sollte recht schnell und unkompliziert verheilen. Ich habe nicht mal einen Gips, sondern so einen Stiefel bekommen, mit dem ich herumhumpeln darf. Und eine Operation ist auch nicht nötig.«

»Wenigstens das.« Ich konnte hören, wie sie mitfühlend das Gesicht verzog. »Tut mir leid, du Arme. Dich hat es gerade richtig am Wickel, was?«

»Total. Und mir tut es leid, Lia. Ich weiß, dass es aktuell die schlechteste Zeit ist, um im Büro zu fehlen.«

»Das ist jetzt deine größte Sorge?«

»Nun ja. Ich wurde extra eingestellt, weil es gerade so knapp ist und viel Arbeit wartet. Und kaum bin ich da, falle ich aus. Das ist mir wirklich unangenehm.«

»Jetzt hör aber auf, Fine. Du kannst doch nichts dafür, dass du dich erkältest oder auf der Treppe ausrutschst.«

»Ich hätte einfach besser aufpassen sollen. Ich bin manchmal echt zu dusselig.«

»Du bist nicht dusselig, nur unbelehrbar.« Das hatte sie loswerden müssen und ein ganz klein wenig hatte sie in diesem speziellen Fall sogar recht.

»Schon klar. Aber was wird jetzt im Büro? Wer kann denn für mich einspringen? Du hast bereits genug um die Ohren.«

»Das werden wir irgendwie hinbekommen. Du kümmerst dich einfach darum, wieder gesund zu werden, ja?«

»In Ordnung.« Ich nahm einen Schluck Tee und schloss kurz die Augen. So langsam wurde der Nebel in meinem Kopf lichter und ich suchte nach den verschütteten Erinnerungen, wie ich in meinem Zustand diese Verwandlung der Wohnung geschafft hatte.

»Und sonst? Tut es sehr weh?«, wollte Lia wissen.

»Es geht eigentlich. Solange die Tabletten wirken, spüre ich es kaum. Die haben mir richtige Wunderdrogen verschrieben.« Wieder dachte ich an die Putzorgie und an den seltsamen Traum, den ich gehabt hatte. »Auch wenn sie ein paar Nebenwirkungen haben. Ich glaube, die haben mich komplett abgeschossen. Anscheinend habe ich unter ihrem Einfluss, ohne es mitzubekommen, meine Wohnung aufgeräumt.«

»Kannst du mir die auch besorgen?«, fragte Lia prompt und ich musste kichern. Und dann ausgiebig husten.

»Es kommt noch besser: Danach habe ich mich hingelegt und hatte einen Traum. Ich habe geträumt, dass Santa Claus hier war und meine Bude geputzt hat. Ein ziemlich netter Santa, der mich ganz fürsorglich gefragt hat, wie es mir geht, und der meinen Wunschzettel mitgenommen hat. Und versprochen hat, dass er ihn auch erfüllt.«

»Holy Shit«, rief Lia und schreckte damit vermutlich das halbe Büro auf. Dann senkte sie ihre Stimme zu einem aufgeregten Flüstern. »Ich brauche diese Pillen unbedingt. Ein gut gebauter, braun gebrannter Santa mit Sixpack? In knackigen, eng sitzenden roten Boxershorts und einer Mütze auf dem Kopf, der dir die Bude putzt, ehe er deine Wünsche erfüllt? Das ist ja wohl der Traum einer jeden Frau.«

Ich runzelte kurz die Stirn. »Nein. Er trug Jeans und ein Hemd. Aber eine Mütze hatte er auf. Sonst hätte ich ja nicht gewusst, dass er Santa ist.«

»Echt jetzt? Fine, was stimmt nicht mit dir? Du träumst von einem heißen Kerl und dann trägt der Jeans und Hemd? So prüde ist nicht mal meine Oma. Es sei denn …« Sie machte eine Pause. »Es sei denn, das war gar kein Traum.«

»Was denn sonst?«

»Keine Ahnung. Vielleicht war es …« Sie schien immer noch zu überlegen und ich hörte ein nachdenkliches Schnalzen. »Nein. Das wäre selbst für ihn zu krass.«

»Für wen?«, fragte ich besorgt.

»Putzen ja. Aber sich als Santa verkleiden? Und sich dann auch noch deine geheimen Wünsche anhören? Nein, das passt nicht zu ihm«, sinnierte sie, ohne auf meinen Einwand einzugehen.

»Zu wem, Lia?«

»Zu keinem, den ich kenne. Und überhaupt hast du recht, das waren vermutlich die Drogen. So etwas passiert einfach nicht, dass ein heißer Typ auftaucht und dir den Haushalt schmeißt. Und heiß war er doch hoffentlich, oder?«

»Schon. Obwohl ich sehr benommen war. Ich habe also nicht so genau hingesehen«, log ich.

»Natürlich nicht. Mensch, Fine, mal ganz im Ernst: Ich mag dich total, aber wie verklemmt muss man denn sein, wenn man sogar im Fieberwahn einen heißen Typen erst mal anzieht, ehe er putzen darf.«

»Ich bin nicht verklemmt. Nur ein gebranntes Kind.«

»Schon klar. Tut mir leid, Süße, hier stapelt sich die Post, die heute noch raus muss. Gute Besserung und versuche, dich zu erholen und zur Abwechslung nicht ständig an die Arbeit oder andere Verpflichtungen zu denken. Und wenn du wieder träumst, dann sieh zu, dass der Kerl ins Schwitzen gerät und sich ein wenig lockerer macht. Du musst echt lernen, das Leben ein bisschen zu genießen. Es ist toll, für andere da zu sein, aber es ist nicht alles. Und du siehst ja selbst, wohin dich diese Nächstenliebe gebracht hat.«

# Kapitel 2

Tja, wo hatte mich das Leben hingebracht? Vermutlich hätte ich das schon eher erzählen sollen, aber mit diesem vernebelten Kopf ist es wirklich nicht so leicht, logisch vorzugehen. Wahrscheinlich denkt jetzt jeder, dass ich eine total verpeilte Person bin, die noch dazu ihre Bude verkommen lässt. Die entspannt auf dem Sofa liegt, während andere die Arbeit erledigen, und die dabei seltsame Fantasien hat. Eine, der verrückte Dinge passieren und in deren Leben immer etwas Aufregendes oder zumindest Außergewöhnliches passiert. Also das komplette Gegenteil von dem, was ich wirklich bin. In Wahrheit bin ich nämlich ganz normal. Ich bin pflichtbewusst, ordentlich und unauffällig. Ich stehe nicht gerne im Mittelpunkt, von daher passt das. Und ich gebe mich schon gar nicht irgendwelchen Träumen von heißen Typen hin, die sich nichts sehnlicher wünschen, als meinen verdreckten Wohnzimmerboden zu putzen. Dass es dazu überhaupt einen Grund gab, liegt übrigens nur an meinen aktuellen Lebensumständen. Nach all den Jahren, in denen ich meinem gut geplanten täglichen Ablauf folgte, wurde es nämlich plötzlich turbulent in meiner aufgeräumten kleinen Welt. Leider nicht auf die gute Weise, sondern so, dass es dir den Boden unter den Füßen wegzieht und du dann sehen musst, wie du damit klarkommst.

Ich war damit klargekommen, indem ich flüchtete. Und zwar vor meinem alten Leben und insbesondere vor Quentin. Quentin ist, man kann es bereits ahnen, mein Ex. Um ganz genau zu sein: Mein Ex-Freund und mein Ex-Kollege, eine äußerst explosive Kombination. Wir hatten uns auf der Arbeit kennengelernt und im Laufe der Zeit ineinander verliebt. Im Gegensatz zu vielen anderen Frauen bin ich nämlich niemand, der Knall auf Fall für jemanden entbrennt. Bei Quentin dauerte es fast ein Jahr, ehe ich merkte, dass ich ihn mehr mochte, als man das bei einem Kollegen normalerweise tat. Dabei träume ich eigentlich genau davon: von der großen Liebe, die einen wie ein Blitz erwischt und keine Zweifel lässt, dass dieser Mann dein Schicksal ist.

Quentin war zu Beginn kein Blitzeinschlag, sondern einfach mein Lieblingskollege. Wir mochten uns, waren auf einer Wellenlänge und halfen uns gegenseitig. Wir verbrachten die Pausen zusammen und gingen abends gelegentlich auf einen Drink. Irgendwann fühlte es sich anders an, ihn zum Abschied auf die Wange zu küssen oder seinen Arm um meine Schulter zu spüren, wenn wir uns auf den Heimweg machten. Offensichtlich ging es ihm ähnlich und so wurde an einem lauen Frühsommerabend aus meinem Lieblingskollegen mein Freund.

Quentin war übrigens auch meine erste Liebe, das sage ich lieber gleich, dann haben wir das überraschte Augenrollen hinter uns. Im Gegensatz zu ihm hatte ich außer ein paar Küssen als Teenager keine Erfahrungen auf diesem Gebiet.

»Du hast dich für mich aufgespart. Das ist so süß«, hatte er gesagt und direkt damit begonnen, mich in seinen Erfahrungsschatz einzuweihen. Und ich hatte ihn zu gerne gewähren lassen. Vermutlich war es wirklich süß, mit fünfundzwanzig noch so unschuldig zu sein, aber ich hatte eben auf den einen warten wollen. Und ich dachte, dass er dieser Mann wäre. Ich vertraute ihm total. Quentin gab mir das Gefühl, genau richtig zu sein – zumindest so lange, bis ich das nicht mehr war.

Je länger wir zusammen waren, desto mehr störte er sich an meiner vielleicht hervorstechendsten Eigenschaft: meiner Nächstenliebe. Er fand es nicht mehr bewundernswert, dass ich mich um andere kümmerte, sondern lästig. Und meine regelmäßigen Besuche bei meinem Onkel, der rund fünfzig Kilometer entfernt in einem Seniorenheim lebte, wurden immer mehr Gegenstand unserer Diskussionen.

»Er hat drei Kinder. Sollen die ihn doch besuchen«, war Quentins ewiges Argument.

»Sie tun es aber nicht, weil sie keine Zeit haben.«

»Aber du? Es ist unsere gemeinsame Zeit, das hast du wohl vergessen. Alleine schon der Anfahrtsweg frisst eine halbe Stunde. Es ist ja nicht eben ums Eck.«

»Josefs Kinder wohnen noch weiter weg.«

»Der Kai nicht. Der hat nicht viel mehr Anfahrtszeit als du.«

Ich seufzte. »Aber Kai besucht ihn nicht. Der hat anderes im Kopf, das weißt du.«

»Er genießt das Leben. Ich kann ihn verstehen. Man ist nur einmal jung.«

»Und nur einmal alt. Ich mag Josef. Er war immer mein Lieblingsonkel und er tut mir so leid. Er freut sich aufrichtig, wenn ich ihn besuche.«

»Aber jedes verdammte Wochenende?«

»Ich fahre nicht jedes Wochenende. Letzte Woche war ich nicht dort, weil wir den Kurztrip nach München gemacht haben. Deshalb möchte ich heute einen Besuch machen.«

»Dann ist wieder der ganze Sonntagnachmittag blockiert.«

Ich zog mit einem hoffentlich niedlichen Augenaufschlag meinen Trumpf aus dem Ärmel. »Du willst sowieso Formel eins schauen. Mach das doch. Triff dich mit den

Jungs und gönn dir einen schönen Tag. Und heute Abend gehöre ich nur dir.«

Quentin hatte erst geseufzt, dann genickt und sich auf die Suche nach seinem Fantrikot gemacht. Und ich war ins Auto gestiegen und hatte meinen Onkel besucht und die Tränen der Freude in seinen Augen gesehen, als ich in sein Zimmer trat.

Ich hatte im Allgemeinen nicht viele Ansprüche und Wünsche und meistens gab ich nach, wenn Quentin etwas wollte. Diese eine Sache aber war mir wirklich wichtig und deshalb kämpfte ich beharrlich darum. Irgendwann spielte es sich ein, dass ich wochenends meinen Onkel besuchte und Quentin in der Zeit etwas mit seinen Freunden unternahm. Ich hatte ihn oft genug eingeladen, mich zu begleiten und den Besuch mit einem Ausflug zu verbinden, aber Quentin hatte keine Lust auf alte Leute, wie er sagte. Ich schon, denn diese Menschen waren nicht nur alt, sondern auch nett – und teilweise sehr einsam. Nach einiger Zeit begann ich deshalb, mich im Heim zu engagieren. Man versuchte, den Bewohnern Abwechslung zu bieten, und dazu gab es eine Gruppe Freiwilliger, die das organisierten. Ich fand das toll und nachdem ich mit meinem Onkel ein paar dieser nachmittäglichen Veranstaltungen besucht hatte und beobachten konnte, wie sehr sich die alten Menschen darüber freuten, schloss ich mich spontan der Gruppe an. Ich konnte vieles per Telefon erledigen, sodass es unsere gemeinsame Paarzeit nicht weiter beschnitt. Man kann vieles machen, wenn man sich ein bisschen arrangiert und wenn man bereit ist, abends, während man auf dem Sofa kuschelt und einen Film sieht, heimlich auf dem Handy ein wenig zu organisieren und zu planen. Nur an den Sitzungen konnte ich natürlich nicht von der Couch aus teilnehmen. Aber auch das Problem bekamen wir in den Griff. Quentin erwähnte irgendwann, dass er zufällig einen alten Kumpel aus Schulzeiten getroffen hatte, der zurück in die Stadt gezogen war. Die beiden wollten die Freundschaft wiederbeleben und überlegten, wie früher gemeinsam zum Sport zu gehen. Ich bestärkte ihn darin und so etablierte sich ein Männerabend. Idealerweise an dem Tag, an dem auch die gelegentlichen Sitzungen stattfanden. Und wenn kein Treffen war, dann konnte ich mich ohne Heimlichkeiten meinem Hobby, den Planungen neuer Aktivitäten für das Augustinerstift, widmen. Ich fand es perfekt und ich liebte mein Leben. Und Quentin war das Sahnehäubchen. Ich fragte mich in den fünf Jahren, in denen wir zusammen waren, oft, wie sich ein Mann wie er in eine Frau wie mich verlieben konnte.

Tja, leider begann er wohl irgendwann auch, sich diese Frage zu stellen. Und im Gegensatz zu mir fand er nicht allzu viele Argumente. Natürlich merkte ich es nicht. Vielleicht war ich tatsächlich zu naiv oder er verbarg es zu geschickt. Aber wie es immer ist im Leben, früher oder später kommt es heraus, egal was du anstellst, um das zu verhindern. In meinem Fall war der Auslöser ein Päckchen Backpulver. Das hatte ich beim Einkaufen vergessen und ich brauchte es dringend, weil ich heimlich Muffins backen wollte. Muffins mit Schokoladenguss und Liebesperlen als Überraschung für meinen Freund, weil wir am nächsten Tag unser Fünfjähriges hatten. Und um das zu bewerkstelligen, log ich ihn zum ersten Mal bewusst an. Ich erzählte mit zerknirschtem Gesichtsausdruck, dass ich an diesem Abend ungeplant ins Seniorenstift müsse. Es gebe ein Problem mit dem anstehenden Sommerfest, das zu einem Highlight der Bewohner zählte. Ich musste gar nicht weiter ausholen. Quentin winkte bereits nach den ersten Worten ab und gab mir seinen Segen. Das hatte ich gehofft, denn ich wusste, dass an diesem Abend ein lang erwarteter Actionfilm anlief und seine Kumpels sich verabredet hatten, sofort das Kino zu stürmen. Sie hatten ihn bis zuletzt zum Mitgehen überreden wollen, aber er war standhaft geblieben. Ich hatte sogar gehört, wie er ins Handy flüsterte, als es nach dem Abendessen geklingelt hatte.

»Nein, du musst das verstehen. Heute geht es wirklich nicht. Fine ist da, das ist unmöglich.«

Ich fand das supersüß und freute mich, dass er nun einen schönen Abend haben würde und ich meine Überraschung vorbereiten konnte. Also setzte ich mich ins Auto und fuhr ein paar Straßen weiter auf einen Parkplatz. Dort wartete ich, bis er aus dem Haus sein musste, ehe ich wieder zurückfuhr. Die Wohnung war leer, wie erwartet, denn er hatte ja mit einem niedlichen Schulterzucken zugegeben, dass er in diesem Fall doch mit ins Kino gehen würde. Leer war leider auch die Dose, in der das Backpulver sein sollte. Ich biss mir ärgerlich auf die Lippen und überlegte, ob ich es schaffen würde, zu einem Supermarkt zu fahren und welches zu kaufen und hinterher noch zu backen. Dann kam mir eine bessere Idee. Wozu hatte man schließlich Nachbarn? Und Sontje, die direkt unter uns wohnte, backte ebenfalls gerne, darüber hatten wir schon oft gesprochen. Ich würde zuerst bei ihr fragen. Ich wetzte die Treppen hinab und hörte erleichtert, dass es in ihrer Wohnung schepperte. Also nicht, dass ich erleichtert war, dass bei ihr eben etwas zu Bruch gegangen war, sondern dass sie daheim war und ich nicht in einen Laden eilen musste. Ich klingelte und als sich nichts rührte, klingelte ich Sturm. Das tat ich sonst nie, aber jetzt war es halt dringend.

Schließlich hörte ich sie ungehalten rufen, dass sie gleich komme, und dann machte sie die Tür auf. Sie sah recht derangiert aus. Das immer so gestylte glänzende Haar war zerzaust und sie hielt ihre offene Bluse mit einer Hand zusammen.

»Fine«, sagte sie, als wäre ich ein Geist. »Es ist nicht …«

»Schön, freut mich, dass nichts Schlimmeres passiert ist. Ich habe es scheppern gehört. Eine Vase?« Ich sah ihren

Gesichtsausdruck, total fassungslos, und beeilte mich weiterzusprechen. Normalerweise hätte ich ihr nicht so grob das Wort abgeschnitten, aber oben stand der Teig und wartete auf das Triebmittel. Das Triebmittel, wie passend. »Ich wollte nur fragen, ob du ein Päckchen Backpulver für mich hast?« Ich zeigte meine Zähne und bemühte mich, nicht allzu ungeduldig zu wirken.

»Backpulver. Klar, komm rein, das kann ich dir ... Nein! Sorry, tut mir leid, ich habe auch keines.«

»Vielleicht Natron? Du nimmst das doch oft und ich würde es zur Not mal probieren.«

»Sorry, alles weg. Muss es dringend auf die Liste setzen, wenn ich wieder einkaufe. Tut mir leid, Fine. Aber die Tankstelle drüben an der Kreuzung hat seit Neuestem einen richtigen kleinen Laden integriert. Die haben das sicher.«

»Oh. Gut«, sagte ich und hatte plötzlich das Gefühl, dass irgendetwas überhaupt nicht stimmte. Mein Blick huschte immer wieder zu den Überresten einer Vase, die auf dem Flurboden vor der Kommode lagen. Neben einem tabascoroten Kleidungsstück. Nicht wirklich rot, denn das hätte ich gar nicht beachtet, sondern ein ganz eigener Farbton, mit einem Hauch Braun unterlegt. Sontje sah ebenfalls hin und dann wieder zu mir und in ihrem Gesicht lag das pure Entsetzen. Auf meinem lag noch immer Unverständnis.

»Du hast die gleiche Jacke wie ...«, begann ich, dann sah ich, wie ihre Finger zunehmend nervöser zuckten, während sie sich bemühte, die Bluse weiterhin festzuhalten. Die Bluse, die nicht nur ein paar Knöpfe zu weit geöffnet war, sondern eben hastig übergestreift wurde. Die Bluse, unter der sie nichts weiter trug als ihre sanft gebräunte Haut. Ich sah ein letztes Mal in ihr Gesicht.

»Fine, es tut mir leid«, sagte sie und endlich fiel der Groschen.

Als wäre das weithin zu hören, ging in diesem Moment die Schlafzimmertür auf und der Besitzer der tabascoroten Jacke betrat die Bühne. Immerhin hatte er genug Zeit gehabt, um sich sein Hemd wieder zuzuknöpfen und in die Jeans zu schlüpfen. Aber er hatte vergessen, sich das Haar zu kämmen, und er sah genauso zerzaust aus wie Sontje.

»Fine, was machst du denn hier? Ich dachte …« Er strich sich nervös über den Unterarm. »Tja, du bist früh zurück. Wie schön. Ich komme gleich zu dir hoch. Sonnie, äh, Sontje hat mich gebeten, mir mal eben ihren Wasserhahn anzusehen. Der tropft seit Tagen und …«

»Und befindet sich im Schlafzimmer, klar.« Ich war wie betäubt und bekam kaum mit, was ich sagte. »Ich weiß ja, dass ich manchmal etwas naiv bin, aber echt jetzt?«

# Kapitel 3

Tja, und so ging meine vermeintlich große Liebe in die Brüche. Wegen fünfzehn Gramm Backpulver und der dämlichen Idee, ein einziges Mal meinen Freund zu belügen und Heimlichkeiten zu haben.

Ich weiß bis heute nicht, was schlimmer war. Dass es nicht einfach eine einmalige Bettgeschichte war oder dass die beiden sofort einen auf die größte Liebe der Welt machten. Wenigstens hatte Quentin unser Leben nicht nur für einen kleinen Spaß an die Wand gefahren. Aber mitzuerleben, wie schnell er seine Sachen zusammenpackte und eine Etage tiefer einzog, tat mehr weh als alles, was ich bisher erlebt hatte. Immerhin könne ich die Wohnung behalten, sagte er kleinlaut, denn die sei ja ein echtes Schnäppchen und ich hätte mich hier doch immer so wohlgefühlt. Und bestimmt würde ich irgendwann nicht mehr aussehen wie ein geprügelter Hund, wenn ich an Sonnies Tür vorbeiging. Die Trennung wäre so oder so gekommen, erklärte er, und gerade ich als derart sozialer und empathischer Mensch würde letztlich doch verstehen, dass man gegen die Liebe machtlos war. Und vor allem würde ich ihm, dem Mann, den ich liebte, am Ende doch nur wünschen, dass er glücklich wäre.

Nun, aktuell wünschte ich ihm Feigwarzen oder dicke, schmerzhafte Pickel oder alles andere, was hinreichend wehtat und sein schönes Gesicht entstellte. Und *war* traf es im Zusammenhang mit dieser Wohnung. Ich fühlte mich in ihr gefangen, um ehrlich zu sein. Jede Ecke erinnerte mich an Quentin. Ich hatte Herzrasen, wenn ich im Treppenhaus war, weil ich fürchtete, unverrichteter Dinge auf die beiden zu treffen. Ich war nur hier, weil ich keine Kraft hatte, das zu ändern. Aber die Zeiten, als ich mich in diesen Wänden glücklich und daheim fühlte, waren vorbei.

Leider endeten diese Zeiten auch in der Firma. Erstens konnte ich ihm dort kaum aus dem Weg gehen, was alleine schon ein Stressfaktor war. Aber beinahe noch schlimmer war zweitens. Ich liebte meinen Job aufrichtig, aber ohne meinen Verbündeten merkte ich mit jedem Tag mehr, wie sehr es mir zusetzte, in diesem Unternehmen zu arbeiten. Unter einem Chef, dem ich es nie recht machen konnte. Dem harschen Umgangston ausgeliefert, der im Büro herrschte. Dem ständigen Druck und der ewigen Angst ausgesetzt, nicht genug zu geben. Bisher hatte ich das mit Quentins Hilfe besser ausgehalten, mir von ihm lachend versichern lassen, dass man über solchen Ängsten stehen musste. Das sei nun mal so, rau, aber herzlich, hatte er befunden.

Ohne Quentin an meiner Seite musste ich zugeben, dass es einfach nur belastend war und weit entfernt von jeder Art Herzlichkeit. Dass es nicht das war, was ich mir unter einem kollegialen Umgang vorstellte. Und dass es mich fertigmachte, wie man mich ansah und hinter meinem Rücken darüber tuschelte, dass Quentins Neue angeblich ein ganz anderes Kaliber Frau sei als ich. Ich wurde immer unsicherer und machte immer mehr Fehler, für die ich mich rügen lassen musste. Mit jedem Tag, den ich das weiter aushielt, wurde ich mehr zu einem Schatten meiner selbst, bis ich mich jeden Abend heulend fragte, ob das mein restliches Leben sein sollte. Ich fühlte mich, als würde ich nur noch geduckt durch den Tag gehen. Geduckt, um nicht eine neue Demütigung von meinem Chef abzubekommen. Geduckt, um nicht im Treppenhaus Quentin und Sontje in die Arme zu laufen.

Dann ging ich wieder einmal zu einem Treffen der Freiwilligen im Seniorenheim. Nachdem die Tagesordnung abgehakt war, plauderten wir noch ein wenig. Ich lauschte Inges begeisterten Berichten, wie glücklich sie neuerdings war, weil sie endlich den ungeliebten Job aufgegeben hatte und nun eine neue Stelle innehatte, zu der sie jeden Tag voller Vorfreude ging.

»Weshalb habe ich das nicht schon eher getan?«, fragte sie in die Runde. »Wieso habe ich das nur so lange ausgehalten?«

Ich wusste es nicht, aber die Frage hatte etwas in mir geweckt. Den Teil meines Gehirns, der rational und logisch denken konnte. Und der sehr resolut zum Schluss kam, dass ich selbst etwas ändern musste, wenn mein Leben wieder besser werden sollte.

Ich tat das Undenkbare und kündigte Job und Wohnung – beides direkt an diesem Abend per Mail. Beides auf Ende Oktober, dem schnellstmöglichen Termin. Plötzlich hatte ich das Gefühl, keinen Tag länger als unbedingt nötig in meinem Leben ausharren zu können.

Dann machte ich mich auf die Suche nach Ersatz. Leider war das nicht ganz so easy wie gedacht und mir ging auf, dass ich das zuerst hätte tun sollen. Dadurch hätte ich mir die Angst erspart, dass ich bald ohne Job auf der Straße stehen könnte.

Ich war mittlerweile seit zwei Monaten auf der Suche und hatte noch vier Wochen, ehe ich meine Wohnung räumen musste. Und so langsam überkam mich echte Panik bei diesem Gedanken. Was ungut war, denn sie mischte sich nun munter in den Gefühlscocktail, in dem ich sowieso gerade steckte. Ich kannte mich nicht aus mit Liebeskummer und Trennungsschmerz und war überrascht, welche Emotionen in mir aufkochten. Dass ich Zorn verspürte, echten Zorn, wie ich ihn noch nie gefühlt hatte. Trauer, obwohl ich wusste, dass er es nicht verdiente. Angst, für immer alleine zu bleiben. Ich fühlte mich beschämt und wertlos. Und vor allem war ich einsam. Ich war alleine mit meinem Kummer und meinen Ängsten und hatte niemanden, dem ich mich anzuvertrauen wagte. Mein alter Freundeskreis hatte sich auf Quentins Seite geschlagen und es schien niemanden zu interessieren, ob ich etwas Neues fand oder Hilfe brauchte.

Nur meine Kollegen vom Kreis der Ehrenamtlichen merkten, dass mit mir gerade gar nichts stimmte. Und sie ließen mich nicht im Stich. Sie fragten so lange immer wieder nach, bis ich endlich alles gestand und zugab, dass ich ziemlich in der Patsche saß. Und sie reagierten umgehend. Sie setzten ihr Netz aus Kontakten in Gang und machten das, was wir am besten konnten: helfen. Zwei Tage später rief mich die Heimleiterin an, um mir mitzuteilen, dass sie eventuell eine Lösung anbieten konnte. Sie hatte von Diana gehört, dass ich mich räumlich verändern wolle, und sie wusste von einer Wohnung, die aktuell neu renoviert wurde und in zwei Wochen bezugsfertig sein sollte. Sie war im Besitz einer Familie, deren Vater ebenfalls in diesem Haus betreut wurde, und sie würde ein gutes Wort einlegen, dass man mich als Mieterin in Betracht zog. Ob ich mir denn vorstellen könnte, hierher umzusiedeln?

Ich hatte noch gar nicht darüber nachgedacht, aber als ich das Angebot bekam, wusste ich spontan, dass es genau das Richtige war. Nicht nur weg von unserem alten Haus, sondern rund fünfzig Kilometer Distanz schaffen und damit sichergehen, dass mir niemand, den ich nicht sehen wollte, plötzlich in der Stadt vor die Füße lief.

Dann bekam ich einen Anruf von Inge, die selbst vor Kurzem auf Jobsuche gewesen war und dabei über eine Stelle gestolpert war, die sich toll anhörte. Leider verfügte sie nicht über alle gewünschten Qualifikationen, aber über den Betrieb hätte sie nur Gutes gehört. Ein weitläufiger Bekannter war dort angestellt und voll des Lobes. Und sie hatte ein wenig recherchiert und herausgefunden, dass besagte Stelle noch frei wäre. Sie würde mir den Link zur

Stellenbeschreibung umgehend über den Messenger schicken, wenn ich das wolle. Ich hätte doch gesagt, dass ich etwas mit Zahlen und Tabellen und Zertifikationen mache? Das müsse daher eine Fügung des Himmels sein, dass die genau so jemanden suchten.

*Eher eine Auswirkung des Triebmittels,* dachte ich und sagte, dass das großartig wäre und ich natürlich eine Bewerbung schreiben würde. Ohne allzu viel Hoffnung im Übrigen, denn das klang doch alles zu schön, um in meinem Leben zu passieren.

Und dann zeigte Karma, was es draufhatte, wenn es sich irgendwann mal dazu herabließ, sich einzumischen. Ich bekam kurzfristig einen Termin zur Wohnungsbesichtigung und fuhr mit aufgeregt rumorendem Magen hin. Die Wohnung war zwar klein, aber hübsch renoviert und absolut heimelig. Sie lag im Dachgeschoss eines Mehrfamilienhauses, hatte schräge Wände, ein recht knapp bemessenes Bad und ein nicht viel größeres Schlafzimmer. Allerdings bot sie zudem auch einen relativ großzügigen Wohnbereich, der in eine moderne offene Küche überging. Nun ja, eine Küchenzeile, aber sehr gut aufgeteilt und absolut ausreichend für mich. Die Miete war mehr als fair und die Lage ideal, um das meiste zu Fuß zu erreichen – nicht ganz unwichtig, denn das Auto hatte Quentin gehört. Das Beste war jedoch, dass es sogar einen kleinen Balkon gab. Ich fühlte mich vom ersten Moment an wohl und unterschrieb mit schwungvollen Lettern den Mietvertrag. Immerhin würde ich jetzt nicht obdachlos sein, selbst wenn es mit dem Job nicht gleich klappte.

Ich spürte, dass mir diese Entwicklung etwas Auftrieb verlieh. Ich hätte natürlich niemals in unserer alten Wohnung bleiben können. Aber noch besser war die Entscheidung, die Stadt ganz zu verlassen. Wenn schon ein Neustart, dann richtig. Ich würde mir hier ein neues Leben aufbauen, mit neuen Freunden, neuen Erinnerungen und neuer Zuversicht.

Diese Überlegungen halfen mir sogar, den Grundstock zu der Erkenntnis zu legen, dass diese Trennung am Ende gut für mich war. Dass wir offensichtlich nie wirklich zusammengepasst hatten und dass dieser Schlag irgendwann hatte kommen müssen. Nun hatte ich ihn hinter mir. Und nun wusste ich auch, dass es mein Glück gewesen war, nicht schwanger geworden zu sein, obwohl das zu einem meiner größten Träume gehörte. Eine Familie zu haben, ein Kind zu umsorgen, eine kleine Insel zu schaffen, auf der ich mich wohlfühlen und Kräfte tanken konnte. Manchmal ist das Schicksal schlauer als wir. Jetzt hatte ich wieder alle Chancen, meinen Traum doch noch zu erleben. Plötzlich fühlte ich mich sehr kämpferisch. Ich würde nicht jammern oder ewig trauern, weil dieser Abschnitt zu Ende gegangen war. Ich würde mit aller Kraft nach vorne sehen und darauf hoffen, dass mein Herz heilte und am Ende das Gute siegte. Und ich musste keine Angst haben. Ich zog zwar in eine neue Stadt, zum ersten Mal seit Jahren auf mich alleine gestellt, und ich würde mich in einem neuen Job beweisen müssen. Aber ich war nicht allein. Ich hatte Onkel Josef und meine Freunde vom Team der Ehrenamtlichen. Dort war immer etwas zu tun und nun hatte ich mehr Zeit, um mich einzubringen. Das füllte nicht nur die einsamen Stunden, sondern machte mich zudem glücklich. Ich steckte also in einer Win-win-Situation – man musste es nur unter dem richtigen Blickwinkel betrachten.

# KAPITEL 4

Als ich zu meinem Vorstellungsgespräch aufbrach, war ich ziemlich nervös. Ich sagte mir selbst, dass ich nicht zu viele Erwartungen haben durfte, aber auch nicht völlig mutlos an die Sache herangehen sollte. Ich hatte meine Unterlagen eingereicht und ein sehr nettes Gespräch am Telefon geführt, als man mich zum persönlichen Kennenlernen einlud. Es war eine verheißungsvolle Situation und falls es nichts wurde, nun, dann war es eine erste Übung für kommende Chancen.

Bereits nach zehn Minuten wusste ich allerdings, dass ich sehr viel Glück haben musste, um eine zweite Chance zu bekommen, die mithalten konnte. Ich weiß nicht, woran es lag, aber ich hatte vom ersten Augenblick an das Gefühl, dass ich genau in dieses Unternehmen gehörte. Es war vermutlich die Stimmung, die ich hier wahrnahm. Die Körpersprache der Menschen, die sich offensichtlich wohlfühlten und gerne hier arbeiteten. Meinen ersten Kontakt hatte ich mit Lia und auch sie nahm mich augenblicklich für sich ein.

»Nicht nervös sein«, flüsterte sie mir aufmunternd ins Ohr, als sie mir ein Glas Wasser brachte. »Er ist ein sehr netter Mann und ein toller Chef. Sei einfach du selbst und versuch nicht, dich zu verbiegen. Dann wird das schon.«

Ich nickte ihr dankbar zu und war natürlich kein bisschen weniger aufgeregt. Als ich schließlich zum Gespräch gebeten wurde, saß ich bereits seit zwanzig Minuten hier und hatte mir unzählige Male meine feuchten Hände an meinem hoffentlich ausreichend eleganten Rock abgewischt. Auch das sollte mich eigentlich beruhigen, dass hier eine lockere Kleiderordnung herrschte. Keine teuren Businesskostüme, keine übertriebenen Modeansprüche. Das kam mir entgegen, denn ich fühlte mich in diesen Klamotten stets ein wenig wie eine Hochstaplerin. Klar, es gab Situationen, in denen es vonnöten war, sich in ein formelles Outfit zu schmeißen, aber selbst dann wählte ich immer eine recht unauffällige Variante. So wie die Kombination, die ich heute trug: einen meiner geliebten Faltenröcke, der bis an das Knie reichte, und einen schlicht geschnittenen Blazer mit einem niedlichen kleinen Schößchen. Beides aus einem weichen Stoff und in einem unauffälligen Marineblau. Dazu einen blauweiß geringelten dünnen Rollkragenpullover, schmal, aber nicht zu eng, weil ich mit anderen Argumenten als meiner Oberweite überzeugen wollte. Zumal die eh nicht mein schlagkräftigstes Argument war.

Auch mein potenzieller neuer Chef war leger gekleidet. In Jeans und einem leuchtend blauen Wollpullover kam er mir mit ausgestreckter Hand entgegen. Es war einer dieser Looks, die nicht zu lässig wirkten, da der Pulli aus einem hochwertigen Material bestand und schmal geschnitten war. Eine gute Wahl, weil man damit bequem arbeiten konnte, im Notfall aber auch für überraschenden Kundenbesuch gerüstet war.

»Frau Engels.« Er reichte mir die Hand und lächelte aufrichtig. »Ich muss mich entschuldigen. Ich hatte ein Telefonat, das sich nicht eher beenden ließ. Es tut mir leid, dass Sie so lange warten mussten.«

»Kein Problem«, versicherte ich.

»Da haben Sie gleich den besten Eindruck von uns bekommen«, vermutete er und machte ein reumütiges Gesicht. Das stand ihm vortrefflich, wie ich fand, und meine Nervosität war schlagartig weg.

»Das habe ich«, gab ich spontan zu. »Hier herrscht eine sehr wohltuende Atmosphäre, in der man sich sogar beim Warten wohlfühlt.«

Er lachte auf und damit war das Eis gebrochen.

»Das freut mich zu hören. Wir legen großen Wert auf ein gutes Arbeitsklima. Niemand macht mehr Fehler als ein Mensch, der Angst davor hat, Fehler zu machen. Und niemand macht einen besseren Job als ein Mensch, der seinen Job von Herzen erledigt. Bitte, nehmen Sie Platz. Dann werde ich Ihnen ein wenig mehr darüber erzählen, welche Aufgaben hier auf Sie warten könnten.«

Ich hörte gespannt zu, was er in den folgenden Minuten berichtete. Nicht weil der Job so außergewöhnlich gewesen wäre, sondern wegen der Art, wie er darüber sprach. Er brannte für seinen Laden und er hatte anscheinend echtes Interesse an seinen Leuten. Ich spürte, dass ich hier ziemlich glücklich werden könnte und dass ich ihn gerne als Chef haben würde. Er hatte eine Ausstrahlung, die mich faszinierte. Aufrichtig und offen, reflektiert und mit einem augenzwinkernden Humor. Er war vielleicht fünf, sechs Jahre älter als ich, also noch recht jung, um schon so eine Firma aufgebaut zu haben.

»Ich werde ehrlich zu Ihnen sein, Frau Engels. Wir suchen bereits eine Weile. Wir hatten mehrere Bewerber, die für die Arbeit befähigt gewesen wären, aber das alleine ist nicht alles. Es muss passen, wissen Sie? Und auch wenn wir hier sehr nett sind und versuchen, ein entspanntes Arbeitsklima zu schaffen, verlangen wir einiges. Wenn es nötig ist, sollten Sie bereit sein, sich mit höchstem Engagement einzubringen. Es gibt immer wieder Phasen, in denen sich die Termine drängen, und dann muss ich mich darauf verlassen können, dass meine Mitarbeiter an einem Strang ziehen.«

»Das verstehe ich. Und das wäre kein Problem.«

»Das glaube ich Ihnen«, bekannte er und zeigte wieder dieses Lächeln, das ihm so gut stand und bei dem sich kleine Fältchen um seine Augen bildeten. »Und ich fürchte, Sie würden das auch zeitnah beweisen müssen, wenn wir uns entschließen sollten, es miteinander zu versuchen.«

Er machte eine kurze Pause und mein Herz setzte einen Schlag aus. Das hörte sich schön an, dachte ich. *Es miteinander versuchen.* Oh ja, das würde ich wirklich zu gerne tun.

»Ich gebe zu, da gibt es einen Punkt in Ihrer Bewerbung, der mein besonderes Interesse geweckt hat. Sie sagen, Sie verfügen über Erfahrungen mit dem Prozess der ISO-Zertifizierung und haben bereits bei internen Audits mitgearbeitet?«

Ich nickte. »Ja. Solche Audits waren ein regelmäßiger Teil meiner Arbeit. Ich habe in den vergangenen Jahren einige begleitet und in den letzten Monaten auch ein paar wenige alleine betreut. Ich hatte natürlich eine entsprechende Schulung.«

Er nickte. »Ja, ich habe das Zertifikat gesehen. Es ist so, dass wir mitten in diesem Prozess stecken und dringend Unterstützung brauchen. Wir streben für das kommende Jahr endlich die ISO-Zertifizierung an. Das bedeutet, es wird ein externes Audit geben. Zuvor möchte ich aber sehen, wo Handlungsbedarf besteht und in welchen Punkten nachgebessert werden muss, weshalb wir gerade in einem internen Audit stecken. Leider hat uns die Mitarbeiterin, die das Projekt begonnen hat, aus persönlichen Gründen verlassen. Ich habe ebenfalls eine Schulung hinter mir und überlegt, diese Aufgabe selbst zu übernehmen.« Er wedelte kurz mit meiner Bescheinigung. »Aber das ist nicht zielführend. Ich brauche jemanden, der sich voll darauf konzentrieren kann. Der später beim externen Audit als Ansprechpartner dient und in dessen Aufgabenbereich es fällt, sicherzustellen, dass wir dauerhaft auf Kurs bleiben. Dazu gehört ein weiterer Aufgabenbereich. Das Ermitteln der KPIs.« Er sah mich fragend an und ich nickte.

»Auch das war ein Teil meiner Arbeit. Ich habe das nicht alleine gemacht«, gab ich zu. »Aber ich habe zugearbeitet und kenne mich damit aus. Ich weiß, wie man die relevanten Kennzahlen ermittelt und wie man Maßnahmen ableiten kann. Natürlich ist das von Fall zu Fall unterschiedlich und ich müsste mich erst einarbeiten, worauf man hier besonderen Wert legen sollte.«

»Aber Sie wissen, wovon ich rede.« Wieder lachte er. »Das tun nicht alle.«

Auch ich musste lachen. »Als ich es zum ersten Mal hörte, ging es mir ähnlich. *Key Performance Indicator* klingt für die meisten fremd. Wenn man sich allerdings damit beschäftigt, ist es super interessant. Wir konnten anhand der für uns relevanten Kennzahlen die Arbeit deutlich vereinfachen und strukturierter machen. Das hat am Ende sogar die Skeptiker überzeugt.«

»Sie haben das gerne gemacht, oder?«

Ich lächelte versonnen. »Überraschenderweise ja. Es ist nicht so langweilig, wie es klingt. Und es liegt mir. Ich mag feste Strukturen und klare Abläufe. Ich weiß gerne, woran ich bin.«

»Dann sollte ich an dieser Stelle vermutlich sagen, dass Sie gerade meine Ahnung bestätigt haben. Ich denke, dass Sie die Richtige für uns sind und dass Sie hervorragend in unser Team passen würden. Sowohl fachlich als auch menschlich.«

»Danke.« Ich strahlte ihn an.

»Sie würden sich damit auf eine etwas experimentelle Stelle einlassen«, gestand er mit einem einnehmenden Lächeln. »Es gibt bei uns bisher noch kein KPI-Management und ehe Sie richtig loslegen könnten, bräuchte ich Sie für das laufende Audit. Sie müssten mir zuarbeiten und mich kurzfristig mit allem versorgen, was ich an Zahlen und Informationen brauche. Später würden Sie dann die Zertifizierung begleiten und zudem eigenständig den Bereich KPI aufbauen und betreuen. Können Sie sich das vorstellen?«

»Das klingt nach einem tollen Job. Und es wäre eine Aufgabe, die mich sehr reizen würde und der ich mich gerne stellen würde«, fügte ich artig an.

»Dann denke ich, dass wir uns einig sind. Natürlich bekommen Sie Bedenkzeit, aber von meiner Seite aus ist das nicht mehr nötig.«

Ich musste mich zusammennehmen, um nicht allzu überschwänglich zu reagieren.

»Von meiner Seite auch nicht. Ich verlasse mich gerne auf mein Bauchgefühl. In der Regel fahre ich damit sehr gut.«

»Genau wie ich.«

Er schenkte mir ein warmes Lächeln, das mich tief und glücklich Luft holen ließ. Dann richtete er sich ein wenig auf und ich wusste, dass wir auf das Ende dieses Gesprächs zusteuerten. Schade. Ich hatte solch eine Angst davor gehabt und nun war es viel zu schnell vorbei.

»Schön. Dann werden wir Ihnen die Unterlagen in den nächsten Tagen zukommen lassen. Und ich sage jetzt schon mutig: Willkommen im Team.«

»Danke, Herr Sandner.« Ich schüttelte einmal mehr seine Hand und strahlte nun doch wie eine Irre.

»Oh, eine Sache noch. Wir pflegen hier einen etwas anderen Umgang. Was ich damit sagen will: Wir duzen uns alle. Das ist hoffentlich kein Grund, es sich anders zu überlegen?«

»Nein, ich denke nicht«, gab ich überrascht zurück. Eigentlich sollte mich das nicht wundern, irgendwie passte es perfekt zu diesem Laden.

»Gut. Dann muss man sich später nicht umgewöhnen, oder?« Er zwinkerte. »Ich fand es immer viel schwieriger, erst formell miteinander umzugehen und später umzustellen. Und es fühlt sich einfach nicht gut an, wenn sich ein Teil des Teams duzt, andere aber eine formale Anrede benutzen müssen. Wir haben in einem Mitarbeitermeeting beschlossen, es von nun an auf diese Weise zu handhaben.«

»Das klingt nachvollziehbar.«

»Schön. Dann also Fine. Mein Name ist Kristan.«

»Christian?«

»Nein, Kristan. Ungewöhnlich, ich weiß. Aber du hast ja jetzt Zeit, ihn dir zu merken.«

»Ist das der erste Test? Ob man sich das merken kann?«

Wieder lachte er. »Nein. Ich reagiere auch auf Christian, wenn es sein muss. Oder auf die gute alte Bezeichnung *Chef*, selbst wenn ich das nicht so mag.« Er verzog kurz den Mund. »Lia hat eine fatale Vorliebe, mich so zu nennen, und der Großteil der Beschäftigten in der Produktion ebenfalls.« Er zuckte die Achseln, dann wurde sein Gesicht wieder offen und strahlend. »Gibt es sonst noch Fragen? Oder etwas, wobei wir helfen können?«

Ich verneinte.

»Darf ich eine letzte Frage stellen?«, wollte Kristan wissen. Auf meine auffordernde Geste hin fuhr er fort. »Ich hoffe, das ist nicht zu persönlich, aber weshalb wir? Ich meine, mit deinen Qualifikationen hättest du sicher einen Job in deinem direkten Umfeld gefunden. Dein Arbeitsweg wird recht lang sein.«

»Was? Oh, nein. Ich plane einen Umzug.«

»Versteh mich nicht falsch, das geht mich nichts an. Natürlich wäre das kein Grund, meine Entscheidung zu revidieren.«

»Natürlich. Aber ich werde die Chance nutzen, um mich auch räumlich zu verändern.«

»Schön.« Er nickte gedankenverloren vor sich hin. »Wenn du Hilfe brauchst bei der Wohnungssuche, dann könnten wir für dich eine Anzeige schalten oder uns mal umhören.«

»Das ist sehr nett. Aber ich habe bereits eine Wohnung.«

»Das sind gute Neuigkeiten. Falls wir irgendwas tun können, dann sag das bitte. Wir haben hier schon bei dem einen oder anderen Umzug mit angepackt. Es gibt ein paar kräftige und hilfsbereite Kollegen, die schleppen können, wenn es nötig ist.«

»Sehr nett«, wiederholte ich und stand auf. »Ich werde mich melden, falls ich es nicht alleine schaffe.«

# Kapitel 5

Vielleicht hätte ich dieses Angebot ernst nehmen sollen. Wer weiß, ob dann nicht alles anders gekommen wäre. Aber Hand aufs Herz, würde das jemand tun? Es fühlte sich falsch an, noch vor Arbeitsbeginn direkt Hilfe anzufordern. Auch wenn ich ein wirklich gutes Gefühl hatte, waren mir diese Menschen fremd und ich wollte nicht, dass jeder bereits meinen Hausstand kannte, ehe er mich kennengelernt hatte. Zudem hatten sich Inge sowie Diana und ihr Mann ebenfalls angeboten zu helfen und so schaffte ich meine Habseligkeiten mit deren Hilfe an einem nasskalten Samstag Ende Oktober in mein neues Heim. Der Zeitplan war mehr als straff. Die alte Wohnung musste noch gestrichen werden und schon in drei Tagen, am ersten November, würde ich den neuen Job antreten. Kristan hatte ja die Dringlichkeit hervorgehoben und mir war das recht. So hatte ich keine Zeit, um herumzusitzen und mich zu fragen, ob ich hier mein Glück finden würde. Leider hatte ich auch keine Zeit, um all die Kisten wieder auszupacken, ehe ich direkt in den nächsten Job startete, aber das war nun mal so. Ich würde das einfach abends machen und ansonsten ein paar Tage in einem mittleren Chaos durchstehen.

Meine neue Stelle bereute ich keine Sekunde. Was hatte ich für ein Glück gehabt, hier zu landen! Nicht nur Lia, die ich bereits kannte, auch die anderen Kollegen waren nett und hilfsbereit. Und schon am Ende der ersten Woche war klar, dass Kristan ein großartiger Chef war. Er nahm sich Zeit, mir das Wichtigste zu erklären, und verlor nie die

Geduld, wenn ich wieder eine Frage hatte. Ich hatte ihn vom ersten Moment an nett gefunden, aber mit jedem Tag schätzte ich ihn mehr. Ich war das nicht gewohnt, dass ein Chef so entspannt war und nicht gelegentlich den Boss heraushängen ließ. Ich war anfangs dennoch auf der Hut. Kristan jedoch blieb verlässlich freundlich, egal ob sein Gegenüber Abteilungsleiter oder ein Produktionsmitarbeiter war. Er genoss viel Respekt, auch das war schnell klar. Er schien ein Händchen dafür zu haben, kollegial mit jedem umzugehen, ohne dabei die Achtung seiner Mitarbeiter zu verlieren. Alle lobten ihn in den höchsten Tönen und sie klangen durchweg ehrlich. Und ausnahmslos jeder schien mit Feuereifer sein Bestes zu geben. Auch ich. Er hatte nicht übertrieben, als er sagte, dass jede Menge Aufgaben warteten. Sein Zeitplan war durchaus sportlich, aber ich war entschlossen, dass wir ihn einhalten würden. Ich hatte außer dem Heim und den Besuchen bei meinem Onkel nichts, was mich von der Arbeit abhielt. Und da ich keine Anfahrtszeit mehr hatte, konnte ich diese Stunden stattdessen in den Job investieren. Zwar standen in meiner Wohnung noch viel zu viele unausgepackte Kisten herum, aber das war nicht zu ändern. Manchmal musste man einfach Prioritäten setzen und dazu gehörte gerade, dass ich einen guten Auftakt hinlegte und mich bestmöglich empfahl.

Dieser Turbostart war kräftezehrend, aber Mitte November hatte ich das Gefühl, einigermaßen angekommen zu sein und abends nicht mehr wie erschlagen aufs Sofa sinken zu müssen. So langsam hatte ich wieder Kapazitäten und konnte endlich meine Wohnung auf Vordermann bringen. Dachte ich – ehe ich den Anruf bekam, dass sich Onkel Josef eine schwere Erkältung zugezogen hatte. Ich war die letzten Tage nicht bei ihm gewesen und machte mir prompt Vorwürfe deswegen. Ich hörte die Besorgnis in der Stimme der Pflegerin und eilte in der Mittagspause zu ihm, um mir selbst ein Bild zu machen. Er sah nicht gut aus, freute sich aber über meinen Besuch.

»Du tust mir gut, Finchen«, krächzte er und drückte meine Hand. »Wenn ich dich nicht hätte.«

Weil er wirklich ziemlich schlecht aussah, bemühte ich mich fortan, jeden Tag kurz nach ihm zu sehen. Wenn ich es einrichten konnte, dann verbrachte ich meine Mittagspause an seinem Bett. Die Erkältung war von der ganz hartnäckigen Sorte und anstatt besser zu werden, klang sein Husten ein paar Tage später noch schlimmer. Beunruhigt von diesen Entwicklungen, ging ich zusätzlich nach Büroschluss auf einen Sprung bei ihm vorbei. Ich war ziemlich erschrocken, wie klein und dünn er plötzlich wirkte. Und es tat mir weh, dass sich sonst niemand blicken ließ. Auch seine Kinder hatte man angerufen, aber wie stets waren andere Dinge wichtiger als ein Besuch am Krankenbett. Es schmerzte ihn sichtlich und ich tat, was ich konnte, um die Lücke auszufüllen. Viel war es nicht. Zum Reden war er meist zu müde, also las ich ein Buch oder sah mit ihm fern, auch wenn er ständig wegdämmerte. Aber ich bildete mir ein, dass er ruhiger atmete, wenn ich da war, und dass es seiner Genesung helfen würde. Es waren bange Tage, bis sich endlich ein wenig Besserung zeigte. Dennoch behielt ich vorerst die täglichen Besuche bei, obwohl mein Onkel mir versicherte, dass es unnötig sei.

»Du musst nicht jeden Tag kommen, Mädchen«, sagte er und sah mich tapfer an. »Stell sich das einer vor, sitzt das junge Ding ständig hier herum, anstatt sich zu amüsieren. Aber ich freue mich, wann immer ich dich sehe.«

»Und ich freue mich, dass es dir wieder etwas besser geht. Zudem habe ich es jetzt ja nicht mehr weit. Ich kann vom Büro hierherspazieren.« Oder eher rennen, aber das sagte ich lieber nicht. »Das tut mir gut nach dem ganzen Herumsitzen am Computer.«

Das stimmte, denn ich saß viel vor dem PC. Je besser ich mich eingearbeitet hatte, desto klarer sah ich selbst, was wir noch alles zu tun hatten. Und ich war nach wie vor gewillt, dass wir unser Ziel schaffen würden, auch wenn das ein paar Überstunden bedeutete. Immerhin wurden die hier nicht als selbstverständlich abgetan, im Gegenteil. Es war immer wieder ein Thema, wenn wir viel zu spät noch am Schreibtisch saßen und Zahlen bewerteten.

»Für heute reicht es.« Kristan streckte sich und strich sich mit der Hand über seinen Nacken, als wäre er verspannt. »Du solltest endlich Feierabend machen, Fine. Es ist spät.«

»Gleich. Ich stelle nur eben diese Tabelle fertig.«

»Du musst mich für einen Sklaventreiber halten. Seit deinem ersten Tag schiebst du Überstunden.«

»Ich mache das gerne.« Und es lenkte mich davon ab, dass zu Hause niemand wartete. Außer ein paar Kisten, die mich mit jedem Tag drohender anzublicken schienen.

»Ich kann dir gar nicht genug danken für deinen Einsatz. Wenn ich diese Aufstellung habe, dann sind wir einen großen Schritt weiter.«

»Ich habe dazu bereits die Abläufe zusammengestellt. Die wirst du brauchen.«

»Sehr gut. Wann machst du das alles?«

Ich lachte. »Wenn etwas Spaß macht, dann geht es viel leichter von der Hand. Und du hattest ja schon einiges zusammengetragen, auf das ich zurückgreifen kann.«

»Wir sind ein gutes Team, was?«

Ich hob den Kopf und sah ihn an. Glück durchfuhr mich und Stolz, als ich die Anerkennung auf dem Gesicht meines Chefs sah. Er steckte wieder in Jeans, heute jedoch in Kombination mit einem Hemd. Er überragte mich um einiges, aber wenn ich saß, dann sah er noch größer aus. Seine blauen Augen waren mir schon bei unserer ersten Begegnung aufgefallen, weil sie, ergänzt durch den azurfarbenen Pulli, so gestrahlt hatten, aber nun wusste ich, dass sie auch mit einem hellgrauen Hemd sehr gut zur Geltung kamen. Anscheinend konnte ihnen Stress wenig anhaben, denn sie blickten immer freundlich und mit echtem Interesse in die Welt. Seine braunen Haare waren jetzt ein bisschen länger als damals. Vermutlich setzte auch er Prioritäten und der Friseur gehörte nicht dazu. Es stand ihm, fand ich. Er sah frecher aus damit und jünger. Überhaupt mochte ich, wie er aussah. Er war ein Mann, der mir gefallen könnte. Unter anderen Umständen natürlich. Hatte eigentlich schon mal jemand seine Frau erwähnt? Ich konnte mich nicht erinnern. Vielleicht sollte ich mal nachfragen, wenn es sich im Gespräch mit Lia ergab. Ich schüttelte den Kopf, um diese Gedanken zu vertreiben.

Mein Chef stand schon wieder in der Tür, um in sein eigenes Büro zurückzukehren, hatte aber einen fragenden Ausdruck im Gesicht. Richtig, ich schuldete ihm noch eine Antwort auf sein Kompliment.

»Das sind wir. Ich mache das eben fertig und schicke es dir per Mail, ehe ich gehe.«

Zwanzig Minuten später hatte ich die Mail versendet und fuhr meinen Rechner herunter. Ich musste mich beeilen, denn heute Abend war ein Treffen angesetzt. Es blieben nur noch knappe drei Wochen, bis endlich die erste Kerze auf dem Adventskranz entzündet wurde, und in der Vorweihnachtszeit bestand besonders viel Bedarf an Aktivitäten. Die Adventszeit war definitiv meine liebste Jahreszeit, aber für die teilweise einsamen alten Menschen im Seniorenheim war sie auch eine Herausforderung. Man spüre dann noch deutlicher, dass man niemanden hatte, sagten sie oft. Und dagegen wollten wir etwas tun.

»Endlich Feierabend?«

Ich fuhr erschrocken zur Tür herum. »Kristan! Ja, ich habe dir die Daten eben geschickt.«

»Gut. Ich hoffe, es ist in Ordnung, wenn ich sie mir erst morgen ansehe. Es reicht für heute.« Auch er trug bereits seinen Mantel.

»Klar.« Ich wickelte mir den Schal um den Hals und griff nach meiner Handtasche.

»Kann ich dich mitnehmen? Es regnet immer noch.«

»Das ist nicht nötig, danke.«

»Es mag nicht nötig sein, aber es wäre kein Umstand. Oder spazierst du gerne durch kalten Regen?«

Ich verzog grinsend den Mund. »Nein, nicht unbedingt.«

»Wo musst du hin?«, fragte er kurz darauf, als wir gemütlich in seinem trockenen Wagen saßen.

»Ins Augustinerheim.« Ich sah seinen erstaunten Blick und zuckte die Achseln. »Das Seniorenheim in der Stefanstraße?«

»Ich kenne es. Ich wundere mich nur, dass du dorthin willst. Du wohnst doch nicht da?«

Ich lachte. »Nein. Dort findet heute Abend das Treffen der ehrenamtlichen Helfer statt. Und ich bin einer davon. Also ein Helfer. Wir organisieren Unterhaltungsprogramme und Kaffeenachmittage und jetzt zur Adventszeit besinnliche Feste und solche Dinge.«

»Das klingt großartig. Du hast dich hier ja schnell eingelebt.«

»Ich bin schon lange in diesem Team. Mein Onkel ist ein Bewohner«, erklärte ich auf seinen fragenden Blick hin. »Ich habe ihn regelmäßig besucht und dabei festgestellt, wie einsam das Leben dort sein kann. Dann hat er von einem dieser Feste erzählt und wie wichtig das für ihn und seine Freunde ist. Und dass es eben diese Gruppe Menschen gibt, die das in die Hand nehmen. Ich bin mit ihm zu ein paar dieser Veranstaltungen gegangen und dabei mit den Ehrenamtlichen in Kontakt gekommen. Seither mache ich da mit.«

»Dann waren es also nicht wir, die dich in unseren schönen kleinen Ort gelockt haben?«

»Nein«, gab ich zu. »Es war Onkel Josef.«

Er seufzte theatralisch. »Natürlich. Onkel Josef. Wer kann da schon mithalten?«

»Ihr seid eine schöne Beigabe«, gestand ich und kuschelte mich etwas fester an die beheizte Rückenlehne. »Ich fühle mich sehr wohl in diesem Team.«

»Und das Team mag dich.«

Ich spürte, dass mir die Wärme bis in die Wangen kroch. Vielleicht sollte ich doch etwas Abstand zur Rückenlehne halten.

»Und was steht heute auf dem Plan?«

»Bitte?«

»Was wird geplant? Für die einsamen Herrschaften?«

»Oh, einiges. Natürlich ein Adventsnachmittag. Mit Gesang«, gab ich zu und lachte. »Sie lieben es, die altbekannten Lieder zu singen, und es tut ihnen gut. Es erinnert sie an alte Zeiten und es trainiert das Gedächtnis, wenn sie die Texte abrufen müssen. Und wir wollen einen kleinen Weihnachtsmarkt organisieren. Dazu laden wir örtliche Kunsthandwerker ein. Das kommt gut an, viele freuen sich, Geschenke für ihre Lieben selbst besorgen zu können. Und dann ist da noch der Begegnungstag, an dem wir Besuch aus einem Kindergarten bekommen. Die Kinder finden das toll und sie ziehen die alten Herrschaften regelmäßig bei *Mensch ärgere dich nicht* ab.«

»Eine ganze Menge also.«

»Wir tun, was wir können. Wenn man dann die leuchtenden Augen sieht … das ist es alles wert. Pläne gibt es jedenfalls genug. Wir würden auch gerne mal einen Konzertabend anbieten. Aber es ist schwierig, weil wir Künstler brauchen, die das umsonst machen. Nun ja, mal sehen.«

»Sonst packst du selbst die Blockflöte aus oder was?«

»Das würden alle bedauern. Ich bin leider überhaupt nicht talentiert, auch wenn ich für mein Leben gerne singe.«

»Kaum zu glauben, dass es etwas gibt, was du nicht kannst«, kommentierte er das mit einem frechen Unterton.

»Vertrau mir, da gibt es jede Menge. Huch, das ging ja schnell. Vielen Dank fürs Mitnehmen.«

»Jederzeit gerne. Das macht mich vielleicht auch ein ganz klein wenig zu einem besseren Menschen.«

Ich war schon halb aus dem Wagen, drehte mich aber noch einmal zu ihm um.

»Das hast du nicht nötig. Du bist schon einer der Guten, Kristan.«

# KAPITEL 6

»Eigentlich wollte ich ja fragen, ob du dich mittlerweile eingelebt hast.« Lia kam in mein Büro geschlendert, eine Tasse Kaffee in der Hand. »Aber ich glaube, wichtiger ist es erst mal, dir klarzumachen, dass es so etwas wie Pausen gibt.« Sie stellte den Becher vor mir ab und stemmte die Hände in die Hüften.

»Ist der für mich? Danke! Der kommt genau richtig. Ich habe ganz vergessen, dass ich mir einen holen wollte.«

Lia schüttelte den Kopf. »Das ist nicht gut. Du hast das mit dem besonderen Einsatz und dass wir hier alles für den Job geben, hoffentlich nicht falsch verstanden. Wir arbeiten nicht bis zum Umfallen.«

»Ich weiß. Aber ich will diese Zahlen noch vor dem Wochenende aufbereitet haben.« Ich griff nach dem Kaffee und nahm einen Schluck. »Oh, genau wie ich ihn mag. Mit einem Schuss Milch und einem Löffel Zucker. Woher weißt du das?«

»Ich habe dir zugesehen, als du dir einen geholt hast. Es schadet nie, zu wissen, wie andere ihren Kaffee trinken. Damit kann man jemandem im Notfall den Tag retten.«

»Du bist ein Schatz! Und danke für den Tipp, ich werde ihn mir merken.«

»Also, eingelebt oder nicht?«

Ich überlegte kurz. »Ja, denke ich. Es ist natürlich noch vieles fremd und den meisten Kollegen kann ich noch keinen Namen zuordnen. Ich verstehe nur Bahnhof, wenn Kristan mir zu erklären versucht, was es mit all den Schaltschränken und elektrischen Dingen auf sich hat, die wir hier verkaufen, aber ansonsten …« Ich grinste sie an. »Finde ich es richtig toll hier.«

»Das freut mich. Du weißt, dass du jederzeit kommen kannst, wenn du Fragen hast. Außer zu den Schaltschränken. Ich bin jetzt seit fünf Jahren hier und kapiere es immer noch nicht. Zum Glück müssen wir das gar nicht. Dafür haben wir die Fachleute, die diese Dinger bauen können.«

»Kristan scheint das ebenfalls zu können.«

Lia hob verwundert die Augenbrauen. »Natürlich. Er ist der Chef. Er sollte das können, oder?«

Ich zuckte mit den Schultern. »In meiner letzten Firma wussten die Chefs nicht, was die Produktion macht. Also, sie wussten es schon, aber sie hätten es nicht selbst gekonnt. Manchmal hatte ich sogar den Verdacht, dass sie nicht einmal die genauen Unterschiede zwischen den einzelnen Produkten kannten. So als ob wir …« Ich suchte nach einem passenden Vergleich. »Als ob wir einen Obststand mit exotischen Früchten hätten. Und auf die Frage, was wir verkaufen, sagten sie: Südfrüchte. Sie wussten zwar, dass die Ananas, Papaya und Mango heißen, aber wenn jemand gefragt hätte, was der Unterschied zwischen den einzelnen Sorten ist, dann wären sie in Erklärungsnot geraten. Oder wenn ein Kunde eher säuerliches Obst mag und dann eine Empfehlung wollte, welches er einmal probieren sollte, dann hätten sie es nicht gewusst. Rede ich jetzt wirres Zeug?«

Lia lachte erheitert. »Ein bisschen. Aber ich versteh, was du sagen willst. Kristan kann definitiv Papayas von Mangos unterscheiden, um bei deinem Beispiel zu bleiben. Und er weiß auch, wie man sie herstellt. Also nicht die Mangos, sondern die Schaltschränke. Er hat das schließlich von der Pike auf gelernt.«

»Das hat er nie erwähnt.«

Lia zuckte mit den Achseln. »Hätte er bestimmt irgendwann gemacht.«

»Es geht mich ja auch nichts an. Was er macht und kann und…« Ich brach ab. Und was ich sonst noch alles nicht von ihm wusste.

Lia verstand, was ich nicht aussprach. Sie neigte sich zu mir vor und senkte die Stimme.

»Er ist sechsunddreißig und hat erst eine Ausbildung gemacht, dann studiert und schließlich den Laden hier übernommen und ganz neu aufgezogen.«

»Puh. Beeindruckendes Tempo.«

»Stimmt. Er hat seine ganze Energie in die Arbeit gesteckt. Leider. Er ist ein netter Kerl, oder? Man sollte meinen, dass er sich auch ein Privatleben gönnt.«

»Tut er nicht?« Ich hatte ebenfalls die Stimme gesenkt, was nicht verhinderte, dass man die angespannte Neugierde deutlich hören konnte.

»Nein, aktuell nicht. Ich hoffe, dass er bald wieder damit anfängt. Jetzt, wo die Bude läuft und er endlich mal durchatmen könnte, wäre es an der Zeit, dass er sich eine nette Freundin sucht.«

»Vielleicht will er das nicht.«

»Er ist ein Familienmensch und würde gerne seine eigene gründen. Aber Kristan ist eben Kristan. Er will nicht einfach irgendeine Frau, sondern die Richtige.«

»Und woher weißt du das?«

»Weil ich ihn kenne. Wir sind zusammen zur Schule gegangen. So ist das in kleinen Städten wie dieser. Man kennt sich und weiß alles über den anderen.«

Ich nickte nachdenklich.

Lia richtete sich wieder auf und beendete damit unsere Unterhaltung.

»So, ich lass dich weitermachen. Und wie gesagt: Falls du Fragen hast, komm zu mir. Egal, worum es geht.« Sie zwinkerte mir zu und machte sich davon. Leider nicht schnell genug, um vor ihr verbergen zu können, dass meine Wangen einmal mehr vor Verlegenheit aufglühten.

Das Wochenende verbrachte ich zum Großteil im Augustinerheim. Zwar ging es meinem Onkel etwas besser, aber der Husten hielt sich hartnäckig und strengte ihn an, was mir gar nicht gefiel. Ich saß am Sonntagmorgen neben ihm und versuchte Optimismus zu verbreiten, ehe ich mich auf den Weg machte, um bei der nachmittäglichen Kaffeerunde zu helfen. Am Samstag sprang ich zudem kurzfristig ein, um eine Bewohnerin zu einer Veranstaltung zu begleiten. Ihre alte Kirchengemeinde feierte das jährliche Gemeindefest und es war vereinbart gewesen, dass die Tochter einer Freundin sie abholen würde. Aber die aktuell grassierende Erkältungswelle hatte auch diese Frau erwischt, weshalb sie absagen musste. Ich kam gerade aus dem Zimmer meines Onkels und wollte eigentlich ein paar Einkäufe erledigen und dann endlich einmal an die unsäglichen Umzugskisten gehen, als ich Rosie sah. Sie war bereits fix und fertig angezogen, als die Absage kam, und sah so traurig und einsam aus, dass ich mich spontan erkundigte, ob ich ihr helfen könne. Ich kannte die alte Dame von den Veranstaltungen hier im Haus und ich mochte sie gerne. Als sie mir alles berichtet hatte und gestand, wie sehr sie sich darauf gefreut hatte, wieder einmal im Kreis der Menschen zu sein, mit denen sie so lange ihr Leben und ihren Glauben geteilt hatte, tat sie mir unendlich leid. Und so kam die spontane Idee in mir auf, dass ich sie begleiten könnte. Ich organisierte ein Taxi, schnappte mir Rosie und verbrachte einen langen Nachmittag in einem kleinen, überhitzten Gemeindesaal. Abends sah ich noch einmal nach meinem Onkel, ehe ich schnell in einen Supermarkt eilte. Als ich endlich mit meinen Einkaufstüten zu Hause ankam, war es spät. Ich sah den Kistenturm und eine ganz ungewohnte Müdigkeit überfiel mich. Nicht mehr heute, dachte ich. Es war sowieso zu spät, um die Regalbretter an die Wand zu dübeln, und morgen war schließlich auch noch ein Tag.

Leider ging es nicht weniger turbulent weiter. Die Tage waren eigentlich viel zu kurz, um alles zu schaffen, weshalb ich auch weiterhin länger im Büro blieb. Es machte mir Spaß, mich immer besser mit der Aufgabe auszukennen, und deshalb fand ich es nicht schlimm, wenn es mal später wurde.

»Schon wieder Überstunden?«

Ich sah zur Tür, wo Kristan entspannt am Türrahmen lehnte.

»Ich bin eben fertig geworden. Es ist immer blöd, wenn man etwas beinahe erledigt hat und dann aufhört und am nächsten Tag noch einmal drangehen muss.«

»Als ich sagte, dass dieses Audit drängt, meinte ich nicht, dass ich es in einer Woche fertig haben will. Ich bin mir durchaus bewusst, dass so etwas länger dauert.«

»Das weiß ich. Und ich mache das nicht, um extra Überstunden anzusammeln.«

»Das wollte ich nicht andeuten.« Er stieß sich ab und kam ins Zimmer geschlendert. »Aber jetzt ist Schluss für heute. Das ist eine Anweisung.« Er sah mich einen Moment streng an, dann lachte er. »Man sagt mir nach, dass ich arbeitssüchtig sei und mein Privatleben vernachlässige. Aber du scheinst noch schlimmer zu sein.«

Ich fürchte, ich zuckte ein ganz klein wenig zusammen bei diesen Worten, weil mir direkt das Gespräch mit Lia in den Sinn kam. Aber wie sollte er davon wissen?

»Lia hat es sich zur Aufgabe gemacht, mich immer mal wieder freundlich daran zu erinnern, dass der Job nicht alles ist.«

»Oh«, sagte ich, weil ich nicht wusste, ob ich das kommentieren sollte.

»Wir sind Sandkastenfreunde, vermutlich darf sie das also. Und so, wie ich sie kenne, würde sie es auch dann tun, wenn sie es nicht dürfte. Pass bloß auf, es wird nicht mehr lange dauern, dann hat sie dich ebenfalls auf dem Radar. Zumindest, wenn du so weitermachst.«

»Ich habe ein Privatleben.«

»Das ist gut. Na los, fahr den Computer herunter, dann bring ich dich dorthin.«

»Dorthin?«

»In dein Privatleben.« Er lachte und griff nach meinem Mantel, um ihn mir galant hinzuhalten und mir keine andere Wahl zu lassen, als ebenfalls zu gehen.

»Du bist oft hier, was?« Kristan blickte an der Fassade des Seniorenheims hinauf, vor dem er eben den Wagen gestoppt hatte.

»Ja. Mein Onkel leidet gerade an einer hartnäckigen Erkältung, die einfach nicht verschwinden will. Ich möchte nur kurz nach ihm sehen.«

»Das ist sehr nett.« Er zögerte einen Moment. »Aber das kann es doch nicht sein?«

»Was?«

»Dein Privatleben. Du wechselst von einem Job in den anderen.«

»Das ist doch kein Job! Das ist mein Onkel.«

»Natürlich«, sagte er und seine Stimme klang jetzt sanft. »Aber es ist nicht das, was Lia als Privatleben durchgehen lassen würde.«

»Nun, es ist das, was ich in meiner freien Zeit machen will. Meinen Onkel besuchen. Mich mit den Ehrenamtlichen treffen. Das sind meine Freunde. Ich bin ja nicht hier aufgewachsen, ich kenne sonst niemanden.«

»Dann bist du alleine hierhergezogen?«

Ich brauchte einen Moment, ehe ich knapp nickte. Blöd, denn es war nichts, wofür ich mich schämen sollte.

»Es wird sich ändern. Man lernt hier schnell neue Menschen kennen.« Kristan lächelte aufmunternd. »Allerdings muss man dazu auch mal das Büro verlassen und vielleicht sogar ausgehen.«

»Sprichst du aus Erfahrung?« Ich wusste nicht, weshalb ich plötzlich so schnippisch wurde, das war eigentlich nicht mein Stil. Aber ich fand es schwierig, mit ihm darüber zu reden, dass ich alleine war, und hatte Angst, sagen zu müssen, weshalb das so war. Er jedoch lachte auf.

»Touché! Ich bin vermutlich der Falsche, um dir Tipps zu geben.« Dann wurde er wieder ernst. »Es tut mir leid. Ich bin einfach davon ausgegangen, dass es irgendwo einen Mann gibt, der auf dich wartet.«

»Nun, mein Onkel tut das, von daher …« Ich griff nach dem Türöffner, als sich Kristans Hand sanft auf meinen Arm legte.

»Ich wollte dir nicht zu nahetreten, Fine. Und du hast recht, ich sollte so etwas nicht fragen. Vielleicht ist das Lias jahrelanger Einfluss. Wir reden auch über solche Sachen. Weil wir uns umeinander kümmern und uns für den anderen interessieren. Dafür, ob es ihm gutgeht, ob er Hilfe braucht oder ob man bei einem Problem helfen kann. Ich möchte nicht, dass du das falsch verstehst. Es war einfach nur eine Frage.«

Ich sah in seine Augen, die in diesem dunklen Wagen nicht mehr blau strahlten, sondern dunkel und seltsam fesselnd wirkten. Dann nickte ich ein letztes Mal.

»Danke. Nun, außer meinem Onkel wartet niemand auf mich. Weder hier noch sonst wo.«

# KAPITEL 7

In den nächsten Tagen wurde mir immer bewusster, dass Kristan die Wahrheit gesagt hatte. In dieser Firma stellte man Fragen, die anderswo vermieden wurden. Aber man stellte sie nicht aus den falschen Gründen, sondern weil man sich einfach für seine Mitmenschen interessierte. Und niemand hatte Hintergedanken dabei. Auch das kannte ich nicht. In meiner alten Arbeitsstätte war ich immer ein wenig vorsichtig gewesen. Klar, alle wussten, dass Quentin und ich zusammen waren, von daher war dieses Thema sowieso nicht interessant. Aber bei anderen privaten Fragen hielt man sich besser ein wenig bedeckt. Dort gab es sehr viel mehr Show, diesen Druck, dass man in jedem Bereich erfolgreich sein musste, um nicht als Versager zu gelten. Oder in meinem Fall als Mauerblümchen. Hier jedoch durfte man seinen eigenen Lebensentwurf haben. Und auch mal zugeben, dass der gerade leider gar nicht mit den Tatsachen konform ging und man das bedauere. Man musste nicht diese *Mein Haus – Meine Frau – Mein Boot*-Nummer abziehen. Das fand ich sehr entspannend. Natürlich würde ich dennoch nicht mit meiner Geschichte hausieren gehen, das war einfach nicht meine Art. Nur bei Lia hatte ich keine Chance. Sie berichtete munter aus ihrem Leben als Ehefrau und Mutter und scheute nicht davor zurück, auch Probleme und Unstimmigkeiten zu erwähnen. Gleichzeitig war sie so entwaffnend neugierig, weshalb ich hier einen Neuanfang gewagt hatte, dass ich irgendwann nachgab und ihr von Quentin erzählte.

»So ein blöder Sack!«, war ihr treffender Kommentar. »Du kannst froh sein, dass du rechtzeitig dahintergekommen bist. Eine Frau wie dich zu betrügen!«

»Nun ja, die andere«, ich dachte an Sontje und krauste die Nase. »Sie ist wohl das, was man eine Traumfrau nennt.«

»Und was bitte soll das sein?«

»Du weißt schon. Lange blonde Haare …«

»Die hast du auch.«

»Aber meine Locken sind immer ein wenig zu unordentlich. Ihre ringeln sich am Abend noch wie frisch vom Friseur.«

»Tzz«, machte Lia.

»Und sie hat eine tolle Figur.«

»Wie du!«

»Quatsch. Ich bin viel zu klein und an den falschen Stellen gerundet. Was sich bei mir an Bauch und Oberschenkeln verteilt, ist bei ihr am Hintern und der Brust.« Ich sah auf meine eigene hinab, die nicht wirklich der fleischgewordene Männertraum war. Eher ein Träumchen. Quentin hatte einmal scherzhaft gefragt, ob die wohl irgendwann erwachsen werden würden. Ich hatte zumindest gedacht, dass er es spaßig meinte, aber offensichtlich waren sie ihm auf Dauer tatsächlich zu kindlich gewesen. Nun, jetzt konnte er in den Vollen schwelgen, der blöde Sack.

»Wir müssen dringend an deinen Komplexen arbeiten«, befand Lia eben und starrte ihrerseits auf meine beiden Mini-Prachtstücke. »Erstens: Du bist eine Traumfrau. Deine Haare sind toll und du bist total süß. Deine Augen sehen immer so neugierig und ein bisschen naiv in die Welt, aber auf eine gute Weise. Du bist nett, gescheit und witzig. Du hast eine unglaublich positive Ausstrahlung, weißt du das? Und ich mag deinen Look. Du erinnerst mich an eine dieser kleinen niedlichen Französinnen, die gerade ihren

Schulabschluss gemacht haben. Besonders, wenn du diese rote Mütze trägst.«

»Meine Baskenmütze. Das war die Einzige, die ich im Umzugschaos gefunden habe.«

»Dann hör auf zu suchen. Die ist toll, du brauchst keine andere.«

»Danke.«

»Zudem«, machte sie weiter und wischte meinen Dank resolut mit einer Handbewegung beiseite. »Du bist nicht zu klein. Im Vergleich zu was auch? Es gibt immer welche, die größer sind, und welche, die dünner sind. So ist das halt. Und deine Figur ist super! Da gibt es doch nichts auszusetzen. Außer du willst eine Barbie sein.«

Ich griente. »Nein, ich will keine Barbie sein. Es ist nur … Wenn du gegen eine Beinahe-Barbie ausgetauscht worden bist, dann fragst du dich eben manchmal, ob es daran lag. Dass du optisch nicht den Ansprüchen genügen konntest.«

»Man lebt doch nicht mit einer Statue zusammen. Man will den anderen doch nicht nur ansehen, sondern auch mit ihm reden, lachen, Träume spinnen.«

»Nicht jede Barbie ist hohl«, warf ich ein. »Na ja, du weißt schon, was ich meine.«

»Klar. Aber du weißt auch, was ich meine. Titten sind austauschbar. Die Seele eines Menschen ist es nicht.«

Ich musste schlucken. Irgendwie fand ich diesen Satz ziemlich ergreifend, auch wenn man ihn vermutlich nie auf einen Kalender drucken würde.

»An deiner Erscheinung ist absolut nichts auszusetzen. Also hör auf, die Schuld bei dir zu suchen.« Sie starrte mich so lange herausfordernd an, bis ich endlich lächelnd nickte.

»Kluges Mädchen. Ich wusste es gleich, dass ich dich mag.«

»Danke. Das hat ziemlich gutgetan.«

Sie hob die fast leere Kaffeetasse und ließ sie donnernd an meine krachen. »Jederzeit gerne. Du heulst der Ratte doch nicht mehr nach, oder?«

Ich überlegte nur kurz. »Nein. Seltsamerweise mache ich das wirklich nicht mehr.«

Auch mit Kristan ergaben sich immer wieder kleine private Plaudereien, wenn wir gerade eine Aufstellung durchgegangen waren und alles geklärt war, was sich an Fragen ergeben hatte. Allerdings wanderte die Themenauswahl dabei nie auf die Größe meiner Brüste oder die Tatsache, dass mein Ex-Freund sich mit unserer Nachbarin eingelassen hatte. Zum Glück, denn das war etwas, was ich vielleicht Lia anvertraute, aber nicht mit jedem besprechen wollte. Dafür hatten wir andere Themen. Den Gesundheitszustand meines Onkels und die geplanten Aktionen für seine Mitbewohner zum Beispiel. Kristan schien ehrliches Interesse daran zu haben und da es das war, was ich liebte, erzählte ich begeistert davon. Vermutlich klang ich ein wenig wie eine dieser verrückten Katzenladys, die ständig von ihren Lieblingen redeten, bis es jedem zu den Ohren rauskam. Nur dass meine Katzen eben einsame alte Menschen waren, die sich so sehr über ein bisschen Aufmerksamkeit freuten.

Ich hatte mich auch noch zweimal überreden lassen, dass er mich abends auf dem Heimweg mitnehmen und dort absetzen durfte. Beide Male war es kalt und regnerisch gewesen und meine Lust, durch die Nacht zu spazieren, hatte sich ziemlich in Grenzen gehalten. Zudem lernte ich ihn mit jedem Tag besser kennen und wusste, dass er es wirklich nur deshalb anbot, weil er nett sein wollte. Die Frau, die ihn einmal bekam, war echt zu beneiden, dachte ich versonnen. Also, nicht *so* zu beneiden. Aber generell eben, weil er einfach ein toller Kerl war und dazu auch noch gut aussah. Mist, das klang schon wieder falsch. Aber ich fand seine ganze Ausstrahlung nun mal super. Er war das, was man sich als besten Freund wünschte, das war es! Und weil in dieser Firma echte Freundschaften entstanden, war das genau die richtige Beschreibung. So würde ich ihn in Zukunft sehen, dachte ich und machte mir selbst etwas vor, ohne es zu wissen.

»Weshalb bist du so still?«, fragte mein zukünftiger bester Freund und blinkte, um am Straßenrand anzuhalten und mich einmal mehr am Heim abzusetzen.

»Was? Ich war in Gedanken, entschuldige.« Ich wurde rot wie ein ertapptes Schulmädchen, obwohl meine Gedanken eigentlich ganz sittsam gewesen waren.

»Etwas, wobei ich helfen kann?«

»Nein«, log ich rasch.

»Planst du schon wieder etwas für deine alten Herrschaften?«

»Hm«, machte ich, weil es das Einfachste war.

»Hör mal, Fine, das ist nur ein Rat. Aber du solltest diese Sache vielleicht nicht ganz so exzessiv betreiben. Das kostet ziemlich viel Zeit und Kraft.«

Ich drehte ihm überrascht den Kopf zu. Seine Stimme klang mit einem Mal so ernst, dass ich beinahe erschrak.

»Ich schaffe das schon. Das ist keine Mühe für mich, das macht mir Spaß.«

»Ich weiß.« Er ließ ein leises Seufzen hören, als überlege er, wie er einem dummen Kind einen Sachverhalt erklären könnte. »Aber auch Dinge, die uns Spaß machen, kosten Kraft. Und du scheinst mit deiner etwas inflationär umzugehen.«

»Keine Angst. Ich verspreche dir, dass die Arbeit nicht darunter leiden wird. Die kommt natürlich an erster Stelle.«

»Du glaubst, dass es mir darum geht? Ich weiß, dass du alles gibst und noch mehr. Ich mache mir keine Sorgen, dass du deinen Job nicht ausreichend erledigst. Es geht um dich, Fine. Du wirkst in den letzten Tagen einfach etwas erschöpft.«

»Das ist nur eine leichte Erkältung.«

»Dann solltest du erst recht auf dich achtgeben.«

»Das mache ich. Es ist wirklich nur ein Schnupfen, den ich mir blöderweise eingefangen habe. Und als Ausgleich für diese Besuche lasse ich anderes liegen.« Ich machte eine lässige Geste. »Meine unsäglichen Umzugskisten zum Beispiel. Die sind immer noch nicht alle leer.«

Auch wenn ich so getan hatte, als wären diese Kisten etwas, was ich gut ignorieren konnte, nervten sie mich mittlerweile ziemlich. Zumal es nicht das Einzige war, was ich immer weniger im Griff hatte. Ich merkte inzwischen selbst, dass ich eventuell an meine Grenzen stieß. Der hastige Umzug, die neue Umgebung, der unbekannte Job und die Sorgen um meinen Onkel waren vielleicht wirklich etwas zu viel gewesen. Und der kleine Schnupfen machte sich auch deutlicher bemerkbar, als ich zugeben wollte. Als ich an diesem Abend nach Hause kam, spürte ich, dass ich tatsächlich mal eine Pause einlegen sollte. Ich machte mir ein schnelles Essen und ließ das Geschirr im Spülbecken stehen, weil ich keine Energie mehr hatte, um auch nur die Spülmaschine auszuräumen. Das mache ich morgen früh, dachte ich erschöpft. Ich war plötzlich richtig erschlagen, so als ob mein Körper spürte, dass mein ewig pflichtbewusster Kopf gerade nachgab und einfach mal nichts tun wollte. Er witterte die Chance auf eine Auszeit und tat alles, um die zu bekommen. Deshalb ließ ich mich auf das Sofa sinken und griff nach der Fernbedienung. Noch eine Folge meiner aktuellen Lieblingsserie, dachte ich optimistisch, dann geh ich ins Bett.

# KAPITEL 8

Als ich am nächsten Morgen aufwachte, lag ich noch immer auf dem Sofa. Der Fernseher lief und das Licht brannte. Ich tastete nach der Fernbedienung und spürte, dass mein ganzer Körper wehtat. Als ich gähnte, musste ich feststellen, dass nicht nur meine Knochen schmerzten. Auch der Hals tat weh, die Nase war verstopft und der Kopf dröhnte. Großartig, dachte ich, als ich mich unter die Dusche quälte. Das fehlt mir gerade noch.

Ich frühstückte ein paar Löffel Müsli, nur um mir eine Aspirin einwerfen zu können, die hoffentlich meinen dumpf pochenden Kopf in den Griff bekam, und machte mich auf den Weg zur Arbeit. Auch das Geschirr würde warten müssen, dazu hatte ich aktuell wirklich keine Lust.

Lia benötigte nur einen kurzen Blick, um sich ihr Urteil zu bilden. »Du gehörst ins Bett. Du bist krank.«

»Ich bin erkältet, das ist alles. Bleib einfach ein wenig auf Abstand, ich verschwinde gleich in meinem Büro.«

»Ich behalte dich im Auge«, rief sie mir nach.

Ich hob nur eine Hand und schloss mit Nachdruck die Tür. Klar, ich wollte natürlich niemanden anstecken, aber ich konnte es mir auch nicht leisten, den Tag freizunehmen. Mir klang noch die unterschwellige Frage im Ohr, ob mein Privatleben zu viel Kraft kostete, die ich dann nicht in die Firma stecken konnte. Und da Kristan heute nicht im Büro sein würde und wir deshalb auch kein Meeting hatten, lief niemand Gefahr, sich bei mir anzustecken.

Vermutlich hatte ich schon produktivere Tage gehabt, aber ich bekam zumindest das Nötigste vom Tisch. Zweimal telefonierte ich mit Kristan und schaffte es, nicht allzu verschnupft zu klingen. Als ich abends auf einen Sprung bei meinem Onkel vorbeiging, ließ ich mir am Personalraum eine Maske geben. Josef war endlich auf dem Weg der Besserung; vermutlich hatte sich seine Erkältung nun mich auserkoren. Und da ich sie eindeutig besser wegsteckte als er, sollte sie bitte schön auch bei mir bleiben.

»Das hättest du vorher machen sollen. Nicht erst, nachdem du dich angesteckt hast«, bemerkte Josef weise und deutete auf die Maske.

»Tja, hinterher ist man immer schlauer«, gab ich zu.

Er lachte und zum ersten Mal seit Tagen führte das nicht direkt in einen Hustenanfall.

»Ich mache mir Sorgen um dich, Mädchen.«

»Quatsch. Das ist nur eine Erkältung.«

»Das meine ich nicht. Du solltest nicht jeden Tag bei deinem alten Onkel sitzen. Du bist jung. Du musst leben! Spaß haben.«

»Den habe ich mit dir.«

»Mit einem jungen Mann.«

»Onkel Josef, das hatten wir doch schon. Es ist eben, wie es ist. Wenn der Richtige kommt …«

»Dann findet er dich? Hier?« Er kicherte. »Du stehst doch nicht auf Dörrobst, oder?«

»Nein.« Ich musste ebenfalls lachen und dann husten. »Obwohl es hier schon ein paar echte Gentlemen gibt. Dich ganz zuerst, aber du bist ja mit mir verwandt.«

»Verpass nur nicht das Leben, das ist alles. Versprich mir, dass du deine Chance ergreifst, wenn du sie bekommst.«

»Das werde ich tun.«

»Und komm bitte in Zukunft nicht jeden Tag. Das ist sehr nett, aber weißt du«, er senkte die Stimme und blinzelte frech. »Die Damen hier sind deinetwegen schon ein wenig eifersüchtig. Ich kann ihnen doch nicht das Herz brechen. Sie wollen sich weiterhin Hoffnungen machen, dass sie mich noch einfangen können.«

Ich tätschelte seine Hand. »Wie schön, dass du langsam wieder der Alte bist.«

»Dank dir, Finchen. Du hast dich rührend um mich gekümmert, als ich dachte, dass mein Ende gekommen ist. Diese Erkältung war wirklich nicht ohne. Und wenn sie jetzt dich erwischt hat, dann solltest du deine Fürsorge zur Abwechslung mal auf dich richten.«

Vermutlich hatte ich einmal zu oft gehört, dass ich jetzt mal an mich denken sollte. Kristan hatte mir am Freitag sogar angedroht, mich umgehend nach Hause zu schicken, sollte ich am Montag nicht erholter aussehen. Als ob man das steuern könnte, wenn man erkältet ist. Aber ich hatte ihm versichert, dass ich an diesem Wochenende ausnahmsweise keine Pläne oder Veranstaltungen hatte und ich mich deshalb pflichtschuldigst auskurieren würde. Gegen einen kleinen Besuch bei meinem Onkel konnte er ja nichts einwenden, zumal ich den auch sicherheitshalber verschwieg. Und wenn ich neben dem Auskurieren ganz langsam den einen oder anderen Teller aus der Spülmaschine räumte, dann war auch das nichts, was er wissen musste.

Tatsächlich blieben die Teller weiterhin in der Maschine und ich begann, erneut im Spülbecken eine Geschirrsammlung anzulegen. Nichts, worauf ich stolz war, aber als ich dann daheim meinen Mantel auszog, überkam mich eine derart gewaltige Müdigkeit, dass ich mich einfach ins Bett verkroch. Dort blieb ich das ganze Wochenende. Ich stand nur auf, wenn es sein musste, und rief sogar Onkel Josef an, um ihm mitzuteilen, dass ich nicht kommen würde. Er versicherte mir, dass er wieder auf den Beinen war – beziehungsweise auf dem Rollator – und sich heute in den Aufenthaltsraum wagen würde. Ich solle mir um ihn keine Gedanken machen und mich stattdessen einfach mal aufs

Sofa legen und nichts tun. Das tat ich umgehend und am Ende hatte ich das ganze Wochenende verschlafen.

Am Montagmorgen dachte ich, das Schlimmste hinter mir zu haben. Die Ruhephase hatte mir gutgetan, auch wenn mein Schnupfen hartnäckig die Nase blockierte. Aber ich fühlte mich besser und machte mich auf den Weg zur Arbeit.

Leider merkte ich bald, dass ich einem vorübergehenden Gefühl aufgesessen war. Mir war es besser gegangen, solange ich einfach nur im Bett lag, aber schon der Gang ins Büro hatte mich einen Großteil meiner Kräfte gekostet. Als ich endlich unter Lias missbilligendem Schnauben den Rechner hochgefahren hatte und auf die Tabellen vor mir stierte, merkte ich, dass mein Kopf sich weigerte, das zu verarbeiten, was er da sah.

»Das reicht jetzt. Du gehst heim und legst dich hin.« Lia war mit wehenden Fahnen in mein Büro gestürmt und stemmte beide Hände in die Hüften. »Mal davon abgesehen, dass du hier niemandem hilfst, hat auch keiner Lust, sich bei dir anzustecken.«

»Mach halt die Tür zu«, gab ich zurück. Dann sah ich ihren Blick und griff mir resigniert an den schmerzenden Kopf. »Du hast ja recht. Ich schwöre hoch und heilig, dass ich gleich gehe. Ich muss nur diese eine Sache fertigstellen. Dreißig Minuten, höchstens.«

»Ich stelle mir den Wecker«, versprach Lia grimmig und knallte die Tür zu.

In meinem Schädel dröhnte das Geräusch nach und vervielfältigte sich zu einem ausgewachsenen Konzert. *Herzlichen Dank auch,* dachte ich und wandte mich wieder dem Bildschirm zu. *Das macht es bestimmt viel besser.*

# KAPITEL 9

Nach der mir zugestandenen Zeit war ich noch längst nicht fertig. Wie auch, mit diesem Kopf, der sich beharrlich weigerte, irgendwie zu denken. Als sich die Tür zu meinem Büro öffnete, hob ich, ohne aufzusehen, die Hand, um Lia zu stoppen, ehe sie anfangen konnte zu schimpfen.

»Gleich. Ich brauche nicht mehr lange. Aber es geht auch nicht schneller, wenn du mich hetzt«, krächzte ich. Mein Hals wollte nicht hinter dem Kopf zurückstehen und tat übel weh. Und seit wann war meine Stimme so heiser? Ich räusperte mich und musste zur Abwechslung prompt husten.

»Ich denke, du brauchst weder Hetze noch sonst was.«

Erschrocken hob ich nun doch den Blick. Es war nicht Lia, sondern Kristan, der in der Tür stand. Und sein Gesicht war eine Mischung aus Besorgnis und … Wut?

»Das reicht jetzt, Fine. Ich weiß Einsatz und Pflichtbewusstsein wirklich zu schätzen, aber das ist übertrieben. Krank ist krank und du gehörst nicht ins Büro, sondern ins Bett.«

»Aber du hast gesagt, dass du die Tabelle zu den Erstkunden heute brauchst.«

»Allerdings nicht um jeden Preis.« Ich hatte ihn noch nie so resolut gehört. »Dann habe ich die eben erst ein paar Tage später. Oder ich suche es mir selbst zusammen, wenn es sein muss. Aber du gehst jetzt bitte.«

Ich brauchte einen Moment, ehe ich aufstehen konnte.

»Für immer?«, fragte ich dann und spürte erschrocken, wie sich Tränen in meinen Augen sammelten. Ich hatte es doch nur richtig machen wollen und nun hatte ich es auf der ganzen Linie verbockt. Ich wollte stark sein und tough und zuverlässig und jetzt war ich plötzlich ein Häufchen Elend.

»Natürlich nicht.«

Komisch, das hatte ich hören wollen, aber es beruhigte mich nicht. Stattdessen waren diese Worte der Auslöser, dass ich tatsächlich zu heulen begann. Die Worte oder seine Stimme, die schlagartig nicht mehr ernst und streng klang, sondern weich und warm und voller Mitgefühl und Verständnis.

»Was hast du bloß in deinem früheren Job erlebt?«, fragte er sanft und hielt mir den Mantel hin. »Es ist keine Schwäche, krank zu sein. Und schon gar kein Grund, deshalb gekündigt zu werden.«

»Solange man kein Fieber hat, kann man auch arbeiten«, nuschelte ich.

»Das war eure Arbeitsmoral?« Er schüttelte den Kopf. »Hier arbeitet niemand, der nicht dazu in der Lage ist. Und du siehst mies genug aus, wenn ich das mal sagen darf, um mindestens eine Woche keinen Fuß mehr in dieses Büro zu setzen. Ich hole nur eben meine Schlüssel, dann geht es los.«

»Wozu die Schlüssel?«

»Weil ich dich fahren werde. Sonst fällt es dir noch ein, auf dem Heimweg einen kleinen Umweg über das Seniorenstift zu machen.«

»Bestimmt nicht. Ich schaffe das alleine, danke.«

»Keine Widerrede. Ich bin sofort startklar. Du wartest hier«, setzte er mit einer Stimme nach, die schon wieder nach einem Lehrer und seinem unfähigen Schüler klang. »Ich werde nur eben noch die Unterschriftenmappe durchgehen, damit die Post pünktlich rausgeht. Das ist ruckzuck erledigt.« Er nickte Lia zu, die für diese Mappe verantwortlich war.

Meine Kollegin warf mir einen Blick zu, der entschuldigend sein sollte, aber auch bedeutete, dass ich das hübsch alleine verschuldet hatte, weil ich nicht auf sie gehört hatte und postwendend wieder gegangen war. Dann eilte sie davon, um die Mappe zu holen.

Ich stand da und fühlte mich ein ganz klein wenig überfahren und seltsamerweise auch trotzig. Ich war erwachsen, verdammt, und ich konnte alleine nach Hause gehen, wenn ich krank war. Okay, die Aussicht, nicht laufen zu müssen, war durchaus verlockend. Aber ich würde mich nicht wie ein ungehorsames kleines Mädchen aus dem Büro eskortieren lassen. Ich spähte auf den Flur, der verlassen dalag. Ich könnte das Fahrangebot annehmen, aber schon mal zum Wagen vorgehen. Zudem waren die Treppen eine kleine Herausforderung für meine schmerzenden Glieder; es war besser für mein Ego, die ohne Zeugen zu meistern.

»Ich warte unten«, rief ich sicherheitshalber in Richtung Chefbüro und machte mich auf den Weg. Ich hörte, dass Kristan etwas wie »komme gleich« und »warten« antwortete, entschied aber, dass ich das nicht gehört hatte.

Wäre ich besser drauf gewesen, dann hätte ich mir selbst dazu gratuliert, dass ich schon mal vorausging. Ich brauchte ewig und hatte das Gefühl, eine unglaubliche Leistung vollbringen zu müssen. Wie eine alte Frau quälte ich mich Stufe um Stufe hinab. Nein, so wollte ich nicht von Kristan gesehen werden. Es war schlimm genug, dass meine Nase rot war und meine Augen tiefe Ringe hatten. Vielleicht schaffte ich es, mich lässig an seinen Wagen zu lehnen, ehe er kam, und dann dem schneidenden Wind die Schuld für mein Aussehen in die Schuhe zu schieben? Mit solch blöden Gedanken im Kopf nahm ich den nächsten Tritt, als von oben Lias Stimme zu hören war.

»Hast du nicht klar und deutlich gesagt, dass sie warten soll? Echt, ich mag eigenständige Menschen, aber Fine hat ein klitzekleines Problem damit, sich mal helfen zu lassen. Hat die sich jetzt wirklich davongeschlichen?«

Ich drehte mich um und hob meine Stimme. »Ich bin nur schon mal vorgegangen. Ich wollte am Wagen …«

*Warten*, sollte der Satz zu Ende gehen. Aber das letzte Wort blieb mir im Hals stecken und wurde von einem Schrei ersetzt. Ich hatte nach oben geblickt, damit man mich hörte, weil meine Stimme aktuell nicht in der Lage war, besonders laut zu werden. Leider war ich dabei nicht stehen geblieben, sondern hatte mich in der Bewegung umgedreht. Unter normalen Umständen wäre das kein Ding gewesen, zumal ich ja auch eine Hand am Geländer hatte. In meinem gegenwärtigen Zustand jedoch kam ich unerwartet aus dem Tritt und geriet ins Ungleichgewicht. Hätte ich jetzt losgelassen und den Sturz in Kauf genommen, dann wäre vermutlich nicht viel passiert. Ich aber versuchte, mich zu halten, und ruderte ein wenig herum, nur um am Ende doch auf der Nase zu landen. Und dann wurde es richtig dumm, denn anstatt einfach die Treppe hinabzustürzen, glitt mein rechter Fuß durch mein Gezappel nach hinten und die Spitze meines Stiefels verfing sich in der Stufe. Diese blöde Treppe hatte nämlich, wie ich jetzt registrierte, offene Stufen und irgendwie schaffte es mein Fuß, komplett zwischen den beiden Trittstufen hindurchzurutschen. Als ich dann unversehens nach vorne kippte, klemmte er sich wie ein rechter Winkel an der hinteren Kante fest. Das hatte zur Folge, dass ich mit einem Schrei und mit ausgestreckten Armen bäuchlings auf der Treppe landete, wo umgehend die Schwerkraft einsetzte. Sie versuchte, mich Richtung Fußboden zu verfrachten – zumindest so lange, bis ich abrupt und ziemlich qualvoll gestoppt wurde. Von meinem verklemmten Fuß, der es gar nicht gut aufnahm, dass er mein ganzes Gewicht auf diese Art bremsen musste. Ein fieser Schmerz machte mir das deutlich, als ich mich zu befreien versuchte. Ich unterdrückte einen Aufschrei und begnügte mich mit einem

Stöhnen. Am liebsten hätte ich geheult, aber dann schniefte ich und überlegte, dass ich einfach auch hier liegen bleiben könnte. Danke schön, der Tag war mies genug gewesen. Ich mache jetzt einfach die Augen zu, ignoriere den ganzen Mist und gönne mir eine Mütze Schlaf. Dann hörte ich Gepolter, einen spitzen Schrei, gefolgt von einem deftigen Fluch, und machte mich auf eine Strafpredigt gefasst.

»Fine! Scheiße, hörst du mich?«

Lia rief beinahe panisch immer wieder meinen Namen, während sie die Stufen hinabpolterte. Es klang, als stürme eine ganze Horde die Treppe, sie war also nicht alleine. Großartig! Der Lärm tat meinem dröhnenden Kopf nicht gut und zudem hatte ich wenig Interesse daran, dass gleich die halbe Firma hier aufkreuzte und mich in meiner Dämlichkeit begaffte. Ich verwarf daher die verführerische Idee, einfach liegen zu bleiben, und versuchte erneut, den Fuß frei zu bekommen. Was leider nicht ohne ein paar Schimpfwörter vonstattenging und am Ende ergebnislos war.

»Gott sei Dank, du bist bei Verstand!«

»Mehr oder weniger«, brummte ich. »Aber ich hänge fest«, gab ich dann zu und kämpfte gegen die Tränen an.

»Warte. Wir machen das ganz vorsichtig.«

Das war Kristans Stimme. Er war hinter Lia die Stufen herabgestürmt und kniete nun neben mir. Er sah zu Lia, die nickte und sich an meinem Fuß positionierte, während er seine Hände umstandslos um meine Mitte legte und fest zupackte, um mich in dieser demütigenden Position zu halten. Lia tat, was getan werden musste, und befreite meinen Fuß aus der dummen Stufe, indem sie ihn einfach mal kurz drehte. Ich ächzte vor Schmerz auf, spürte dann aber, dass ich freigekommen war. Nur dass ich immer noch Schädel voraus auf der Treppe lag, was mich ein wenig in Schwierigkeiten brachte. Ich wäre gerne elegant auf die Beine gekommen, musste aber einsehen, dass es besser war, mir helfen zu lassen. Unter anderen Umständen wäre es sicher sehr komisch gewesen, wie man mich jetzt langsam in eine normale Position brachte, aber zum Lachen war mir gerade gar nicht zumute. Schließlich hatten es die beiden mit vereinten Kräften geschafft, dass ich auf der zweituntersten Stufe saß, blass und angestrengt atmend, aber wenigstens wieder mit dem Hirn nach oben.

»Geht es? Ist dir schlecht? Hast du dir den Kopf angeschlagen?« Kristans Stimme klang besorgt, als er sich jetzt auf die Stufen setzte und forschend mein Gesicht musterte. Immerhin kein weiterer Anraunzer, dachte ich müde und schüttelte den Kopf.

»Alles gut. Ich habe mich ja schlauerweise selbst gebremst.« Ich wollte mit dem Fuß wackeln, aber das war keine gute Idee. Ich spürte, wie mir vor Schmerz der Schweiß auf die Stirn trat, und schloss kurz die Augen. Als ich sie wieder öffnete, sah ich gerade noch den Blick, den die beiden wechselten.

»Fine? Was ist los? Werd mir jetzt bloß nicht ohnmächtig.« Kristan hatte einen sehr bestimmenden Ton drauf, aber seltsamerweise wirkte es.

Ich atmete tief durch. »Mein Fuß tut ein bisschen weh«, gestand ich dann, weil ich das vermutlich sowieso nicht verheimlichen konnte und ein wenig Hilfe beim Aufstehen auch nicht schaden würde.

»Ich rufe einen Krankenwagen.« Lia zückte ihr Handy.

»Nein!« Ich wedelte mit den Händen. »Das ist nicht nötig. Bitte! Mir geht es gut. Ich könnte nur ein bisschen Unterstützung beim Aufstehen brauchen.«

Sie sah unsicher zu Kristan, der einen Moment nachdachte.

»Bist du sicher? Du hast dir wirklich nicht den Kopf angeschlagen?«

»Wirklich nicht. Der ist nur ein wenig benebelt von der Erkältung.« Es hatte ja keinen Zweck, mein Zustand war desolat genug und ich hatte keine Lust mehr, heldenhaft zu sein. »Es ist vielleicht doch eine gute Idee, wenn ich einfach nach Hause gehe und mich ein wenig hinlege.« Ich sah seine hochgezogenen Augenbrauen und seufzte. »Oder mich heimfahren lasse.«

Lia wedelte noch immer mit dem Handy. Kristan betrachtete mich, als wolle er in meinem Gesicht einen Bericht abrufen, in dem akkurat aufgeführt war, welche Verletzungen mein geschundener Körper aufzuweisen hatte. Oder als ob er überlege, ob er mir glauben könne. Nein, dann lieber den Verletzungsbericht, so wie die das in den Autowerkstätten machten, wenn man heutzutage ein technisches Problem hatte. Erst mal einen Stecker rein und das Fehlerprotokoll auslesen. Dann machte er eine abwehrende Geste in Lias Richtung und griff nach meinem Unterarm.

»Schauen wir mal, ob wir dich auf die Beine bekommen.«

Mit der Unterstützung von Kristan links und Lia rechts klappte es einigermaßen gut mit dem Aufstehen. Ich fühlte mich etwas wackelig, was aber auf den Schrecken zurückzuführen war. Instinktiv achtete ich darauf, mein Gewicht komplett auf den linken Fuß zu verlagern. Als ich jedoch stand und die beiden nach einem fragenden Blick ihre Hände weggenommen hatten, schwankte ich prompt.

»Geht es? Kannst du auftreten?«

Ich hoffte es zwar, versuchte es aber dennoch mit größter Vorsicht. Was gut war, denn schon die geringste Belastung steigerte den Schmerz um ein Vielfaches. Als hätte er damit gerechnet, schnellte Kristans Hand vor und stützte mich, ehe ich einknickte.

»Das hatte ich befürchtet. Du wirst dir das ansehen lassen.«

Ich nickte brav. »Ich werde später zum Arzt gehen.«

»Oh nein.« Er lachte auf, als hätte ich einen Scherz gemacht. »Wir fahren ins Krankenhaus, ehe ich dich zu Hause abliefere.« Er sah, dass ich Einspruch einlegen wollte, und verzog kurz den Mund, als amüsiere er sich unerklärlicherweise über mich. »Deine Wahl. Ich fahre dich hin oder Lia bestellt den Krankenwagen.«

# Kapitel 10

»Und Sie sind also die Treppe hinuntergestürzt?«

»Ja«, bestätigte ich und warf einen Blick zu Kristan hinüber, der darauf bestanden hatte, mich im Untersuchungsraum abzuliefern. Als ob ich auf den letzten Metern noch davonlaufen könnte. Mittlerweile tat der Fuß so weh, dass ich das nicht mal dann getan hätte, wenn aus dem Nichts Quentin aufgetaucht wäre.

»Hm«, machte die Ärztin und sah ebenfalls zu meinem Chef. Sie war eine sehr forsche Frau in mittleren Jahren und Angst stieg in mir hoch, dass sie die Untersuchung ebenso resolut durchführen könnte, wie sie insgesamt auftrat. Dann musterte sie ungeniert mein Gesicht. Ich schwitzte immer noch, was seltsam war, weil ich eigentlich fror wie eine Verrückte. »Ist die Verletzung am Fuß das Einzige, was Sie sich dabei zugezogen haben? Oder gibt es noch mehr, was ich wissen sollte? Ein paar blaue Flecken hier und dort?«

Sie versuchte erst gar nicht, ihr Misstrauen zu verbergen. Selbst ich in meinem Zustand verstand die Anspielungen problemlos.

»Ich bin wirklich auf der Treppe gestürzt. Total ungeschickt von mir. Ich war unaufmerksam.« Meine Stimme war immer noch krächzend und ein neuer Hustenanfall rundete die Worte ab.

Wieder nickte sie nur und rückte dann auf ihrem Rollhocker näher an mich heran.

»Sie haben eine ordentliche Erkältung.«

»Das war auch der Grund, weshalb ich unaufmerksam war«, bestätigte ich eifrig.

»Hm.« Sie warf einen demonstrativen Blick in die Unterlagen. »Hier steht, dass es ein Arbeitsunfall war.«

»Es war die Treppe in der Firma, richtig«, wagte sich Kristan nun einzubringen. »Ich bin ihr Arbeitgeber.«

»Und Sie verlangen von Ihren Mitarbeitern, in diesem Zustand zu arbeiten?«

»Nein«, warf er empört ein, aber die Ärztin schnitt ihm das Wort ab.

»Sie haben eine Sorgfaltspflicht Ihren Untergebenen gegenüber.«

»Das weiß ich«, sagte er fest und richtete seinen Rücken auf. »Und ich habe keine Untergebenen. Ich habe Mitarbeiter. Die leider manchmal ein wenig störrisch sind und darauf beharren, im Büro aufzutauchen, selbst wenn sie krank sind.« Er konnte sich einen kleinen Seitenblick nicht verkneifen. »Frau Engels war eben auf dem Weg nach Hause, weil sie endlich eingesehen hat, dass sie ins Bett gehört, als es passierte.«

Jetzt starrten beide mich an.

»Heute Morgen war es noch nicht so schlimm«, log ich und schniefte in Ermangelung eines Taschentuchs trotzig.

»Sie haben Fieber«, stellte die Ärztin mit einer raschen Handbewegung fest.

Kristan warf mir einen Blick zu, der eindeutig *Wusste ich es doch* hieß.

»Heute Morgen habe ich keines festgestellt«, verteidigte ich mich und verschwieg, dass ich extra nicht gemessen hatte. Jeder weiß doch, dass es einem noch schlechter geht, wenn man weiß, dass man welches hat.

»Ich beginne zu verstehen, was Sie meinen.« Die Ärztin wechselte einen kurzen Blick mit Kristan, ehe sie mich mit einen deutlich strengeren bedachte. »Na dann, sehen wir uns mal Ihren Fuß an. Ihr Chef wartet solange im Aufenthaltsbereich.«

Zwei anstrengende Stunden später wurde ich endlich entlassen. Man hatte mich in einen Rollstuhl verfrachtet und darin hinausgeschoben in den Wartebereich, wo Kristan mit angespannter Miene saß und ein wenig erbleichte, als ich so zu ihm zurückkehrte.

»Alles gut«, beruhigte ich ihn sofort, auch wenn es das nicht war.

»Das sieht man«, gab er trocken zurück und warf einen schnellen Blick auf das Stiefelungetüm, das ich an meinem rechten Fuß trug.

»Tja, vorerst wird es nichts mit Tanzen«, mischte sich der nette Pfleger ein, der mich hinausschieben musste.

»Es ist nichts Ernstes«, klärte ich meinen Chef auf.

»Ein glatter Bruch des Mittelfußknochens«, verkündete mein Chauffeur fröhlich. »Eine Weile bleibt die Orthese nun dran.«

»Alles gut also«, wiederholte Kristan trocken und sah den Pfleger an, nicht mich. »Was genau passiert jetzt? Muss man das operieren? Kann sie gehen?«

»Eine OP ist bei einem so unproblematischen Bruch nicht nötig. Theoretisch darf sie mit der Orthese auch gehen. Aber in den nächsten Tagen ist erst mal schonen und hochlagern angesagt, damit die Schwellung zurückgeht.«

»Alles klar. Danke.« Er nickte dem Pfleger zu und sah dann auf mich herab. »Dann sehen wir mal zu, dass wir dich nach Hause bringen.«

Auch wenn die Ärztin im Verlauf der Untersuchung netter geworden war und gestand, dass sie einfach schon zu viele verschreckte Frauen gesehen hatte, die angeblich die Treppe hinabgestürzt waren, und mir dankenswerterweise auch ein Schmerzmittel verabreicht hatte, war ich froh, als Kristan ohne Umschweife ausstieg und verkündete, dass er mich in die Wohnung begleiten würde. Die Treppen waren eine Herausforderung, vor der ich gerade ziemlichen Respekt hatte. Und diese dämliche Erkältung machte es nicht besser. Allerdings ließ er sich dann oben nicht so einfach abwimmeln, wie ich das erhofft hatte, sondern bestand darauf, dass sein Auftrag erst endete, wenn ich mit hochgelagertem Fuß auf dem Sofa lag.

»Das schaffe ich schon alleine«, versuchte ich ihn zu verabschieden. »Jetzt gibt es keine Treppenstufen mehr.«

»Vergiss es«, meinte er nur und wartete, bis ich endlich die Tür aufmachen würde.

»Du musst sicher so langsam zurück an den Schreibtisch.«

»Ich wäre viel schneller wieder dort, wenn du nicht diskutieren würdest. Zumal es keinen Sinn hat.«

Ich seufzte und drückte die Tür auf. *Einfach nicht beachten*, beschloss ich und humpelte voran in die Wohnung. *Einfach so tun, als wäre das normal.*

»Es tut mir leid, so sieht es bei mir normalerweise nicht aus«, platzte ich heraus, kaum dass ich den Gedanken an ein lässiges Ignorieren des chaotischen Gesamtzustandes meiner Behausung zu Ende gedacht hatte. »Aber ich habe es noch nicht geschafft, alles auszupacken.«

»Schon gut, das verstehe ich.«

»Und normalerweise steht bei mir auch kein schmutziges Geschirr herum«, schob ich nach, als sein Blick durch den Raum wanderte und dabei die Küchenzeile streifte.

»Das kann doch mal passieren.«

»Nein!« Ich war selbst überrascht, wie verzweifelt das klang. »So etwas sollte nicht passieren. Und man sollte auch nicht zwischen Kisten leben und sich erst mal ein freies Plätzchen suchen müssen, wenn man sich an den Tisch setzen will. So bin ich sonst nicht. Das macht mich fertig, ehrlich.«

»Denkst du wirklich, dass ein paar Kisten und schmutzige Teller aktuell dein größtes Problem sind?«, fragte Kristan sanft.

Sein Verständnis machte es nicht besser.

»Ja«, gestand ich und spürte, wie mir dumme, nutzlose Tränen die Wangen hinabzulaufen begannen. »Was musst du jetzt von mir denken?«

»Ich denke, dass du krank bist und dringend ins Bett gehörst. Und dass es völlig normal ist, wenn man mal nicht alles schafft.«

»Andere schaffen es auch«, geißelte ich mich weiter.

»Unter diesen Umständen? Sicher nicht. Und jetzt komm. Du sollst doch deinen Fuß hochlegen.« Er nahm meinen Arm und dirigierte mich umstandslos in Richtung Sofa.

Ich ließ mich pflichtschuldig darauf nieder und schloss peinlich berührt die Augen, als er mir vorsichtig ein Kissen unter den verletzten Fuß schob.

»Danke«, sagte ich.

Er winkte unwirsch ab.

»Na dann«, versuchte ich ihn zu verabschieden, aber er hatte gleichzeitig den Mund aufgemacht.

»Tee!«

»Was?«

»Tee. Du brauchst einen Tee. Gegen die Erkältung.«

»Den kann ich mir nachher selbst machen. Du müsstest sicherlich schon längst wieder im Büro sein.«

»Weißt du, manchmal hat es seine Vorteile, der Inhaber zu sein.« Er grinste unpassenderweise und machte sich auf den Weg in die Küche. Einen Moment starrte er das Chaos im Spülbecken an, dann sah er zu mir.

»Sagst du mir, wo du Tassen und Teebeutel hast, oder muss ich jeden einzelnen Schrank öffnen?«

»Oben rechts«, informierte ich ihn matt. »Die Teebeutel sind im Kühlschrank.«

»Im Kühlschrank?«

»Die sollen auf das Regal, das über den Kühlschrank gehört. Hab es noch nicht geschafft, das anzudübeln. Und sonst war auch nirgends Platz.«

»Dafür ist in deinem Kühlschrank jede Menge davon. Wovon ernährst du dich?«

»Ich gehe heute nach der Arbeit einkaufen. Zumindest war das der Plan«, setzte ich kleinlaut nach. »Aber irgendwo muss noch Toastbrot sein und ich habe auch noch eine Packung Kekse. Ich verhungere nicht.«

»Gesunde Lebensweise«, meinte er und plötzlich hörte man ein Grinsen in seiner Stimme. »Du bist bestens organisiert.«

»Ich wusste, dass du so etwas sagst. Deshalb wollte ich nicht, dass du mit reinkommst. Ich finde es ja selbst schrecklich, in welchem Chaos ich gerade lebe. Aber der Umzug lag zeitlich so dicht an meinem Arbeitsbeginn und ich habe mich erst mal darauf konzentriert, im Büro Fuß zu fassen und mich in die Materie einzuarbeiten.«

»Das stimmt. Du hast von Beginn an mehr als erwartet gegeben. Ich hätte früher durchgreifen und dich bremsen müssen.«

»Nein, ich weiß doch, dass es gerade nicht anders geht. Und normalerweise macht mir das auch nichts aus. Aber dann wurde Onkel Josef krank und die Hälfte der Freiwilligen ist ebenfalls ausgefallen und ich war nach der Arbeit jeden Abend im Heim. Ich konnte ihn in diesem Zustand doch nicht alleine lassen und das Team brauchte auch jede verfügbare Hand.«

Kristan warf mir einen langen, nachdenklichen Blick zu.

»Das war eine Ausnahmesituation. Normalerweise ist es nicht so hektisch und dann nehmen mir diese Aktivitäten weder die Zeit noch die Energie, die ich in den Job stecken müsste. Bitte, ich verspreche es, das war einfach nur Pech.«

»Glaubst du wirklich, dass ich dir vorwerfe, wenn du dich in deiner Freizeit sozial engagierst?«

»Nun ja …« Ich brach ab und schniefte jetzt wieder geräuschvoll. »Wäre nicht das erste Mal, dass mein Chef das nicht gerne sieht. Aber mir ist das eben auch wichtig.

Der Job steht an erster Stelle, keine Frage, doch das kommt gleich dahinter.«

»Und wann hast du mal Feierabend? Versteh mich nicht falsch, ich finde es bewundernswert, dass du deine Zeit für solche Projekte einsetzt. Aber jeder Mensch muss sich auch mal erholen.«

»Mein Onkel ist kein Projekt«, gab ich leise zurück. »Er ist meine Familie. Ich liebe ihn. Es ist keine Arbeit, sich um ihn zu kümmern.«

Kristan sah mich lange an. Dann nickte er. »Natürlich. Das war eine dumme Frage.«

# KAPITEL 11

»Erzähl mir von deinem Onkel.« Mein Chef hatte zwei Tassen Tee aufgebrüht und sich einen Stuhl neben das Sofa gestellt, auf dem er jetzt entspannt saß, als hätte er alle Zeit der Welt.

»Weshalb?«, fragte ich verwundert.

»Weil es mich interessiert. Was ist er für ein Mensch? Was hat er gemacht? Wie kommt es, dass du so ein enges Verhältnis zu ihm hast?«

Ich nahm einen Schluck und dachte nach. Dann begann ich, von Josef zu erzählen. Von seinem trockenen Humor und seiner Vorliebe für Wanderungen. Von seiner Familie, meiner Tante, die schon lange tot war, und seinen Kindern, die keine Zeit hatten, um ihn zu besuchen. Und dummerweise auch von deren flapsigen Kommentaren, dass ich ja nichts Besseres zu tun hatte, als mich um ihn zu kümmern.

»Hast du nichts Besseres zu tun?«

Ich schluckte. »Vermutlich nicht. Und wie gesagt, ich mache das gerne.«

»Aber es ist bestimmt nicht immer leicht, das mit seinem Privatleben zu kombinieren. Es kostet unbestritten viel Zeit, die einem anderen Menschen dann fehlt.«

»Quentin hatte keine Probleme damit.« Ich trank noch ein Schlückchen Tee und schob einen Moment die Unterlippe vor. Die Medikamente halfen endlich, mein Bein tat aktuell so gut wie gar nicht weh und mein Kopf ebenfalls nicht. Er war immer noch in diesem Wattezustand, der so typisch für eine Erkältung ist, aber das Liegen und die Ruhe schienen mir gutzutun. Ich kam keine Sekunde auf die Idee, dass die Schmerzmittel auch meinen Verstand ausschalten könnten, sonst hätte ich mir an dieser Stelle auf die Zunge gebissen und zugesehen, dass ich den Mund erst dann wieder aufmachte, wenn Kristan weg war.

»Das war mein Freund. Quentin, meine ich. Und er fand es gut, dass ich das mache. Okay, anfangs war er nicht ganz so begeistert, dass ich an den Wochenenden so oft weg war, aber dann …« Ich starrte auf die Tasse in meinen Händen und obwohl es nichts Neues war, kam es mir in diesem Moment so vor, als hätte ich gerade eine Riesenerleuchtung. »Tja, vermutlich hatte er deshalb nichts dagegen, weil er damals schon mit der bezaubernden Sontje rumgemacht hat. Das war unsere Nachbarin.« Ich hob trotzig das Kinn an. »Ich dachte, sie ist mit mir befreundet. Aber in Wahrheit hat sie sich meinen Freund geschnappt. Und als ich dummerweise in eines ihrer Schäferstündchen geplatzt bin, ist er einfach eine Etage tiefer eingezogen.«

Kristan stieß die Luft aus und rieb sich über das Kinn. Einen Moment lang sahen wir uns schweigend an, dann nickte er verständnisvoll.

»Deshalb der übereilte Umzug.«

»Auch. Ich meine, wärst du in diesem Haus geblieben? Und hättest immer Angst gehabt, dass du sie womöglich hören musst, wenn du mal bei offenem Fenster schläfst? Nein danke. Selbst ich habe einen Rest Würde.«

Der letzte Satz kam ein wenig zu leise, ein wenig zu verletzt, aber er war mir nun mal entwischt. Ich sah einen seltsamen Ausdruck in Kristans Augen, der nur Mitleid sein konnte. Nichts, was ich wollte, denn Mitleid machte es gerade noch schlimmer.

»Auch? Dann gab es noch andere Gründe?«

Ich lachte bitter. »Braucht es noch mehr? Außer dass er neuerdings in der Wohnung unter mir lebte und ich ihn zudem jeden Tag im Büro sah, weil er weiterhin mein Kollege war?«

»Oh«, sagte Kristan und wirkte betroffen. »Ich verstehe.«

»Ich hatte keine Wahl. Ich wurde betrogen und habe nicht nur meinen Freund verloren, sondern auch mein Heim und den Job. Jackpot, oder? Und eine gute Lehre für die Zukunft.«

»Bestimmt«, gab er mir nachdenklich recht. »Das tut mir leid. Du hattest einiges zu verdauen in der letzten Zeit.«

Seine Stimme ging mir plötzlich mächtig an die Nieren. Sie war voller Mitgefühl und Anteilnahme und damit bestens geeignet, dass ich schon wieder Gefahr lief, loszuheulen. Trotzig kniff ich ein Auge zu und entschied, dass ich Quentin bereits zu viele Tränen nachgeweint hatte und es auch nicht schaden konnte, mir selbst gut zuzureden.

»Weißt du was? Am Ende ist es besser so. Ich brauche keinen Mann. Ich finde es unerträglich, dass alle immer denken, man kann nur im Doppelpack glücklich sein. Ganz und gar nicht! Du bist auch alleine glücklich, oder?«

Kristans Kopf nickte ganz leicht.

»Eben. Und ich kann alles, was ein Kerl kann. Ich kann zum Beispiel Regale an die Wand dübeln, wenn ich Zeit habe. Und hey!« Ich hob einen Finger und sah ihn an. Mich erfasste gerade ein seltsames Glühen, das mich zu beflügeln schien und mir das Gefühl gab, dass ich alles schaffen konnte, was ich wollte. Eine Wärme, die sich in mir ausbreitete und mich ganz ruhig und entspannt machte. »Jetzt habe ich ja Zeit! Ich kann also endlich diese Kisten auspacken und …«

»Du bist krankgeschrieben!«

»Jaha. Und ich werde mich erholen und alles. Aber zwischendurch kann ich ein ganz klein wenig Ordnung schaffen.«

»Und mit diesem Ding«, er deutete auf den Stiefel, den ich anstelle eines Gipses bekommen hatte und den ich nun eine Weile tragen musste, »auf Leitern klettern und Bohrmaschinen schwingen? Vergiss es!«

»Okay, dann halt keine Leitern. Aber um abzuspülen, muss ich nirgends hochklettern. Das ist gar keine schwere Arbeit. Und ein paar Sachen aus den Kisten räumen auch nicht. Ich darf laufen!« Jetzt war ich es, die mit dem erhobenen Zeigefinger wedelte. »Das haben die im Krankenhaus gesagt. Ich muss nur eben regelmäßig das Bein hochlegen. Aber ich darf laufen.«

»Ja. Zur Toilette oder um dir was zu essen zu holen. Aber nicht, um einen Umzug zu Ende zu bringen.«

»Aber um Staub zu saugen. Das kann ich ganz langsam machen. Und ich kann endlich dekorieren. Am Wochenende ist der erste Advent und ich habe noch gar nichts aufgehängt oder geschmückt.« Ich sah zu der Weihnachtsmannmütze, die auf dem Tisch lag. Die hatte ich letzte Woche gekauft, weil bald der erste Adventsnachmittag stattfinden sollte und ich keine mehr besaß. Diejenige, die ich bisher bei solchen Aktivitäten getragen hatte, hatte ich beim Auszug in den Müll gestopft. Quentin hatte sie mir letztes Jahr in einem Anflug ausgelassener Heiterkeit vom Kopf gepflückt und sich selbst übergestülpt. Und dann hatte er mich mit unerwarteter Leidenschaft an sich gezogen und mir versichert, dass er mein Weihnachtsgeschenk sei und ich das seine und dass er das seine jetzt auf der Stelle auszupacken gedachte. Tja, mittlerweile hatte er mich umgetauscht und ich hatte die Mütze entsorgt und damit war dieses Thema auch erledigt. Es gab genug Wichtigeres, auf das ich mich konzentrieren konnte. Zum Beispiel Kristan und die Frage, wann ich endlich Ordnung in das Chaos bringen würde, zu dem mein Leben mutiert war.

»Und außerdem kannst du nichts dagegen machen, wenn ich hier ein ganz klein wenig aufräume oder dekoriere, sobald du weg bist. Das ist ein freies Land und ich bin eine freie Frau, die tun kann, was sie will.«

Kristan sah mich nur an, würdigte mich aber keiner Antwort.

»Es ist auch in deinem Interesse. Ich kann mich nicht erholen, wenn es so aussieht.«

»Und weshalb nicht?«

»Weil es so chaotisch ist. Und das bin ich nicht. Normalerweise zumindest. Ich brauche Ordnung um mich, damit ich das Gefühl habe, mein Leben im Griff zu haben. Ich werde verrückt, wenn ich an die Teller im Spülbecken denke. So bin ich eben.«

Jetzt nickte er. »Okay. Das verstehe ich.«

»Na also. Dann ist ja gut.« Ich nahm den letzten Schluck Tee und starrte in die Tasse. Plötzlich war ich unfassbar müde und erschöpft. »Leer. Stell sie einfach zu den anderen in die Spüle. Ich mache das nachher.«

Kristan nahm die Tasse und stand auf.

»Und zieh die Tür zu, wenn du gehst. Danke für alles und tschüs. Es war sehr freundlich von dir, dich um mich zu kümmern.«

»Kein Ding. Du hast es heute ja gehört, ich habe eine Sorgfaltspflicht.«

»Hm. Und du bist einfach nett. Das ist es letztendlich. Du bist ein netter Mensch, kein Nachbarinnenfremdgeher.« Und dann seufzte ich zufrieden und schloss die Augen. Der Tag war hart gewesen und mein Gesamtzustand war nicht der beste. Eine Mütze Schlaf hatte ich mir sicherlich verdient. Und in diesem Moment, so angeschlagen ich auch war, schlief ich so gut und fest wie lange nicht mehr. Dachte ich zumindest.

# KAPITEL 12

Als ich die Augen wieder aufschlug, war es draußen bereits dämmerig. Ich brauchte einen Moment, um mich zurechtfinden. Mein Hals war trocken und tat weh und die Nase lief. Richtig, ich hatte mir eine Erkältung eingefangen und war deshalb nicht im Büro. Und diese Gliederschmerzen kamen sicherlich auch daher. Ich streckte mich vorsichtig und sofort zuckte ein Schmerz durch meinen Fuß. Autsch, das war ja auch noch gewesen. Sofort waren die Erinnerungen wieder da. Der Sturz. Lia, mit weit aufgerissenen Augen, die sich über mich beugte. Das Krankenhaus und die Diagnose, dass ich mir den Fuß gebrochen hatte. Kristan, der mich schließlich heimgebracht und – oh Gott! – gesehen hatte, in welchem Zustand ich aktuell lebte. Wobei … So schlimm sah es hier gar nicht aus. Eigentlich sah es sogar ganz manierlich aus, ließ man mal die gestapelten Umzugskisten außen vor. Vielleicht hatten die anderen ja recht? Vielleicht war ich etwas zu angespannt und zu streng mit mir? Ich hatte mich selbst verrückt gemacht, weil ich seit Ewigkeiten nicht mehr dazu gekommen war, den Boden zu wischen, aber so schlimm war es doch gar nicht. Klar, ich war ja kaum zu Hause gewesen. Wer nicht da ist, kann keinen Dreck machen. Ich rappelte mich hoch und tastete mich langsam an das Gefühl heran, auf meinem kaputten Fuß zu stehen. Ging recht gut und der Schmerz hielt sich in Grenzen. Ich humpelte vorsichtig in die Küche und stand einen Moment in Ehrfurcht erstarrt vor dem Spülbecken. Ich hatte es sogar geschafft, in meinem Zustand endlich die Spülmaschine in

Angriff zu nehmen, die ich zwar schon vor Tagen angestellt, dann aber nicht mehr ausgeräumt hatte. Und wie war ich denn auf diese verrückte Idee gekommen? Ich streckte verwundert meine Hand aus, um den Kürbis zu berühren, der jetzt seltsamerweise eine Weihnachtsmannmütze trug und mich mit einem aufgemalten Gesicht angrinste. Das sah richtig niedlich aus. Ich zog die Hand zurück und drehte mich um. Ich hatte mir sogar frischen Tee gekocht, ehe ich eingeschlafen war, wie ich jetzt dankbar entdeckte, als ich zum Esstisch gehumpelt war. Hm. Ich sollte vielleicht noch einmal darüber nachdenken, ob mir diese Tabletten wirklich bekamen. Ich konnte mich nämlich auch nicht mehr daran erinnern, wann Kristan gegangen war. Ich schüttelte sachte meinen nutzlosen Kopf, wie um zu testen, ob sich die fehlenden Erinnerungen damit irgendwie aus ihren Ecken holen ließen, aber es funktionierte nicht. Stattdessen blitzten andere Bilder auf. Ein Weihnachtsmann, der die Wohnung putzte? Ich sollte diese Pillen definitiv nicht mehr schlucken. Obwohl der Traum echt schön gewesen war. Und der Weihnachtsmann war so nett gewesen und zudem ziemlich attraktiv. Er erinnerte mich an jemanden, aber ich kam gerade nicht darauf, an wen. Dann zuckte ich zusammen, weil das Handy klingelte, viel zu laut. Ich nahm den Anruf an und verbrachte erst mal ein wenig Zeit damit, meiner Kollegin Lia zu versichern, dass es mir soweit gut gehe. Und mir sofort wieder Sorgen zu machen, auch wenn ich ihr das nicht gestand. Aber Lia hatte das Projekt erwähnt, an dem ich eigentlich gerade arbeiten sollte und das nun brachlag. Oder erneut bei Kristan landete, der mich extra eingestellt hatte, weil es ihm zu viel war. Und was tat ich? Wurde krank!

Um mich von diesen Sorgen abzulenken, erzählte ich Lia das Erste, was mir in den Sinn kam: von meiner aufgeräumten Wohnung und dann, weil ich fürchtete, dass sie mich etwas seltsam finden könnte mit diesem Hang zur

Sauberkeit, auch von meinem Traum. Es tat gut, mit ihr darüber zu lachen, selbst wenn sie mehr über mich zu lachen schien. Ich nahm das nicht krumm, ich wusste schließlich, was sie meinte. Es war schon typisch für mich. Jede andere hätte vermutlich wirklich von einem sexy Santa geträumt, der nur in Minimalbekleidung den Boden feudelte. Und dann herübergekommen wäre, um mir die Sofakissen aufzuschütteln und um persönlich nachzuprüfen, ob meine Stirn noch glühte. Wobei … Da war die Erinnerung an eine Hand, die sanft meine Stirn berührte. Und an eine Decke, die über mich gebreitet wurde. Aber dann hatte sich Santa wieder zurückgezogen und nicht wie in den Träumen anderer Frauen seine Finger nach unten gleiten lassen, um meinen Puls zu fühlen oder was auch immer sich deren Gehirne ausdenken konnten. Noch einmal blitzte die Erinnerung an Quentin auf, wie er vor fast einem Jahr mit einer anderen Mütze auf dem Kopf und lasziv schwingenden Hüften auf mich zugekommen war. Dann schüttelte ich wieder den Kopf, dieses Mal jedoch, um diese spezielle Erinnerung für immer daraus zu entfernen. Mein Magen grummelte und dankbar konzentrierte ich mich darauf. Ich hatte heute noch nichts gegessen, wenn ich mich nicht täuschte. Ich stand also wieder auf und humpelte hinüber zum Kühlschrank. Wer weiß, vielleicht hatte ich ja auch noch eingekauft, ohne es zu merken?

Leider hatte selbst ich meine Grenzen, wie ich kurz darauf feststellen musste. Der Kühlschrank war noch genauso leer wie heute früh. Bis auf einen Zettel, der auf der mittleren Ablage deponiert war. Neugierig nahm ich ihn heraus. Hatte ich mir selbst eine Nachricht geschrieben?

*Ich werde nachher vorbeikommen und ihn auffüllen.*

Jetzt wurde mir doch ein wenig seltsam zumute. Das war nicht meine Handschrift, auch wenn ich das Gefühl hatte, sie kennen zu müssen. Konnten Träume Nachrichten schreiben? Nein, so naiv war nicht mal ich, das zu glauben. Aber wenn dieser Zettel keine Botschaft meines Traum-Santas war und ich ihn nicht geschrieben hatte, was die Handschrift klar belegte, wer dann? In meinem Kopf wirbelten die Gedanken wie verrückt, dann stoppten sie und ich schnappte nach Luft. Kristan! Wer sonst konnte das gewesen sein?

Ich überlegte noch, ob ich ihn anrufen sollte, um ihm zu versichern, dass er bereits genug für mich getan hatte und ich auch einen meiner Bekannten aus dem Team der Ehrenamtlichen bitten könnte, mir ein paar Kleinigkeiten einzukaufen, als mich die Türklingel hochschrecken ließ. Ich stand also wieder auf und humpelte los, dieses Mal zur Gegensprechanlage.

»Ja?«, fragte ich und war nicht wirklich überrascht, als ich die Antwort hörte.

»Ich bin es, Kristan. Ich bringe dir ein paar Lebensmittel.«

Ich drückte den Öffner und wartete an der Tür, bis er oben angekommen war. Jetzt war es zu spät, ihn davon abzuhalten, also nahm ich ihm besser alles ab, bedankte mich artig und versicherte dann glaubhaft, dass ich nun alleine zurechtkam und er sich endlich wieder der Arbeit zuwenden sollte. Ich hatte ein riesig schlechtes Gewissen, weil ich eine zusätzliche Belastung war, anstatt ihn zu entlasten.

Dann kam er um die Ecke und nahm zügig die letzten Stufen, in jeder Hand eine große Tasche.

»Wie geht es dir?«, erkundigte er sich, als er auf dem Treppenabsatz angekommen war.

»Gut«, sagte ich automatisch und brachte damit seine Augenbrauen dazu, sich nach oben zu bewegen. Ich zuckte mit den Achseln. »Besser auf alle Fälle. Mein Kopf ist nicht mehr ganz so matschig.«

»Und der Fuß?«

»Geht so.« Ich trat zur Seite, um ihn einzulassen, und schloss hinter ihm die Tür.

»Also, ich habe alles gekauft, von dem ich denke, dass du es brauchen wirst. Vermutlich fehlt noch einiges, aber du kannst mir eine Liste schreiben, dann besorge ich es morgen.«

»Danke, das ist wirklich nett.« Ich humpelte hinter ihm zum Kühlschrank und sah zu, wie er Milch, Saft, Joghurt und Frischkäse darin verstaute. Dann folgte ich ihm zur Küchenarbeitsfläche, wo er weitermachte. Er legte ein Brot darauf ab und holte vorsichtig eine große Thermoskanne aus der Tasche, die er ebenfalls dort abstellte. Aus der zweiten Tüte zog er Tomaten, Äpfel und Mandarinen. Als wäre er hier zu Hause, arrangierte er alles in der Etagere, in der nur noch eine einsame Orange lag.

»Die Tomaten kommen in diese Schale«, unterrichtete ich ihn und er holte sie wieder heraus und packte sie brav an den richtigen Ort.

»Danke«, sagte ich noch einmal und nahm eine Mandarine in die Hand. Nur um sie wieder zurückzulegen, aber es half gegen das dumme Gefühl, hier so nutzlos rumzustehen. »Damit komme ich sicher eine Weile klar.«

»Im Ernst? Nun, ich wusste nicht, ob du Käse oder Wurst magst, und dachte, für heute reicht es. Du hast vermutlich noch nichts gegessen. Oder hast du deine geheimen Keksvorräte geplündert?«

Er grinste, als ich den Kopf schüttelte.

»Ich habe tatsächlich bis eben geschlafen. Das hat gutgetan«, gestand ich.

»Das höre ich gerne. Und jetzt essen wir etwas, damit du bald wieder auf die Beine kommst.«

»Wir?«

»Ich hatte auch noch nichts. Ich leiste dir also Gesellschaft, wenn es dir nichts ausmacht.«

»Nein«, versicherte ich höflich und überlegte schnell, was meine Vorräte hergaben. »Ich kann uns eine Suppe machen.«

Er lachte. »Suppe ist gut. Aber ich habe eine mitgebracht.«

»Hast du?«

»Ja.« Er deutete auf die Thermosflasche. »Besser gesagt ist es eine Kraftbrühe. Ich habe mir sagen lassen, dass die Wunder wirkt bei Erkältungen.«

»Okay.« Ich warf einen Blick auf meinen Kürbis. »Das hättest du nicht tun müssen.«

Auch er sah zu Mister Weihnachtskürbis und stupste sanft an die Mütze.

»Ich wollte es. Und der hier ist doch zu schade, um gekocht zu werden. Hast du nicht gesagt, dass du dekorieren willst?«

»Ja.« Ich lachte etwas verlegen auf. »Eigentlich ist das nicht mein Stil, aber besser als nichts.«

»Definitiv.« Er sah mich an und seine Stirn runzelte sich kurz, so als ob er darauf wartete, dass ich weitersprach. Dann glätteten sich die Falten und er grinste wie ein Lausbub. »Okay, ich gestehe. Ich bin manchmal kindisch. Ich konnte einfach nicht widerstehen, er hat sich förmlich angeboten, diese Mütze zu tragen. Aber ich bin dir auch nicht böse, wenn er letztlich doch im Suppentopf landet.«

# Kapitel 13

*Okay,* dachte ich leicht beunruhigt, als ich realisierte, was er da eben zugegeben hatte. Dann war das also nicht ich gewesen mit dem Kürbis. Was direkt die Frage aufwarf, ob ich all das andere zustande gebracht hatte. *Ja,* dachte ich immer noch fest entschlossen, während ich dabei zusah, wie Kristan zwei Teller aus dem Schrank holte und dann zwei Löffel aus der Schublade nahm. Es fiel mir durchaus auf, dass er direkt die richtige Schranktür geöffnet hatte und sich erschreckend gut in meiner Küche auszukennen schien. Er stellte das Geschirr ab und ging zurück, um ein paar Scheiben Brot zu schneiden und die Thermoskanne zu holen. Er schraubte den Deckel auf und sofort waberten würzige Dämpfe heraus, die meinen Magen weithin hörbar zum Knurren brachten. Bedächtig füllte er die Teller mit der dunklen Brühe und nahm endlich Platz.

»Hunger?«

Ich nickte.

»Dann hau rein. Auch wenn es nur eine Brühe ist. Wenn es dir morgen besser geht, gibt es etwas Gehaltvolleres.«

Ich entschied, das nicht jetzt sofort auszudiskutieren. Schweigend schob ich mir den ersten Löffel in den Mund und sah ihn überrascht an.

»Sehr gut.«

»Natürlich. Ich habe sie im besten Lokal der Stadt gekauft. Die Köchin hat mir versichert, dass man damit schnell wieder auf den Beinen ist.«

»Das wäre gut. Schließlich haben wir jede Menge Arbeit …«

»Über die wir jetzt nicht sprechen werden. Du bist krank. Wie oft muss man dir das sagen, ehe du es verstehst? Du bist doch sonst nicht so langsam von Begriff.« Er grinste frech.

»Herzlichen Dank.«

»Das war ein Scherz. Im Ernst, du hattest heute einen harten Tag. Gönn dir doch ein wenig Ruhe.«

»Das habe ich getan. Und wie gesagt, es geht mir bereits besser.« Was nicht einmal gelogen war. Im Vergleich zu heute Morgen war mein Kopf jetzt beinahe wieder klar.

»Na, dass diese Suppe so schnell wirkt, hätte ich dann doch nicht erwartet.« Wieder grinste er, ehe er beherzt in sein Brot biss.

Ich grinste ebenfalls. Nicht ganz so breit, aber es war das vermutlich erste Lächeln des Tages und es tat richtig gut.

»Das ist schon besser. Es ist schön, dich wieder lächeln zu sehen. Heute Mittag habe ich mir wirklich Sorgen gemacht. Was ist mit dem Fieber?«

Automatisch griff ich mir an die Stirn und verdrängte die aufsteigende Erinnerung an eine andere Hand, die dasselbe tat. Nur viel sanfter und vorsichtiger.

»Weg, glaube ich.«

»Vermutlich die Medikamente.«

»Vermutlich.« Nachdenklich betrachtete ich die Tabletten auf dem Tisch. Sie sahen absolut harmlos aus und doch waren sie echte Hämmer.

»Du kannst nach dem Essen noch einmal welche nehmen.«

Ich schüttelte den Kopf. »Ich werde es erst mal ohne versuchen.« Selbst wenn ich dann vielleicht keine so schönen Träume haben würde. Aber dafür auch nicht so viele leere Stellen in meiner Erinnerung.

»Es ist nicht tapfer, sondern dumm, wenn man sich das verweigert, was helfen würde.« Jetzt lächelte er nicht mehr, sondern sah mich ernst an.

»Auch wenn man sie nicht so gut verträgt?« Ich wand mich ein wenig unter seinem fragenden Blick. »Ich glaube, dass ich etwas zu stark darauf reagiere.«

»Inwiefern?«

»Ich hatte seltsame Träume«, gestand ich und wurde rot.

Kristans Stirn bekam leichte Falten. »Ach ja?«

»Hm.«

Ich sah, wie sich seine Augenbrauen nachdenklich zusammenzogen. Vermutlich stellte er sich gerade vor, was für Träume das gewesen sein konnten.

»Vom Putzen«, gestand ich deshalb schnell und lachte ein wenig zu laut. »Also, ich habe vom Putzen geträumt. Da siehst du mal, wie mich dieses Thema beschäftigt.« Ich warf wieder einen Blick auf den Boden, der gestern, da hätte ich meinen gesunden Fuß darauf verwettet, voller Flusen und Krümel gewesen war. Noch einmal entwich mir ein unsicheres Lachen. »Ich weiß, dass ich nicht normal bin.«

Er sah mich nur an und ich wurde noch verlegener. Aber anstatt es einfach auszusitzen und abzuwarten, bis er wieder einen Beitrag zur Unterhaltung leisten würde, redete ich unverdrossen weiter.

»Ich habe geträumt, der Weihnachtsmann ist bei mir vorbeigekommen und hat meine Wohnung auf Vordermann gebracht.« Noch ein Lacher meinerseits, der viel zu aufgesetzt klang und der mir im Hals stecken blieb, als ich sein Gesicht sah. Jetzt war es eindeutig schuldbewusst. Und ein ganz klein wenig amüsiert. Dann kam mir ein Gedanke, der mich noch röter werden ließ. Er hatte eben zugegeben, dass er noch da gewesen war, als ich bereits wegdämmerte. Wie hätte er sonst den Kürbis bemalen können, ohne dass ich das mitbekam? Und wenn er noch ganz andere Dinge getan hatte? Entsetzt schüttelte ich den Kopf.

»Oh nein! Bitte sag mir, dass ich immer noch Fieberfantasien habe.«

Nun waren es seine Schultern, die sich zuckend hoben.

»Kristan! Bitte sag mir, dass du nicht …« Ich machte eine kleine Handbewegung in den Raum.

»Schuldig.« Wieder zuckte er lässig mit einer Achsel. »Es scheint dir so unfassbar wichtig zu sein, dass du saubere Böden hast. Und es schien mir der einfachste Weg zu sein, dich davon abzuhalten, in deinem Zustand und mit einem gebrochenen Fuß selbst loszulegen.«

Ich schlug die Hände vor die Augen und unterdrückte ein Stöhnen. »Das ist mir so peinlich! Das hättest du nicht tun sollen.«

»Ich schwöre, ich habe nicht in irgendwelche Schubladen gesehen oder herumgeschnüffelt. Nun ja, ich habe nur die Schubladen geöffnet, in die das Geschirr musste. Der Staubsauger stand in der Ecke, den musste ich nicht suchen. Und die anderen Räume sind unverändert.«

»Ich wollte nicht andeuten, dass du geschnüffelt hast«, stellte ich schnell klar.

»Aber?«

»Aber …« Ich schnappte ein wenig nach Luft wie ein Fisch auf dem Trockenen, während ich nach den richtigen Worten suchte. »Aber dass du meinen Dreck wegmachen musst, während ich auf dem Sofa liege …«

»Erstens einmal und ich hoffe, dass das jetzt endlich bei dir ankommt: Du bist krank. Du hast nicht herumgelegen, während ich deinen Dreck weggemacht habe. Zweitens war es gar nicht so schlimm. Die Welt geht nicht unter, nur weil man mal nicht zum Staubsaugen kommt. Und drittens: Weshalb ist das so schwer für dich? Ich meine, du verbringst nahezu deine komplette Freizeit damit, anderen zu helfen. Du machst Besuche, du organisierst Treffen oder erledigst Besorgungen. Du hilfst jeden Tag Menschen. Und du freust dich, wenn sie deine Hilfe annehmen, richtig?«

Er sah mich forschend an und nach einer kleinen Bedenkzeit nickte ich stumm.

»Na also. Und warum fällt dir das so schwer? Sie auch einmal anzunehmen? Einfach mal zu sagen: Danke, das war nett. Ich habe das gerade nicht alleine geschafft.«

»Weil ich es immer alleine schaffe. Und weil ich es nicht gewohnt bin, dass so etwas passiert.« Ich sah auf meine Finger, die sich zu einem einzigen festen Knoten verschlungen hatten. »Weil ich diejenige bin, die hilft. Das ist es, was mich zu einem besonderen Menschen macht. Das ist es, weswegen die Leute mich mögen.«

»Nein, Fine. Das ist es nicht. Dich macht so viel mehr aus als deine Hilfsbereitschaft. Glaubst du wirklich, dass sie der Grund ist, weshalb man nicht umhinkommt, dich zu mögen?«

Ich wollte eigentlich nicht auf seine Worte antworten. Was auch, ich hatte ja bereits klargemacht, dass es so war, dass ich es mir eben nicht vorstellen konnte. Aber überraschenderweise war das jetzt gerade nicht das Hauptding, das meine Gedanken beschäftigte. Irgendetwas hatte sich in meinem Kopf gerade bewegt und diese Bewegung hatte wieder etwas anderes in Gang gesetzt. Ich kniff ein Auge zu und versuchte, mich darauf zu konzentrieren. Ich sah erneut den Weihnachtsmann mit dem Staubsauger in der Hand. Und dieses Mal stieß ich keuchend die Luft aus, als er sich zu mir umdrehte. Er war zwar immer noch der nette und gut aussehende Santa Claus, aber jetzt wusste ich plötzlich, an wen er mich erinnerte. Dann sagte er etwas und ich gab Antwort. Und dann keuchte ich noch einmal, als der Film so richtig in Fahrt kam und ich mir selbst zuhörte, was ich da plapperte. Warum nur tat sich nie dann ein Loch auf, in dem man verschwinden konnte, wenn man es wirklich dringend brauchte? Ich hörte mit schamerfülltem Herzen zu, wie ich ihn bat, mir einen Mann zu besorgen. Wie ich von Quentins Betrug erzählte. Wie ich ihm sagte, dass ich ihn attraktiv und nett fand.

*Das Loch bitte!*, dachte ich erneut und sackte noch ein wenig mehr in mich zusammen. Und dann sah mich der Traum-Santa an und sagte etwas. Der genaue Sinn entwischte mir, weil ich mich auf diese umständliche Formulierung konzentrierte, die ich eben aus Kristans Mund gehört hatte. *Du bist ein Mensch, bei dem man nicht umhinkommt,* begann Santa. Und genau in diesem Moment kam mein Gehirn mit lautem Getöse wieder in Schwung und verschluckte für einen Moment alles andere.

# Kapitel 14

»Fine? Alles gut?« Kristans Stimme klang plötzlich fast so panisch, wie ich mich gerade fühlte.

Ich schüttelte den Kopf. *Gut* wäre jetzt nicht das erste Wort, das mir zur Beschreibung meiner aktuellen Gemütsverfassung einfallen würde.

»Ich hätte es wissen müssen! Es war zu viel. Du musst dich wieder hinlegen.« Er stand auf und kam die wenigen Schritte um den Tisch herum. »Na los, ich helfe dir.« Seine Hand legte sich unter meinen Arm, um mich zum Aufstehen zu bewegen.

Ich tat ihm den Gefallen und ließ mich stumm zum Sofa geleiten. Er wirkte einen Moment erleichtert, als ich mich dort niedergelassen hatte, dann sah er sich um und eilte wieder zum Tisch. Als er kurz darauf neben mir in die Knie sank, hatte er einen Blister Tabletten in der Hand.

»Hier, die brauchst du sicher.«

Ich schüttelte erneut mit dem Kopf, dieses Mal mit etwas mehr Nachdruck.

»Die nehm ich nicht mehr.« *Nicht, solange du in meiner Wohnung bist*, setzte ich in Gedanken hinzu.

»Aber sie helfen dir.«

»Sie machen mich zu einem Psycho.« Ich fand irgendwo die Kraft, ihn anzublitzen. »Da habe ich lieber Schmerzen, vielen Dank.«

»Was meinst du damit? Zu einem Psycho? Hast du mit denen Probleme? Dann sollten wir einen Arzt aufsuchen und ein anderes Präparat besorgen. Du kannst doch nicht …«

»Oh doch, Mister, ich kann.« Ich atmete tief durch. »Die Schmerzen sind auszuhalten. Ehrlich, sie sind gar nicht so schlimm. Und meine Erkältung ist auch besser«, setzte ich dann etwas ruhiger hinzu. Es war schließlich nicht gerade wünschenswert, dass der eigene Arbeitgeber einen für ein psychisches Wrack halten musste.

Er studierte meinen Gesichtsausdruck und plötzlich wurde seiner entspannter.

»Es sind die Träume. Du hast Angst davor, dass es wieder passiert.«

»Richtig.«

»Obwohl du weißt, dass es keine Träume waren?«

»Das macht es ja noch schlimmer! Wäre es ein Traum, dann würde nur ich es wissen. Aber so …«

»Wissen es nur du und ich. Und es ist doch nichts passiert.«

»Nein, es ist nichts passiert. Außer dass du meine Bude aufgeräumt hast. Mit einer Weihnachtsmannmütze!« Ich sah ihn so entrüstet an, als wäre das ein furchtbares Vergehen.

Er zuckte nonchalant mit dem Kopf. »Manchmal bin ich ein Kindskopf, das habe ich dir doch bereits gestanden. Sie lag da und ich wusste nicht so recht, wohin ich sie tun sollte, und irgendwie fand ich es spaßig, sie einfach aufzusetzen.«

Ich überlegte, ob ich ihm das durchgehen lassen sollte.

»Ist das wirklich eine so große Sache, dass ich hier ein wenig Staub gesaugt habe?«

Ich senkte den Blick. Im Gegensatz zu mir konnte er sich bestimmt in allen Einzelheiten an meinen Aussetzer erinnern. Am besten verhielt ich mich daher erwachsen und klärte das, auch wenn ich mich schrecklich schämte.

»Vielleicht nicht. Aber dass ich dir von Quentin erzählt habe und dich auch noch darum gebeten habe, mir einen Kerl …« Ich brach ab und wurde jetzt bestimmt so rot wie diese unsägliche Weihnachtsmannmütze.

»Was ist daran schlimm? Dass man sich wünscht, jemanden zu haben, den man lieben darf? Und der einen zurück liebt?«, fragte er leise.

»Es ist schlimm, wenn man sich das vom Weihnachtsmann wünschen muss. Und ganz besonders, wenn der nicht mal der Weihnachtsmann ist.«

»Ich weiß nicht. Ich kann das verstehen. Ich wünsche mir auch manchmal jemanden, der mich liebt und so nimmt, wie ich bin. Der damit klarkommt, dass ich oft länger arbeite als andere und weniger Urlaub machen kann. Der sich nicht darüber aufregt, dass ich diesen seltsamen Tick habe, sämtliche Etiketten aus jedem Kleidungsstück herauszutrennen. Obwohl man dann weder sehen kann, welche Größe es ist, noch, welcher tolle Designer das gute Stück entworfen hat.«

»Das machst du?«

Er nickte mit ernstem Gesicht. »Schuldig. Egal ob Shirt, Mantel oder Hose. Ich habe kein einziges Kleidungsstück, in dem ein Etikett ist.«

»Und warum?«

Er zuckte die Schultern. »Weil es mich stört. Weil ich es unangenehm finde, wenn ein Etikett meine Haut streift. Ich mache das, seitdem ich ein Teenager bin. Aber es kommt noch schlimmer.« Er zog mit einem verschwörerischen Gesichtsausdruck sein Hosenbein ein Stückchen nach oben. »Ich trage auch die Socken auf links.«

»Warum das denn?«

»Weil Socken innen Nähte haben. Das ist unbequem.«

»Und das stört andere?«

»Anscheinend. Es sind *meine Ticks* und als erwachsener Mann müsste ich die in den Griff bekommen. Besonders das mit den Etiketten. Wozu kauft man schließlich teure Designer, wenn man den Nachweis herausschneidet.«

»Aber«, ich war gerade etwas aus dem Kurs. »Schaut denn jemand in deinen Ausschnitt, was auf dem Etikett steht?«

»Eben«, sagte er triumphierend. »Es interessiert keinen.«

»Und was willst du mir mit dieser Geschichte sagen? Es tut mir leid, aber ich glaube, ich habe den Faden verloren.«

»Ich möchte damit sagen, dass wir alle unsere kleinen Besonderheiten haben. Ich habe diesen Klamottentick und du sagst im Fieberwahn Dinge, die du sonst nicht sagen würdest.«

»Wenn ich die Wahl hätte, dann würde ich lieber den Etikettentick nehmen«, murmelte ich.

Kristan lachte leise.

»Hm«, machte er und ich konnte nicht anders, als ebenfalls zu grinsen. Irgendwie war das sein Ding, mich dazu zu bringen, dass ich mich besser fühlte. Und sorgloser, nur um dann wieder draufloszuplappern.

»Und dieser Tick war ein Grund, dich nicht zu … mögen?«

»Anscheinend. Der und die Tatsache, dass ich eben bin, wer ich bin.« Er zog kurz die Stirn kraus, als er über seine nächsten Worte nachdachte. »Sie hieß Cindy und sie hat mich verlassen. Ob es jetzt die Arbeit war oder dass ich den schicken neuen Pulli in der Boutique nicht gleich angelassen habe, wo wir doch auf dem Weg in ein Restaurant waren, kann ich nicht sagen. Vermutlich hat es am Ende einfach nicht mehr gepasst.« Er strich sich nachdenklich über das Kinn. »Wir waren einmal sehr verliebt und konnten gar nicht genug vom anderen bekommen. Aber dann haben wir uns in unterschiedliche Richtungen entwickelt, konträre Ziele verfolgt. Es war ein schleichender Prozess, den ich lange nicht wahrhaben wollte, aber auch nicht komplett ignorieren konnte. Ich fühlte mich in ihrem neuen Yuppie-Freundeskreis immer unwohler. Ich bin kein Typ für dieses schicke Leben. Sie wiederum fühlte sich immer unwohler, wenn sie mich als ihren Lebenspartner vorstellen musste.«

»Also war es am Ende nicht nur sie. Auch du hast auf eine Trennung zugesteuert.«

»Damals nicht. Ich habe vieles erst richtig realisiert, als es mit uns schon Geschichte war.«

»Trotzdem«, beharrte ich. »Du hast sie nicht in flagranti erwischt und bist aus allen Wolken gefallen.«

»Nein«, gab er zu. »Aber du wirst sehen: Mit der Zeit bekommt man einen anderen Blick. Und dann wird dir vielleicht klar, dass es besser war, wie es gekommen ist.«

»Oh, das ist mir jetzt schon klar. Er ist ein mieser Lügner und Fremdgeher. Nicht das, was ich will.«

»Na siehst du.« Kristan lächelte und zwinkerte mir zu. »Das ist die richtige Einstellung.«

»Danke.« Plötzlich war ich wieder müde. Aber nicht auf diese erschlagene Art wie heute Mittag, sondern gut und so, als würde ein nicht ganz so schlechter Tag zu Ende gehen.

»Wofür jetzt?«

»Dass du mir das erzählt hast. Und dass du so nett bist. Und dass du diese Sache mit dem Weihnachtsmann nie mehr erwähnen wirst.«

»Werde ich?«

»Ja.« Ich stupste ihn leicht an die Brust und er lachte auf. »Es gibt noch einen Grund, weshalb es vielleicht gut war, dass Quentin seine Triebe nicht unter Kontrolle hat. Ich wäre sonst nicht nur weiterhin mit ihm zusammen, sondern auch in meinem alten Job geblieben. Und der lässt sich nicht mit meinem jetzigen vergleichen. Mein Chef war ein Idiot«, vertraute ich ihm flüsternd an.

»Wie kommt es, dass ich diesen Verdacht auch schon hatte?«

»Im Ernst, das war manchmal echt schlimm. Deshalb bin ich vielleicht auch so. Ich versuche, keine Schwäche zu zeigen und immer parat zu stehen. Nur um genügen zu können.«

»Ich kann dir versprechen, dass du mehr als genügst, Fine. Und jetzt«, er richtete sich auf und schenkte mir ein letztes Lächeln. »Jetzt lass ich dich in Ruhe. Versuch zu schlafen und versprich mir, dass du die hier doch noch nimmst, wenn dein Fuß zu sehr schmerzt.« Er deutete auf die Tabletten, die in Griffweite auf dem kleinen Beistelltischchen lagen.

Ich nickte nach einem kurzen Zögern. »Und versprich du mir, dass du jetzt diese Wohnung verlässt und nicht wieder heimlich irgendwelche Hausarbeiten erledigst.«

»Wie schade. Ich hatte noch nicht abgestaubt. Das wollte ich noch eben tun.«

Er lachte herzlich über meine entrüstete Miene. Dann angelte er nach der Decke, die unbeachtet am Ende des Sofas gelegen hatte, und breitete sie sanft über mir aus. Für einen Moment waren da wieder Finger, die meine Arme streiften. Dann waren sie weg und Kristan steckte seine Hände in die Taschen seiner etikettenlosen Hose.

»Ich schaue morgen wieder vorbei.«

»Das musst du nicht.«

»Dann werde ich wenigstens anrufen.«

Ich nickte nach kurzem Überlegen.

»Und wenn du noch etwas brauchst, dann sag Bescheid. Ich kann auf dem Nachhauseweg schnell in einen Supermarkt gehen.«

»Danke.«

Er nickte ein letztes Mal, dann drehte er sich um. Ich spürte, dass mich der Schlaf bereits zu umschmeicheln begann. Aber dieses Mal wehrte ich mich dagegen. Ich wartete, bis ich hörte, wie eine Tür ins Schloss fiel. Dann mühte ich mich noch einmal halb hoch und warf einen Blick in den Raum. Leer. Erst dann sank ich wieder zurück und zog die Decke bis zur Nasenspitze. Jetzt konnte ich schlafen. Und jetzt würde ich sogar einen kleinen Traum willkommen heißen.

# KAPITEL 15

Als ich am nächsten Morgen aufwachte, ging es mir etwas besser. Mein Kopf hatte endlich diese zuckerwattrige Konsistenz verloren, das Fieber war weg und ich schaffte es, aufzustehen und zur Toilette zu humpeln, ehe ich das erste Mal husten musste. Ich hatte auch bereits einen Blick auf meinen Fuß geworfen. Zum Schlafen durfte ich den Stiefel abnehmen, was ich mich gestern allerdings nicht getraut hatte. Hm, es gab wirklich Bequemeres, als mit so einem Klotz am Bein zu pennen. Auch duschen durfte ich, was ich direkt ausprobiert hatte. Es war ein wenig beängstigend, so völlig ohne eine Stütze unter der Dusche zu stehen und sich ständig zu konzentrieren, bloß nicht auf das verletzte Bein zu treten. Und es dauerte ewig, weil ich ja hinterher nicht einfach rausgehen und mich abtrocknen konnte. Ich hatte mir deshalb ein kompliziertes System ausgedacht, bei dem ich den Schuh, auf einem Bein balancierend, erst in der Dusche auszog. Anschließend trocknete ich ihn – sicherheitshalber an die Wand gelehnt – behutsam ab, zog eine frische Socke an und zurrte den Stiefel fest, ehe ich vorsichtig wieder hinaustrat. Vermutlich gab es bessere Methoden, aber der Anblick des dick geschwollenen Fußes und des großen, leuchtenden Hämatoms überzeugte mich, heute noch ein wenig vorsichtig zu agieren.

Immerhin fühlte ich mich hinterher deutlich besser. Der gestrige Tag hatte Spuren hinterlassen, keine Frage. Mein Haar war eine zerzauste Matte gewesen, ich selbst recht verschwitzt. Jetzt jedoch hatte ich das Gefühl, das Schlimmste hinter mir zu haben und zumindest wieder menschlich zu sein. Ich humpelte in die Küche, kochte mir einen Tee und aß ein Stück Brot, weil auch der Appetit langsam zurückkehrte. Dann betrachtete ich nachdenklich die Umzugskisten. Wenn ich die nur endlich aus dem Wohnzimmer hätte! Ich könnte doch … Schnell sah ich wieder weg. Ich fühlte mich zwar besser, aber eindeutig noch nicht so energiegeladen, dass ich mich an die heranwagte. Meine Erkältung war natürlich nicht über Nacht abgeklungen, nur weil ich mich zur Abwechslung ein wenig geschont hatte, und Aktivitäten, wie sich zu duschen, kosteten immer noch deutlich mehr Kraft als üblich. Und vor allem fehlten nach wie vor die Regale und in meinem Zustand mit der Bohrmaschine zu hantieren kam selbst mir zu gewagt vor. Deshalb machte ich es mir wieder auf dem Sofa bequem und überlegte. Was stellte ich jetzt mit mir an? Ich war es nicht gewohnt, einfach nur dazusitzen und nichts zu tun. Das entsprach überhaupt nicht meinem Naturell. Was machten andere in solchen Situationen? Und dann hatte ich die Idee. Am kommenden Sonntag war der erste Advent und es war höchste Zeit, mich in Stimmung zu bringen. Ich würde mir daher einen ganzen Tag lang Filme ansehen. Wir hatten doch dieses Netflix-Abo gehabt und wenn ich meinen Ex-Freund richtig einschätzte, dann hatte er das Passwort nicht geändert. Vermutlich kam er gar nicht auf die Idee, weil ich es kaum genutzt hatte. Ich meinte mich zwar zu erinnern, dass es nicht erlaubt war, es weiterhin gemeinsam zu nutzen, wenn man nicht mehr zusammenwohnte, aber das war dann nicht mein Problem und ich konnte mich ganz einfach auf meine Unwissenheit berufen. Andere Frauen schlitzten Reifen auf oder zerkratzten den Lack des geliebten Autos – da konnte er doch froh sein, wenn meine Rache einzig darin bestand, auf seinem Account ein paar Filme anzusehen.

Knapp zwei wunderschöne Weihnachtsfilme später klingelte das Telefon. Ich wischte mir mit dem Ärmel über die Augen und krauste ein paar Mal das Näschen, ehe ich den Anruf annahm. Ich gehöre definitiv zu denen, die bei Liebesfilmen zuverlässig Tränen vergießen, und das nicht zu knapp.

»Hallo?« Meine Stimme klang ziemlich verschnupft, weil die Nase durch das sentimentale Weinen zusätzlich verstopft war.

»Fine? Ich wollte mal hören, wie es dir geht.«

»Kristan. Gut, danke.«

Er lachte leise. »Die Standardantwort, was für eine Überraschung. Ich wollte wissen, wie es dir wirklich geht.«

»Deutlich besser«, sagte ich wahrheitsgemäß.

»Das ist gut. Auch wenn du nicht so klingst.«

Ich überlegte, ob ich zugeben sollte, dass ich eben Rotz und Wasser geheult hatte, weil die Heldin pünktlich zum Weihnachtsabend von ihrem Traumprinzen geküsst worden war – natürlich unter einem Mistelzweig, die in solchen Filmen ja immer an jeder Ecke hingen, damit man genau darunter sein Glück finden konnte. Echt jetzt, ständig standen die Frauen zufällig unter so einem Ding und dann kam der Held und deutete zur Decke und beide lachten verlegen und *mussten* sich jetzt ja küssen, ob sie wollten oder nicht. Ganz ehrlich, ich hatte in meinem Leben auch schon oft unter einem solchen Zweig gestanden, aber die Anzahl der Mistelzweigküsse belief sich nach wie vor auf null. Quentin hatte für solche romantischen Bräuche keinen Sinn gehabt und vor ihm hatte es auch keinen interessiert, ob ich unter einem stand oder nicht.

»Hast du noch Schmerzen?« Kristan schien mein Schweigen als Eingeständnis gewertet zu haben, dass es mir doch nicht so gut ging. Seine Stimme hatte jetzt einen wärmeren Klang.

»Es geht«, sagte ich und wieder war es die Wahrheit. »Wenn ich diesen Schuh trage, dann hält sich das wirklich in Grenzen. Und die Erkältung ist am Abklingen. Ich werde also bald wieder einsatzbereit sein.«

»Du bist krankgeschrieben, und das ist gut so. Deshalb rufe ich auch gar nicht an.«

»Okay. Dann läuft es also im Büro?«

Wieder lachte er kurz auf. »Ja. Wir bekommen es alleine hin. Gerade so.«

Ich wurde rot. »Klar. Ich meine, ich wollte auch gar nicht sagen, dass es ohne mich nicht läuft.« Na super, ich ritt mich immer tiefer hinein. »Ich dachte nur, weil doch die Auswertungen noch dieses Jahr fertig werden sollten und der Zeitplan straff ist und so.«

»Fine, diese Sache mit dem Abschalten hast du wirklich nicht drauf, oder?«

»Ich versuche es. Aber wenn es Fragen gibt … ihr könnt mich anrufen. Im Ernst, ich liege hier nur auf dem Sofa und es wäre kein Ding, ein paar Hilfestellungen zu geben.«

»Danke für das Angebot. Aber du erholst dich jetzt erst mal und wir halten den Laden am Laufen. Und, Fine?«

»Ja?«

»Melde dich, wenn du Hilfe brauchst. Wenn dir etwas fehlt oder es dir nicht gut geht, dann ruf mich an, ja?«

Ich schluckte gerührt, ehe ich antwortete. »Mach ich. Danke.«

Einmal angefixt, fiel es mir erstaunlich leicht, bis zum Abend einfach mit dem Filme suchten weiterzumachen. Ich schluchzte mich noch durch drei andere Happy Ends und zählte sagenhafte sieben weitere Küsse unter dem magischen Grünzeug. Ein Film war besonders ambitioniert und ließ gleich drei Paare ihr Glück darunter finden. Ich war gerade in der schwierigen Entscheidungsphase, welches Weihnachtsmärchen ich mir als nächstes reinziehen sollte, als die Türklingel ertönte. Ich schrak zusammen und warf einen Blick auf die Uhr. Es war bereits nach sechs.

»Hallo?«, meldete ich mich vorsichtig an der Sprechanlage.

»Ich bin es, Kristan. Ich wollte mich doch selbst überzeugen, wie es dir geht.«

Ich drückte auf den Türöffner und wandte mich dann schnell dem Spiegel zu. Ich war nicht gerade salonfähig, aber im Vergleich zu gestern sah ich vermutlich umwerfend aus. Vor allem, weil meine zerzausten blonden Locken heute nicht mehr ganz wie ein Vogelnest aussahen. Ich strich hastig ein paar abstehende Strähnen glatt, als ich auch bereits Schritte hörte und mich so lässig wie möglich an den Türrahmen lehnte.

Überrascht sah ich, dass mein Chef schon wieder eine Tasche in der Hand hatte.

»Hallo.« Er unterzog mich einem musternden Blick. »Du siehst wirklich wieder ein klein wenig besser aus.«

»Danke.« Ich schaffte es, einen spöttischen Unterton in dieses Wort zu legen, der ihn zum Grinsen brachte.

»Ich weiß, Komplimente sind nicht meine Stärke. Was ich sagen wollte, ist, dass du …«

Ich winkte ab. »Ich weiß, was du sagen wolltest.« Ich überlegte, wie ich weitermachen sollte. Es sah so aus, als ob er sich nicht nur schnell an der Tür von meinem Gesundheitszustand überzeugen wollte, also besann ich mich auf meine guten Manieren. »Willst du reinkommen?«

»Danke.« Er trat ein und marschierte entspannt direkt zur Küche durch. »Hast du schon gegessen?«

»Noch nicht«, gab ich zu.

»Das dachte ich.« Er begann, Lebensmittel auszupacken. Ich trat neugierig näher.

»Gibt es wieder Suppe?«

»Nein, heute habe ich etwas Nahrhafteres im Sinn.« Er packte eine Zucchini und Kartoffeln aus und stellte einen Becher Sahne daneben.

»Und was?«, erkundigte ich mich misstrauisch.

»Wir machen einen Auflauf.«

»Wir?«

»Nun, ich habe ebenfalls noch nichts gegessen. Und es ist nur fair, wenn ich auch etwas abbekomme. Dafür, dass ich dich bekoche.«

»Du bekochst mich?«

»Das ist der Plan.« Er streifte seinen Mantel ab und ging zur Garderobe, um ihn aufzuhängen. Auf dem Rückweg in die Küche begann er bereits damit, sich seine Hemdsärmel aufzurollen. Dann rieb er sich voller Tatendrang die Hände, öffnete eine Schublade und nahm einen Sparschäler heraus.

Ich trat zu ihm. Ihn von seinem verrückten Plan abzubringen wäre vermutlich unmöglich und jeder Versuch nur Energieverschwendung.

»Kann ich dir irgendwie helfen?«

»Nein. Ich koche, du erholst dich weiter.« Er öffnete den Schrank unter dem Herd und nahm ein Schneidbrett heraus.

»Fühl dich wie zu Hause«, sagte ich.

Er stockte und lächelte zerknirscht. »Sorry. Ist es in Ordnung, wenn ich mich hier austobe?«

»Kann ich es irgendwie verhindern?«

»Nein. Und wieso solltest du das wollen? Hast du keinen Hunger?«

»Doch«, gab ich zu.

»Na dann …« Er schnappte sich eine Kartoffel und begann sie zu schälen. Es war klar, dass er das nicht zum ersten Mal machte.

»Du musst das nicht tun. Mir geht es wirklich schon besser. Ich komme alleine zurecht.«

»Ich weiß.« Er runzelte kurz die Stirn, dann schien er einen Entschluss gefasst zu haben. »Ich schlage dir einen Deal vor. Ich darf dafür sorgen, dass du was Anständiges in den Magen bekommst, und dafür darfst du mir ein paar Fragen zu unserem Projekt beantworten, an denen ich heute hängen geblieben bin.«

Ich nickte augenblicklich. »Deal.«

# Kapitel 16

Kristan war erst dann bereit, über den Job zu sprechen, als der Auflauf im Ofen brutzelte. Er war der Meinung, dass man das Kochen ebenso genussvoll durchführen sollte wie das Essen einer Mahlzeit. Ich hätte es deutlich mehr genossen, wenn ich ihm hätte zur Hand gehen dürfen, aber das lehnte er rigoros ab. Deshalb saß ich ein wenig überflüssig am Tisch und sah zu, wie er die Kartoffeln in Scheiben schnitt und sie schließlich mit der geraspelten Zucchini vermengte. Er rührte geschickt eine schnelle Sahnesoße an und goss sie über die Mischung. Anschließend bekam alles eine hübsche Käsehaube und verschwand endlich im Backofen. Erst jetzt kam er zu mir an den Tisch und nahm Platz.

»Also, wobei kann ich helfen?«

Er lachte. »Du verschwendest keine Zeit.«

»Nun ja, deshalb bist du doch hier, oder?«

»Nicht nur.« Er setzte sich aufrechter hin. »Aber gut, wenn es dir wirklich nichts ausmacht …«

Die nächsten dreißig Minuten verbrachten wir mit einer Diskussion über Kennzahlen und wie wir diese in die für uns relevanten KPIs einbinden sollten. Gerade im Bereich der Fertigung und in der Disposition sah ich da nämlich noch einigen Bedarf, um am Ende wirklich belastbare und hilfreiche Zahlen zu erhalten.

»Die werden wir im externen Audit sowieso brauchen«, untermauerte ich meinen Vorschlag.

»Aber haben wir jetzt Zeit, das alles durchzuziehen?«

»Wir können das schaffen.« Ich fühlte mich richtig motiviert. »Klar, das klingt jetzt erst mal heftig, aber ich weiß aus Erfahrung, dass es uns am Ende hilft. Ich habe einmal bei einem Audit mitgearbeitet, bei dem wir kaum Daten im Vorfeld ermittelt haben. Das war stressig, das kann ich dir sagen. Wir haben zu viert quasi zwei Wochen durchgearbeitet.«

»Ich weiß nicht.« Er rieb sich nachdenklich über den Nacken. »Ich habe noch einiges auf dem Schreibtisch, was zuerst erledigt werden muss. Und Lia kann ich nicht ins Boot holen. Sie hat genug zu tun und zudem müsste man sie erst ganz neu einlernen. Es gibt niemanden, der fit ist auf diesem Gebiet.«

»Aber ich habe doch Zeit.«

»Das kommt gar nicht infrage. Du bist krank.«

»Wie oft habe ich gehustet, seit du hier bist?« Ich sah ihn herausfordernd an. »Mir geht es wirklich besser.«

»Du hast oft genug gehustet, das weißt du selbst. Und dein Fuß muss hochgelagert werden.«

»Das kann ich doch tun. Ich nehme mir einfach einen Stuhl und leg ihn darauf.«

»Nein.«

»Hm.« Ich verschränkte die Arme vor der Brust und starrte auf den dämlichen Fuß, der auch jetzt auf einem Stuhl geparkt war.

Der Küchentimer durchbrach die folgende Stille mit seinem enthusiastischen Gebimmel. Kristan stand auf.

»Jetzt essen wir erst mal etwas.«

»Und dann reden wir noch einmal in Ruhe darüber«, ergänzte ich und erfreute mich an seiner resignierten Miene.

»Du kannst also wirklich auch kochen.« Ich bemühte mich, für eine entspannte Atmosphäre zu sorgen und seine misstrauischen Blicke zu besänftigen.

»Ein bisschen. Das ist ja nicht gerade Haute Cuisine.«

»Aber es schmeckt. Ich merke jetzt erst, wie hungrig ich bin.« Ich nahm mir noch einen Nachschlag und genoss das warme, cremige Mahl.

Auch Kristan langte beherzt zu und machte nebenbei ein wenig Small Talk. Er erzählte, wie er die Firma übernommen und von Grund auf umgekrempelt hatte, und ich hörte interessiert zu. Dann durfte ich einmal mehr nicht mithelfen beim Abtragen und sah zu, wie er das Geschirr in die Spülmaschine packte.

Während mein Chef noch beschäftigt war, meldete sich mein Handy. Kristan gab mir mit einem Zeichen zu verstehen, dass ich den Anruf annehmen sollte.

Es war Diana aus der Gruppe der Ehrenamtlichen. Sie war eine der Dienstältesten und so etwas wie unsere Koordinatorin. Heute Abend stand ein außerplanmäßiges Treffen an, zu dem ich natürlich nicht gehen konnte. Ich hatte ihr am Nachmittag abgesagt und ein Update meiner Ideen und Planungen geschickt und nun hatte sie noch ein paar Fragen.

Wir klärten die Punkte rasch. Diana war gut eingearbeitet und zackig und sie versprach, meine Aufgaben im Team umzuverteilen.

»Sind die anderen wieder alle fit?«

»Nein.« Sie seufzte. »Ich habe meinem Mann schon angedroht, dass er am Sonntag einspringen muss, wenn kein Wunder geschieht.«

»Es tut mir so leid, dass ich ausfalle.«

»Red doch keinen Blödsinn. Mit einem gebrochenen Fuß kannst du nicht in der Küche stehen und Kaffee kochen.«

»Es ist nur der Mittelfußknochen. Aber das ändert nichts daran, dass du recht hast.« Ich warf einen Blick zu Kristan, der eben die Spülmaschine eingeschaltet hatte und sich jetzt die Hände wusch. »Ausgerechnet am ersten Advent. Ich hatte mich so auf diesen Nachmittag gefreut.«

»Du wirst uns fehlen. Auch am Samstag, wenn wir das Haus schmücken.«

»Oh, das verpasse ich ja ebenfalls! Und dabei liebe ich es, die Weihnachtsdekoration aufzuhängen.« Ich sah mich in meinem eigenen Heim um. »Normalerweise würden jetzt auch bei mir bereits die Lichterketten brennen. Dieses Jahr ist echt blöd.«

»Nein, es ist nur anders«, versicherte Diana in ihrer ruhigen Art. »Warte doch ab. Wer weiß, vielleicht ist anders nicht automatisch schlechter.«

»Ohne Deko und Lichterketten ist es definitiv schlechter. Es geht mir einfach gleich viel besser, wenn es um mich herum funkelt und glänzt. Und eigentlich dachte ich, dass es schon ausreichend anders ist, weil ich jetzt hier wohne und ein neues Leben beginne.«

Diana schwieg vielsagend. Sie war eine der wenigen, die die ganze Geschichte mit Quentin kannte.

»Es ist einfach tröstlich, wenn überall die Lichter brennen. Und wenn die Bewohner mit ihren zittrigen Stimmen die ganzen Weihnachtslieder singen und sich so freuen, nur weil ein paar Tannenzweige auf dem Tisch liegen.« Ich biss mir auf die Unterlippe. »Und Onkel Josef wird auch alleine sein.«

»Er ist nicht alleine. Er hat uns.« Diana klang resolut.

»Richtig. Danke.«

»Ich muss Schluss machen, Fine. Das Treffen beginnt gleich und du weißt, dass wir einiges auf dem Zettel haben.«

»Klar. Richte den anderen liebe Grüße aus und dass es mir leidtut.«

Nachdenklich legte ich mein Handy zur Seite. Was für eine Verschwendung, fuhr es mir durch den Kopf. Jetzt begann die schönste Zeit des Jahres und ich saß hier fest und konnte sie nicht genießen, nicht ausnutzen. Ich konnte weder durch die beleuchteten Straßen schlendern noch im Heim an den Feiern teilnehmen. Ich hatte nicht einmal

Lichterketten in meinen eigenen vier Wänden. Ich musste blinzeln, um den Tränen keine freie Bahn zu geben, und zog schniefend die Nase hoch.

»Alles in Ordnung?«

Ich schluckte gegen den blöden Kloß an, der sich in meinem Hals breitmachen wollte, und nickte dann so lässig wie möglich.

»Das war Diana, eine aus dem Team im Heim. Es gab nur ein paar Fragen zu klären, weil ich ja vorerst ausfalle.«

»Okay.«

»Am Sonntag ist der erste Advent. Da haben wir immer einen Nachmittag mit Kaffee, Plätzchen und Liedern«, erklärte ich, ohne zu wissen, ob ihn das interessierte. »Nichts Großes, eigentlich eine ganz langweilige Sache. Aber unseren Gästen macht es so viel Freude. Und uns auch. Es ist schön, ihren Geschichten zu lauschen, von vergangenen Weihnachtsfesten zu hören. In dieser Zeit sind die Menschen besonders erinnerungsselig. Und besonders einsam«, fügte ich nachdenklich hinzu.

»Das kann ich mir vorstellen.«

»Tja«, sagte ich, weil es nichts mehr anderes zu sagen gab. »Ich werde es überleben, dass ich dieses Jahr nicht dabei bin.«

»Dafür hast du mehr Zeit für dich«, versuchte er mich aufzuheitern.

»Klar. Super. Dann kann ich noch einen Filmmarathon einlegen und den ganzen Tag herumliegen.« Ich sah mich verstohlen um und mein Blick blieb auf dem Weihnachtskürbis hängen. »Und mich an meiner Dekoration erfreuen.«

»Das ist wirklich dein Ding, oder? Weihnachten und all der Glitzerkram drumrum?«

»Schon.« Ich zog noch einmal die Unterlippe zwischen die Zähne und starrte auf den Haufen Umzugskartons. Blöderweise war die Weihnachtskiste ganz unten, weil ich davon ausgegangen war, dass ich alles längst verräumt hatte, ehe ich die brauchte. Ich holte tief Luft und sah Kristan bittend an.

»Könntest du mir vielleicht die unterste Kiste aus dem Paketstapel holen? Dann könnte ich wenigstens ein paar Sachen aufstellen und zwei oder drei Lichterketten anschließen. Ich werde langsam machen und auf keine Leiter steigen, ich verspreche es. Aber so ganz ohne alles, das halte ich wirklich nicht aus.«

# KAPITEL 17

»Oh, mein Weihnachtsmann! Den habe ich auf einem Weihnachtsmarkt in Straßburg gekauft. Und das Holzrentier! Das hat mir mein Onkel geschenkt, das ist von einem Kunsthandwerkermarkt. Ist das nicht wunderschön gearbeitet?« Ich hatte mich nicht bremsen können und die Kiste direkt geöffnet, nachdem Kristan sie freigelegt hatte. »Und der hier ist noch aus meiner Kindheit.«

Ich drückte den Anhänger kurz an meine Brust. Ein funkelnder Stern aus Kristallen an einem ehemals roten Samtband, das bereits einiges an Farbe verloren hatte und an den Rändern ausgefranst war. Automatisch sah ich mich im Raum um. In den letzten Jahren hatte sich das Dekorieren zur Tradition entwickelt. Jedes Teil hatte seinen festen Platz in der Wohnung gehabt und ich hatte mit strahlenden Augen die Objekte an ihren angestammten Stellen verteilt. Nun jedoch hatte ich eine neue Wohnung, kleiner und mit weniger Möbeln. Ich musste, nein, ich durfte also neue Plätze suchen, an denen die Schmuckstücke am besten zur Geltung kamen.

Kristan griff nach der Kiste und hob sie an.

»Was machst du denn jetzt?«, fragte ich alarmiert.

»Ich beuge mich dem Schicksal«, sagte er mit komischem Unterton. »Du wirst dich darüber hermachen, kaum dass ich aus der Tür bin. Und es gibt nur eine Möglichkeit, das zu verhindern.«

»Und zwar?«

»Indem ich mithelfe und dafür sorge, dass du nicht stundenlang durch die Räume läufst und am Ende doch noch irgendwo hochkletterst.«

Kristan hatte die Kiste auf den Esstisch gestellt, damit ich dort sitzend bequem darin stöbern konnte, wie er meinte. Er würde dann auf Befehl die entsprechenden Teile an den dafür bestimmten Stellen platzieren. Das war zumindest sein einfach gestrickter Plan. Ich entschied spontan, dass ich mitspielen könnte. Vorerst war es absolut in Ordnung, wenn er die Dinge im Raum verteilte. Und falls ich dann merkte, dass eines noch nicht am idealen Platz stand, dann konnte ich später immer noch umräumen und in Ruhe nach einer besseren Stelle suchen. Aber was gar nicht ging, war, diese Arbeit ohne Weihnachtslieder zu verrichten.

»Halt!« Ich hob die Hand und angelte nach meinem Handy.

»Was?« Mein Chef hatte eben den ersten Weihnachtsmann auf der Kommode platziert und drehte sich mit fragendem Gesichtsausdruck um.

»Wir brauchen die richtige Stimmung.«

Ich suchte bereits nach den Musikdateien. Quentin hatte mir vor ein paar Jahren in einer aufwendigen Aktion sämtliche Weihnachtslieder auf das Handy geladen. Ich hatte kurzzeitig überlegt, ob ich die jetzt löschen sollte, aber dann beschlossen, dass das zu weit ginge. Nun war ich sehr froh darüber, denn ich hatte zwar noch die Tonträger, aber keinen CD-Spieler mehr, weil der in seinem Besitz geblieben war. Kurz kam ich etwas aus dem Tritt, weil ich wartete, dass mich Wut oder Enttäuschung packen würden, wie immer, wenn ich an Quentin dachte. Dann bemerkte ich aus dem Augenwinkel, wie Kristan eine Handbewegung machte, die *was jetzt?* heißen sollte. Sein komisch-resignierter Gesichtsausdruck, mit dem er dabei meinen Weihnachtsmann hochhielt, ließ mich spontan lächeln. Ich schob den Gedanken an Quentin zur Seite und drückte die Abspieltaste.

Schon bei den ersten Tönen vertiefte sich mein Lächeln. Ich liebe Weihnachtssongs, und zwar alles, was es gibt. Ich liebe die neuen Popsongs und die alten Ohrwürmer. Ich liebe die ruhigen, bei denen man eine Gänsehaut bekommt, weil sie so feierlich sind, und die flotten, zu denen man ein kleines Tänzchen hinlegen kann. Und ich liebe die traditionellen alten Lieder, die ich schon als Kind unter dem Weihnachtsbaum gesungen habe und die ich heute mit den Bewohnern im Heim sang. Einen Moment lauschte ich verzückt und mit schief gelegtem Kopf, ehe ich mich wieder auf meinen Besucher konzentrieren konnte.

»Jetzt können wir richtig loslegen.«

Es machte unerwartet viel Spaß, auf diese Art zu dekorieren. Ich feierte jedes Stück, das ich, sorgsam in Zeitungspapier eingepackt, aus der Kiste förderte. Ich erzählte meinem Helfer die Geschichte jedes Teils, wie ich es gekauft hatte oder von wem ich es einst bekam. Dann überlegte ich sorgsam, wo es von nun an seinen Platz haben sollte, und wies ihn an, es dorthin zu bringen. Im Ernst, ich hätte vermutlich selbst an die entsprechende Stelle humpeln können, schließlich lebte ich in einer kleinen Dachgeschosswohnung, nicht in einem weitläufigen Palast. Aber ich wollte keine erneute Diskussion lostreten. Er meinte es ja gut. Und außerdem war es schön. Es war schön, nicht alleine zu sein, sein Lachen zu hören oder wie er bei manchen Liedern mitsummte. Es war so, wie es sein sollte: fröhlich und mit einem glücklichen Gefühl im Bauch, weil man sich auf die Zeit freute, die nun anbrach.

»Ich habe Santa Klo gefunden.« Strahlend wie ein Kind hielt ich die lange, schlanke Figur in die Höhe.

»Wen?«

»So hat mein Onkel den getauft. Weil der immer im Badezimmer stand.«

»Und wo soll er jetzt hin?«

»Natürlich wieder dorthin. Am besten auf das Fensterbrett.«

»Ich glaube, du bist die einzige Person in meinem Bekanntenkreis, die sogar ihr Badezimmer schmückt.« Kristan betrachtete Santa Klo interessiert.

»Echt? Was kennst du denn für Leute?«

»Aber du, was? Santa Klo.« Er schüttelte den Kopf. »Dass du ihm diese Respektlosigkeit durchgehen lässt, wundert mich.«

»Onkel Josef würde ich fast alles durchgehen lassen. Und es klingt so urkomisch, wenn er es sagt und sein Gebiss dabei beinahe ins Schleudern gerät.«

»Wie kommt es, dass du einen so engen Bezug zu deinem Onkel hast?«

»Hab ich das nicht schon erzählt? Seine Kinder haben keine Zeit und ich bin in der Nähe.«

»Doch, das hast du erzählt. Aber du sprichst nie vom Rest deiner Familie.«

»Oh.« Ich erkannte die Vorsicht hinter seinen Worten und lächelte beruhigend. »Meine Eltern meinst du?«

Er nickte.

»Die sind leider auch nicht in der Nähe. Mein Vater hat beschlossen, seine letzten beruflichen Jahre in den USA zu verbringen. Er hat dort einen tollen Job angeboten bekommen und meine Mutter ist natürlich mitgegangen. Das war vor drei Jahren. Bis dahin haben sie sich ebenfalls um meinen Onkel gekümmert. Ich habe das sozusagen von ihnen übernommen. Er ist der Stiefbruder meines Vaters und um einiges älter als er, aber die beiden haben sich immer bestens verstanden.«

»Vermisst du sie?«

»Meine Eltern? Ja, manchmal schon. Nein, eigentlich vermisse ich sie recht oft. Ich meine, ich bin erwachsen und es gibt Videocalls und Telefonate und alles. Man kann sich sehen, selbst wenn man Tausende Kilometer voneinander entfernt ist. Aber ab und zu fehlt es doch, dabei auch mal in den Arm genommen zu werden.« Ich lächelte wehmütig. Besonders, wenn man gerade seinen untreuen Freund im Bett einer anderen vorgefunden hatte.

Kristan musterte mich und sah einen Moment so aus, als wolle er hier und jetzt mit einer Umarmung einspringen. Oder bildete ich mir das nur ein, weil ich plötzlich das Gefühl hatte, dass dieser Moment einer von denen war, in denen man eine Umarmung brauchte? Einen Moment sahen wir uns nur an, dann zuckte ich mit den Schultern und zwang mich zu einem Lächeln. Kristan blinzelte mit einem Auge, was ziemlich niedlich aussah und irgendwie auch tröstlich. Dann räusperte er sich.

»Das glaube ich. Also«, er sah auf Santa Klo herab. »Den stelle ich jetzt ernsthaft ins Badezimmer, ja?«

»Bereit für den Höhepunkt?« Ich sah meinem Chef erwartungsvoll entgegen, als er wieder zu mir trat.

»Für was?«

»Für den Höhepunkt der Dekoration. Die Lichterketten!« Ich holte schwungvoll eine aus meiner Kiste und ließ sie ein wenig durch die Luft schlenkern.

»Absolut bereit«, versicherte er amüsiert.

»Dann los. Die erste muss an den Spiegel.«

Beim Anbringen der Lichterketten konnte ich nicht länger sitzen bleiben. Ich musste genaue Anweisungen geben, wie ich sie für gewöhnlich befestigte und wie weit sie rechts und links herabhängen sollten und so weiter.

»Hm. Blöd, dass die ganzen Regale fehlen. Da sollten auch welche drauf.«

»Heute ist es zu spät, um noch die Bohrmaschine anzuwerfen.« Kristan sah auf die Uhr. »Wir machen es morgen, versprochen.«

»Ist das dein Ernst? Du willst meine Regale anbringen?«

»Ja. Irgendwie hast du so eine Art, recht deutlich zu machen, was dir fehlt. Und diese Regale wurden jetzt schon so oft erwähnt …«

»Es tut mir leid! So hatte ich das nie gemeint!«

»Ich auch nicht. Ich ziehe dich nur gerne ein wenig auf. Und es macht mir wirklich nichts aus. Ich habe viel zu selten die Gelegenheit, meine Heimwerkerambitionen auszuleben.«

Er hob die Hand und streckte Daumen und Zeigefinger aus. Doch anstatt wie ein Kind *Peng!* zu rufen, machte er brummende Geräusche, die wohl eine Bohrmaschine imitieren sollten. Ich kicherte und dachte spontan, dass dieser Mann einfach verboten niedlich sein konnte.

»Ich bringe deine Regale morgen an. Nachdem wir gegessen haben«, versprach er und wedelte noch ein wenig mit seinem imaginären Bohrer.

»Du willst morgen wieder hier essen?«

»Ich denke, ich will. Damit ich sicher bin, dass du etwas Vernünftiges isst.«

»Ich bin erwachsen. Ich kann das durchaus selbst organisieren.«

»Du vergisst, dass ich den Inhalt deiner Schränke kenne. Du hast gar nichts hier.«

»Ich kann aus nichts etwas Schmackhaftes zaubern«, behauptete ich fest.

»Bestimmt. Aber du wirst nicht in der Küche stehen und kochen. Das ist eine Anweisung! Ich werde wieder Zutaten mitbringen und für das Essen sorgen. Und hinterher kümmere ich mich um deine Regale.«

»Gut«, gab ich sofort nach. Das brachte mir einen misstrauischen Blick ein, für den er gleich eine Berechtigung geliefert bekam. »Dann machen wir das morgen. Nachdem wir uns die Zahlen angesehen haben, die du ebenfalls mitbringen wirst.« Ich grinste ihn breit an. »Ich lerne so langsam, wie das bei dir läuft. Also, ich schlage einen neuen Deal vor: Du darfst kochen und meine Regale festdübeln und ich darf einen Blick auf unsere Arbeit werfen und nebenbei die eine oder andere kleine Tabelle erstellen.«

Kristan musterte mich ausgiebig, ehe sich ein Lächeln um seinen Mund ausbreitete.

»Du bist sehr viel gerissener, als man hinter deiner unschuldigen Erscheinung vermuten würde. Gut, du hast wieder einmal gewonnen. Ich werde früher kommen und die Sachen mitbringen, an denen ich gerade sitze und die noch etwas aufpoliert werden müssen. Aber nur dieses eine Mal. Krank ist krank.«

Ich nickte brav. Und wusste, dass ich gesiegt hatte. Wenn er es einmal machte, dann war die Hemmschwelle, es ein zweites Mal zu tun, sehr viel geringer. Vielleicht konnte ich ihn sogar dazu überreden, mir meinen Geschäftslaptop hierzulassen. Dann würde ich einfach Homeoffice machen und er hätte auch weiterhin einen Grund, regelmäßig bei mir vorbeizuschauen.

# Kapitel 18

Ich genoss meinen kleinen Sieg erst später. Im Moment war ich zu sehr damit beschäftigt, mich dem Glück hinzugeben, das ich gerade verspürte. *Das ist definitiv meine liebste Jahreszeit*, dachte ich wieder. Wenn zum ersten Mal die Weihnachtssongs erklangen und die Lichterketten ganz neu funkelten und alles so schön festlich war. Ich lachte übermütig über Kristans Verwunderung, wie viele Lichterketten ich aus meiner Kiste zaubern konnte, und freute mich von Herzen, dass er die hübschen Holzsterne, die ich am Boden der Kiste gefunden hatte, bewundernd in der Hand drehte, ehe er sie weisungsgemäß im Raum verteilte. Ich ertappte mich dabei, dass ich einen Augenblick zu lange auf seinen Hintern starrte, als er auf der kleinen Trittleiter stand und einen dieser Sterne oben auf der Geschirrvitrine platzierte. Diese Seite von ihm war meiner Aufmerksamkeit bisher entgangen, was eine echte Schande war. Und ich kicherte in mich hinein, als ich daraufhin beschloss, dass er auch einen auf die Hochschränke in der Küche stellen sollte, einfach weil die Aussicht auf seine Kehrseite so verlockend war, wenn er auf den Stufen turnte und sich nach oben reckte.

Ich hätte die ganze Nacht so weitermachen können, aber irgendwann war nicht nur meine Kiste leer, auch meine Kraft neigte sich dem Ende entgegen. Ich fühlte mich zwar weit besser als seit Tagen, aber ich konnte nicht leugnen, dass mich selbst das Sitzen und Kommandieren angestrengt hatte.

Auch Kristan bemerkte es. Er drehte sich ein letztes Mal um seine Achse und begutachtete sein Werk.

»Das ist doch recht nett geworden.«

»Recht nett? Das sieht toll aus. Ganz herzlichen Dank für deine Hilfe!«

»Das habe ich gerne gemacht. Immerhin muss ich so keine Angst haben, dass du es doch im Alleingang versuchst.«

»Woran liegt es nur, dass ich auf dich den Eindruck eines ungezogenen kleinen Mädchens mache?«

»Eher den einer Frau, die weiß, was sie will, und das dann auch durchzieht.«

Ich senkte erfreut den Blick. Als eine starke und toughe Person angesehen zu werden gefiel mir.

»Und jetzt werde ich verschwinden, damit du ein wenig Ruhe bekommst. Wir wollen ja keinen Rückfall riskieren.«

Ich nickte zur Abwechslung zustimmend. Nein, das wollte ich ganz sicher ebenfalls nicht. Dennoch hätte ich den Zeitpunkt seines Aufbruchs gerne noch ein wenig hinausgezögert. Ich merkte, dass seine Gegenwart mir guttat und ich mich in seiner Gesellschaft wohlfühlte. Und ich merkte, dass ich in letzter Zeit einfach viel zu oft alleine gewesen war. Ja, das war es. Seit ich mich von Quentin getrennt hatte und sich unser Freundeskreis entschlossen hatte, von nun an seiner zu sein, war ich einsam. Man hatte mir zwar freundlich angeboten, doch ebenfalls zur anstehenden Geburtstagsfeier zu kommen, aber dabei deutlich signalisiert, dass mittlerweile auch Sontje ein Teil dieser Gruppe war. Ich hatte die Einladung dankend abgelehnt und mich noch eifriger in meine ehrenamtlichen Tätigkeiten gestürzt. Das war eine ziemlich sichere Nummer, wenn man immer irgendwie beschäftigt sein wollte. Nur dass die aktuell auch wegfiel. Nicht mal meinen Onkel konnte ich besuchen und da er sich nach wie vor standhaft weigerte, ein Hörgerät anzuschaffen, waren längere Telefonate mehr eine Qual denn eine Freude, und zwar sowohl für mich als auch für ihn. Das war der Grund, weshalb ich Kristans Besuche so schätzte, beschloss ich, als ich einen letzten langsamen Rundgang durch die Wohnung machte. Ich betrachtete noch einmal prüfend jedes Stück, das heute aus der Kiste hervorgeholt worden war, und nickte zufrieden, weil sie sich an ihrem neuen Platz bereits so gut machten, als hätten sie immer dort gestanden. Meine Sorge, beim Anblick dieser Gegenstände wieder schmerzhaft an mein altes Leben erinnert zu werden, war absolut überflüssig gewesen. Ich erinnerte mich zwar, aber nicht mit diesem fiesen Stechen in der Brust. Es war eher ein mildes Zurückblicken auf eine Zeit, die zwar zum Großteil schön gewesen war, die aber nun auch zu Recht der Vergangenheit angehörte. Diese Erkenntnis ließ mich einen Moment stumm stehen, die Hand auf einem kleinen Stern aus Mangoholz, der früher einmal seinen Platz auf unserer Küchentheke gehabt hatte. Nun stand er neben dem Rentier, weil mir auf die Schnelle kein Ort mehr eingefallen war, den wir noch nicht geschmückt hatten. Ich sah in Gedanken Kristan vor mir, wie er mir diesen Stern abgenommen hatte. Er hatte sanft über seine glatte Oberfläche gestrichen und gesagt, dass sich dieses Holz ganz besonders weich und handschmeichelnd anfühlte. Ich nahm ihn auf und schloss meine Finger darum. Das Holz fühlte sich glatt und warm an, so als ob noch ein Rest von Kristans Wärme daran haftete. Spontan beschloss ich, dass ich ihn auf mein Nachttischchen stellen würde. Dort konnte er über mich wachen. Und wenn ich wieder einmal vergeblich auf den Schlaf wartete, dann konnte ich ihn in die Hand nehmen und seine Ruhe und Wärme in mich aufnehmen.

Am nächsten Tag fühlte ich mich erstaunlich gut. Mein Bluterguss machte zwar fröhlich damit weiter, seine Farbe zu wechseln, und schillerte jetzt in einem leuchtenden Blau. Meine Erkältung hingegen schien sich so schnell zu verabschieden, wie sie gekommen war. Ähnlich wie bei meinem Onkel hatte sie sich hartnäckig festgesetzt, so sehr, dass man dachte, sie nie mehr loszuwerden, und dann war plötzlich eine deutliche Besserung zu bemerken. Ich hatte heute beinahe meine alte Energie zurück. Das war toll, weil ich mich einfach viel besser fühlte, aber auch schlecht, weil es mir so noch schwerer fiel, den ganzen Tag herumzuliegen, den dummen Fuß hochzulagern und nichts zu tun. Ich brauchte Beschäftigung, zumindest für meinen Kopf. Ich musste mich ablenken, um nicht zu merken, dass ich mich langweilte und einsam fühlte. Und dass ich mich viel zu sehr darauf freute, heute Abend wieder Besuch zu bekommen und mit einem Freund zu lachen. Nein, mit meinem viel zu netten Chef, der sich mehr als üblich um seine Angestellten kümmerte. Und zwar um alle, wie ich sehr wohl wusste.

Lia hatte mir bereits einige Geschichten erzählt, die ich recht unglaublich gefunden hatte, die jetzt aber immer besser zu diesem Mann passten. Er hatte schon mehrfach Mitarbeiter bei der Wohnungssuche unterstützt und dann auch selbst mit angepackt beim Umzug. Er hatte eine Kollegin spontan zur knapp hundert Kilometer entfernten Familienfeier gefahren, weil deren Vater einen runden Geburtstag hatte und das alte Auto just an diesem Freitagnachmittag, als sie das Firmengelände verlassen wollte, den Geist aufgab. Und er hatte Lia jede Möglichkeit verschafft, sich um ihre Mutter zu kümmern, als die schwer krank wurde. Hatte ihr ermöglicht, von zu Hause zu arbeiten, lange bevor die Arbeit im Homeoffice durch Covid populär wurde. Er hatte ihr gestattet, auf kurzem Weg Urlaub zu nehmen, wann immer die Situation es erforderte, und ganz für ihre Mutter da zu sein in den letzten Wochen. Lia war spätestens seit dieser Zeit ein Riesenfan von ihm. Sie hatte mir das alles mit verklärtem Blick und sehr ausführlich erzählt. Wie er sie damals ins Krankenhaus gefahren hatte, als der Anruf kam, dass ihre Mutter direkt vom Hausarzt dorthin verlegt worden war und sich die Lage als sehr kritisch erwies. Wie er danach in den Kindergarten gefahren war, um Lias Sohn abzuholen und sich um ihn zu kümmern, bis meine Kollegin eine Betreuung organisiert hatte. Er hatte sie in diesen ersten Tagen in allen Belangen unterstützt und war ihr zur Seite gestanden, bis Lias Mann endlich von der Geschäftsreise zurück war, auf der er sich gerade befand. Nein, Kristan war in keiner Weise ein Chef, wie ich das kannte, und er kümmerte sich um seine Mitarbeiter. Und jetzt war eben ich dran. Das war toll und ich fand es unglaublich wohltuend, dass er das tat. Aber ich sollte nicht vergessen, dass es nun mal seine Art war und er irgendwann auch wieder weniger präsent sein würde. Denn auch das hatte Lia mir sehr deutlich gemacht.

»Natürlich gibt es immer mal wieder jemanden, der es nicht versteht«, hatte sie mir verschwörerisch mitgeteilt. »Der dann glaubt, er meint es anders, als es ist.«

»Und wie anders?«, wollte ich wissen.

»Nun ja, auf genau die Art, an die er dabei nie denkt. Wir hatten hier mal eine Aushilfe.« Sie setzte sich bequemer zurecht und senkte die Stimme. »Eine Studentin, die in den Ferien in der Produktion aushalf. Ein nettes, witziges Ding und bildschön. Doch im nächsten Sommer war sie plötzlich völlig verändert. Nicht mehr so vorlaut und schlagfertig, sondern verhuscht und in sich gekehrt. Und auffallend oft gegen den Türrahmen gelaufen, als sie nicht aufpasste.« Sie hob vielsagend die Augenbrauen. »Nun, es stellte sich heraus, dass sie an einen ganz üblen Kerl geraten war. Der trank zu viel und wenn er das tat, dann war sie fällig. Kristan hat nicht lange überlegt. Er war mächtig sauer, als er es mitbekam. Er hat ein paar große, kräftige Mitarbeiter mobilisiert, ist hingefahren und hat sie da rausgeholt.«

Ich stieß die Luft aus. »Okay.«

»Und weil es vor allem schnell gehen musste und keine Zeit für Vorbereitungen blieb, hat er sie einfach für eine

Weile bei seinen Eltern einquartiert. Er war oft dort, hat mit ihr gesprochen, ihr klargemacht, dass sie das nicht ertragen muss. Frauen, die so etwas erleben, geben sich ja oft selbst die Schuld.«

Ich nickte nachdenklich.

»Er hat ihr geholfen, einen Platz in einem Studentenwohnheim zu finden. Kristan hat sie auch dort besucht, wollte sichergehen, dass sie den anderen Kerl nicht wieder reinlässt.«

»Und sie hat das falsch verstanden?«

»Und wie! Eines Tages hat sie ihm in Unterwäsche geöffnet.«

»Die Arme.«

Lia zuckte die Achseln. »Kristan hat ihr keinen Grund gegeben zu glauben, dass er mehr will, als ihr zu helfen. Es war unangenehm, für alle Parteien.«

»Was ist aus ihr geworden?«

»Er hat ihr einen Job bei einem befreundeten Unternehmer besorgt. Und er hat eine Mitarbeiterin gebeten, an seiner Stelle hin und wieder bei ihr vorbeizusehen, bis man sicher sein konnte, dass sie sich gefangen hat.«

»Das war ziemlich nett von ihm«, gab ich zu.

»Weil er nett ist. Aber das ist es auch. Man darf seine Art einfach nicht falsch verstehen und mehr hineininterpretieren.«

Ich hatte verständnisvoll genickt und nicht weiter darüber nachgedacht. Bis heute. Bis ich es für sinnvoll hielt, mich wieder daran zu erinnern.

Ich versuchte, den Tag einmal mehr mit einem Weihnachtsfilmmarathon zu füllen. Das Wetter war grau und neblig, ideal für mein Vorhaben, und ich hatte alle Lichterketten angemacht. Und doch konnte ich es nicht so genießen wie am Tag zuvor, obwohl ich nun endlich in der perfekten Umgebung war und meine Blicke immer wieder erfreut durch die weihnachtlich geschmückte Wohnung streiften.

Ich war seltsam unruhig und rastlos. Ständig wanderten meine Gedanken ab, überlegte ich, wie weit ich mit der Arbeit gewesen war, was als Nächstes anstand, was die wichtigsten Aufgaben waren und welche Dinge wir vielleicht ins neue Jahr schieben könnten. Ich machte mir Notizen und war ein paar Mal kurz davor, im Büro anzurufen und Lia zu bitten, an meinem PC etwas für mich nachzusehen. Ich wäre auf taube Ohren gestoßen, das wusste ich. Lia rief täglich an, um sich nach meinem Gesundheitszustand zu erkundigen, und sie machte jedes Mal klar, dass auch sie der Meinung war, dass ich mich erholen und abschalten sollte. Sie wusste, dass Kristan mich besucht hatte. Er hatte es ihr gegenüber erwähnt und ich überlegte einen Moment, wie ich das finden sollte. Es war kein Geheimnis und es war das, was er in einer solchen Situation eben tat. Und doch fühlte es sich für mich nicht so an. Nicht so gewöhnlich. Mein bisheriger Chef hätte keine Sekunde gezögert, mir einen Geschäftscomputer ankarren zu lassen, da war ich mir sicher.

»Ein gebrochener Fuß hindert weder Ihren Kopf am Denken noch Ihre Finger am Tippen«, hätte er vermutlich gesagt und dann weitergemacht wie immer.

Seltsamerweise war es nun ich, die solche Sätze sagen wollte. Und die sich jetzt auf die Zunge biss und dazu zwang, das Handy wieder wegzulegen. Stattdessen würde ich geduldig warten, bis er kam, und mir in der Zwischenzeit einen weiteren Weihnachtsfilm ansehen. Und ein weiteres Mal dabei zuschauen, wie eine andere Frau pünktlich zum schönsten Fest der Welt ihr Glück fand. Und einen weiteren Strich machen auf der Liste der unerreichbaren Mistelzweigküsse.

# Kapitel 19

Kristan kam wie versprochen am späten Nachmittag. Er hatte wieder einmal eine Tasche dabei, die heute aber größer und stabiler war und auch schwerer aussah. Er holte meinen Laptop heraus und einen großen Akkuschrauber.

»Ich habe so einen«, sagte ich und deutete auf das Werkzeug.

»Und du kannst damit umgehen, ich weiß. Aber ich arbeite lieber mit meinem eigenen.«

Ich zuckte nur mit den Schultern. Seiner war vermutlich deutlich teurer gewesen als meiner und hatte vielleicht auch mehr Power, aber bisher war ich mit meinem gut zurechtgekommen. Aber das war nichts, worüber man diskutieren musste. Bei meinem Rechner sah die Sache schon anders aus.

»Halt«, sagte er und legte seine Hand darauf, als ich ihn zu mir ziehen wollte. »Zuerst die Arbeit.«

»Dann das Vergnügen?«, fragte ich grinsend und tätschelte kurz meinen Computer.

Er lachte. »Du bist schon ein wenig verrückt, oder?«

Wieder zuckte ich nur.

»Also, dann legen wir los, damit es nicht zu spät wird, um Krach zu machen. Wo sind sie denn nun, deine Regale?«

Und so kam ich einmal mehr in den Genuss, ihm zuzusehen, wie er auf meiner kleinen Trittleiter stand und arbeitete, während ich brav mit hochgelegtem Fuß am

Tisch saß und ihm zusah. Er befestigte erst das Regalbrett über dem Kühlschrank und dann die beiden, die an die Wand hinter dem Sofa sollten. Dann dübelte er die Ablage über die Garderobenhaken und sah sich um.

»Und was ist mit dem?« Er hatte den letzten Regalboden in der Hand.

»Der muss«, ich überlegte. *Noch nirgends hin? Erst mal stehen bleiben?* Nein, der musste über das Bett und ich ärgerte mich selbst, dass ich es peinlich fand, das zu sagen. »Der soll über das Bett«, sagte ich deshalb. »Irgendwann zumindest.«

»Dann machen wir das doch gleich. Dann ist das erledigt und du kannst das Thema Regale endgültig abhaken.«

Ich nickte und stand auf, um vor ihm ins Schlafzimmer zu humpeln. Das war der einzige Raum, den er gestern während der Dekorationsaktion nicht aufgesucht hatte.

Kristan folgte mir mit der Wasserwaage und dem Akkuschrauber und besah sich die Wand. Ich besah mir ihn, wie er nachdenklich vor meinem Bett stand, und hatte einen Moment das Gefühl, wieder Fieber entwickelt zu haben. Weshalb war der Anblick eines Mannes in einem Schlafzimmer völlig anders, als wenn er sich beispielsweise im Wohnzimmer aufhielt? Und was waren das überhaupt für Gedanken? Daran waren nur diese ganzen Filme schuld. Die setzten einem dumme Ideen in den Kopf, weil bei denen solche Szenen immer darin endeten, dass sich plötzlich ein Mistelzweig fand. Nun, in dieser Hinsicht war mein Schlafzimmer safe, wie die gesamte Wohnung.

»Passt die Höhe so?«

Ich lenkte meine Gedanken wieder in vernünftige Bahnen und betrachtete das Regalbrett, das er geduldig an die Wand hielt.

»Perfekt«, sagte ich dann und sah zu, wie er die Markierungen machte und die Löcher bohrte. Kurz darauf war auch diese Arbeit erledigt und Kristan hatte sogar – wie bei den anderen zuvor – eigenhändig den Staubsauger angeschmissen, um den Bohrstaub zu entfernen.

»Das räumst du aber erst dann ein, wenn dein Fuß wieder verheilt ist. Wehe, du steigst da rauf und turnst rum, nur um einen weiteren Weihnachtsmann zu platzieren.«

»Da sollen Bücher drauf.«

»Auch die werden warten, versprochen?«

Ich nickte und sah ihm zu, wie er das Bett wieder zurück an seinen Platz schob und sich zufrieden die Hände rieb.

»Alles erledigt. Dann können wir jetzt essen. Ich habe zugegebenermaßen ziemlich Hunger.«

»Was? Ich dachte, wir gehen jetzt an die Tabellen.«

»Später.« Er grinste frech und mich beschlich der Verdacht, dass er es genoss, mich hinzuhalten. »Wenn du brav deinen Teller leer gegessen hast.«

Als ich dann endlich den Deckel meines Laptops hochklappte, freute ich mich wie ein kleines Kind, das am Heiligen Abend seine Geschenke auspacken darf.

Mein Chef hatte darauf bestanden, zuvor erst zu kochen, und beinahe beschämt zugegeben, dass wir uns heute mit etwas Einfachem zufriedengeben müssten. Aber auch wenn die Nudeln mit Käsesoße schnell gekocht waren, schmeckten sie himmlisch. Und nicht alleine zu essen steigerte definitiv den Appetit, wie ich wieder einmal feststellte. Es war einfach schön, begleitet von einem leichten Gespräch zu schlemmen, jemanden mit am Tisch sitzen zu haben. Kristan erzählte ein wenig aus der Firma. Er war keiner, der Klatsch weitergab, aber er unterrichtete mich, dass ein Kollege aus der Produktion Vater geworden war, und auch, dass sich die Suche nach einem weiteren Mitarbeiter für die Fertigung als schwieriger erwies, als er das erwartet hatte.

»So, und womit fangen wir jetzt an?« Ich hatte meinen PC hochgefahren und die Dateien aufgerufen.

»Wenn wir uns noch einmal die Kennzahlen für die Maschinenauslastung vornehmen könnten, wäre das eine große Hilfe.«

Ich nickte eifrig.

»Klar. Ich denke, dass dies ein Punkt ist, an dem wir Verbesserungspotenzial haben. Mir ist da nämlich etwas sehr Interessantes aufgefallen.«

Während ich meine Zahlen und Überlegungen präsentierte, spürte ich, wie mich Freude durchströmte. Klar, ich mochte Zahlen und Statistiken, was bei meinem Job auch gut war. Aber noch mehr mochte ich Kristans aufmerksamen Gesichtsausdruck, seine nachdenklichen Gesten, wenn er einen Punkt durchdachte, seine präzisen Fragen. Und seine Augen, die ebenso blitzten vor Begeisterung für diesen Job wie meine.

Ich hätte noch stundenlang weitermachen können, als sich Kristan irgendwann aufrichtete und kurz die Hand auf meine legte.

»Danke. Das hat mir sehr geholfen. Trotzdem denke ich, dass wir jetzt Schluss machen.«

»Was? Aber wir sind gerade so gut drin. Und ich hätte da noch eine Idee …«

»Es reicht für heute, Fine. Ich habe bereits ein ausreichend schlechtes Gewissen, dass ich so spät noch hier sitze und dich zum Arbeiten zwinge.«

»Du zwingst mich doch nicht. Ich mache das gerne.«

Er griff nach dem Rechner und klappte bedächtig den Deckel zu. »Das freut mich. Das heißt, dass du gerne bei mir arbeitest.«

Ich nickte eifrig. »Total gerne. Ich bin so froh, dass du mir diesen Job zugetraut hast.«

»Ich hatte mich nicht getäuscht.« Sein Lächeln wurde warm. »Auch wenn du manchmal fast zu eifrig bist. Es ist spät. Und du bist eine junge Frau. Du solltest andere Verpflichtungen haben, als zu arbeiten.«

»Die hätte ich. Aber ich sitze ja hier fest.« Ich deutete auf meinen Fuß.

»Und was würdest du tun, wenn du den«, er tippte kurz an die Stiefelorthese, »nicht hättest?«

»Ich wäre vermutlich bei meinem Onkel. Und ich wäre bestimmt schon durch zehn Läden gezogen und hätte Ausschau nach neuen Dekorationsstücken gehalten.«

Er schüttelte leicht den Kopf.

»Was? Das sind alles sehr gute Unternehmungen. Ich hätte Spaß gehabt.«

»Anstatt zu arbeiten.«

»So war das nicht gemeint. Das hat mir auch Spaß gemacht.« Ich spürte, wie sich meine Wangen erwärmten.

»Du solltest anderen Spaß haben. Du bist jung. Du solltest …«

»Tanzen gehen?«, schnitt ich ihm das Wort ab. »Ich fürchte, ich bin nun mal eher langweilig. Ich war noch nie eine Partyqueen. Das liegt mir nicht.«

Wieder musste ich mich nachdenklich mustern lassen. Ich konnte seine Gedanken förmlich hören. *Was stimmt nicht mit ihr? Weshalb hat diese Frau kein Privatleben? Wo sind die sozialen Kontakte?*

»Und zudem könnte ich dir dasselbe vorwerfen. Du bist doch nicht viel älter als ich. Weshalb bist du nicht da draußen und feierst das Leben?« Ich war selbst überrascht von meinem Mut und meiner Stimme, die beinahe ein wenig schnippisch klang.

»Ich wollte dir gar nichts vorwerfen. Es wundert mich nur. Du bist ein sehr sozialer Mensch. Ich hatte einfach angenommen, dass du diese Seite mehr auslebst.«

»Weshalb tust du das nicht?« Ich hielt die Luft an, weil ich fürchtete, zu persönlich zu werden. Und weil ich die Antwort wirklich wissen wollte. Was war der Grund, dass ein Mann wie er nicht sehnlichst zu Hause erwartet wurde?

»Du hast recht«, gab er nach einem Moment zu. »Wir haben beide Defizite auf diesem Gebiet. Und zudem geht es mich nichts an, wie du deine Freizeit gestaltest.« Er stand auf und wollte nach dem Laptop greifen. Spontan legte ich meine Hand darauf und sah ihn an.

»Ich bin neu hier in der Stadt und hatte einfach noch keine Zeit, um Freunde zu finden. Ich tue mich generell schwer damit, neuen Menschen zu vertrauen, auch wenn es mir keine Schwierigkeiten macht, auf sie zuzugehen. Ich habe mich noch nie richtig wohlgefühlt in lauten Clubs oder auf Partys. Ich bin eben anders in diesen Dingen. Ich habe erst vor Kurzem eine große Enttäuschung erlebt und weiß nicht, ob ich bereit bin, schon wieder jemandem die Chance zu geben, mein Herz zu verletzen. Deshalb hilft es mir, wenn ich mich in die Arbeit stürzen kann. Das lenkt mich ab und es beschäftigt mich, wenn ich mich einsam fühle. Es gibt mir das Gefühl, nützlich zu sein. Und es macht mir Spaß. Deshalb möchte ich dich bitten, mir das nicht zu nehmen. Lass mir diese Möglichkeit, Kristan. Ich könnte täglich ein paar Stunden arbeiten und ich verspreche, dass ich dabei brav meinen Fuß hochlege und es nicht übertreibe.«

Kristan sah mit einem seltsamen Blick auf mich herab, als ich mit dieser hastig vorgetragenen Beichte endete, die ich eigentlich gar nicht hatte machen wollen. Dann nickte er und um seine Augen kräuselten sich kleine Fältchen.

»Okay. Wenn du es wirklich willst und versprichst, es nicht zu übertreiben.«

Ich nickte erneut. Dieses Mal vielleicht noch enthusiastischer als zuvor. Das brachte ihn dann doch zum Lachen.

»Du bist schon eine verrückte Person, Fine. Wenn es in Ordnung ist, dann besprechen wir morgen Abend den nächsten Teil. Und wehe, ich bekomme mit, dass du zu viel gemacht hast. In dem Fall ist dieses Ding ganz schnell wieder im Büro.«

Ich strahlte ihn zufrieden an. *Keine Bange*, dachte ich. *Ich werde genau so viel machen, dass unser Deal nicht platzt und wir noch sehr viele Abende gemeinsam hier sitzen werden.*

# KAPITEL 20

Braucht es noch einen weiteren Hinweis darauf, wie armselig mein Leben geworden war, als die Tatsache, dass diese Stunden fortan den Höhepunkt meines Tages bedeuteten? Wenn es draußen dämmerte und ich wusste, dass es nun gleich hell werden würde in meinem Leben? Wenn Kristan wie selbstverständlich in meiner kleinen Küche hantierte und ich mit glühenden Wangen dasaß und seinen Berichten aus dem Büroalltag lauschte? Wenn wir gemeinsam aßen und ich ihn dabei immer besser kennenlernte, seine Vorlieben für Käse in jeglicher Verarbeitungsform neckte und herausfand, dass er keinen Knoblauch mochte? Wenn er sich mit aufrichtig klingendem Interesse nach meiner Gesundheit erkundigte und mir fürsorglich Essen nachlegte, damit ich bald wieder ganz bei Kräften wäre? Wenn wir zusammen lachten und ich immer unvorsichtiger mit meinen Worten wurde, ihm mehr Einblick in mein Leben gewährte, als ich das normalerweise tat? Wenn er sich geduldig wieder und wieder meine Berichte von unserer Arbeit im Seniorenheim anhörte? Und wenn ich zuließ, dass ich ihn mit jedem Tag mehr mochte und schätzte, ihn mehr und mehr als Freund ansah?

Und dann war es Freitag und wieder einmal hatte sich Kristan irgendwann meinen PC geschnappt und beschlossen, dass es nun gut wäre.

»Das ist ein passender Zeitpunkt, um abzuschließen. Ich hätte nie zu hoffen gewagt, dass ich am Ende dieser Woche sagen könnte, dass alles Dringliche erledigt ist.«

»Wir könnten doch aber«, begann ich, nur um unterbrochen zu werden.

»Wir starten jetzt ins Wochenende. Überaus verdient, würde ich sagen.«

Ich nickte und hatte das Gefühl, dass die Lichterketten plötzlich nicht mehr ganz so hell leuchteten.

»Wenn es dir recht ist, werden wir am Montag mit neuer Energie weitermachen.«

»Klar«, sagte ich und versuchte den Gedanken zu verdrängen, dass es bis dahin zwei einsame Abende geben würde, in denen ich nichts zu tun hatte, außer wieder Mistelküsse zu zählen.

»Was ich ganz vergessen habe«, unterbrach Kristan meine Überlegungen, »ist, dich zu fragen, was du brauchst. Ich werde morgen einkaufen gehen und wenn du mir eine Liste mitgibst, kann ich dir etwas mitbringen.«

»Ich brauche nichts, danke«, sagte mein Mund automatisch, weil er es gewohnt war, Hilfe abzulehnen.

Kristan hob die Augenbrauen. »Du musst etwas brauchen. Oder hast du einen anderen Einkaufsdienst beauftragt?«

Ich schüttelte den Kopf. Nein, das hatte ich nicht, auch wenn sich Diana angeboten hatte.

»Dann wirst du etwas brauchen. Schreib es mir auf, ansonsten kaufe ich einfach alles, was mir einfällt.«

Ich hatte also eine Liste gemacht und sie ihm mitgegeben. Und nein, ich hatte dabei nicht eine Sekunde im Kopf, dass er auf diese Weise auch morgen kurz hier auftauchen musste. Okay, doch, natürlich war es das Erste, was mir durch den Kopf schoss. Aber ich konnte diese Tatsache für eine Weile in den Abwägungen der einzelnen Lebensmittel ersticken. Ist es dämlich, wenn man sich bei solch einer Liste den Anschein gibt, dass man ein ganz disziplinierter und gesundheitsbewusster Mensch ist? Dass man die Schokoladenkekse zwar im Kopf hat, aber nicht aufschreibt und sich stattdessen eine stattliche Auswahl an Obst und Gemüse bestellt? Nach kurzem Nachdenken fügte ich auch ein paar Grundnahrungsmittel wie Nudeln und Reis hinzu. Ich konnte nicht erwarten, dass er noch länger für mich kochte, schließlich wurde mein Fuß langsam besser und ich hatte die Erlaubnis, ihn in gewissem Umfang auch zu benutzen. Und bevor er mir zu verstehen gab, dass dieser Service allmählich ausgereizt war, wollte ich ihn lieber selbst beenden.

»Ist das alles?«

Ich nickte nachdrücklich und entschied mich, das Ganze mit einer kleinen Lüge abzuschließen.

»Damit komme ich zurecht. Vielen Dank, dass du das machst. Ich hoffe wirklich, dass ich bald wieder ganz auf eigenen Beinen stehen kann und du deine Zeit wieder für dich hast.«

Am nächsten Tag ertappte ich mich selbst dabei, dass ich ständig auf die Uhr sah und überlegte, wann Kristan kommen würde. Ich hoffte insgeheim, dass er sich Zeit lassen würde und wir dann wieder gemeinsam kochten und den Abend zusammen verbrachten. Andererseits wartete ich voller Hoffnung, dass es jetzt sofort klingelte.

Ich nutzte die Zeit, um wie jeden Tag mit meinem Onkel zu plaudern. Er versicherte mir, dass er gut zurechtkam und mittlerweile gänzlich gesund war. Schade, dass der alte Knabe so schlecht hörte und sich damit nicht für ein längeres Gespräch anbot. Dann jedoch rief Lia an, die dafür sehr viel besser geeignet war. Auch sie zeigte großes Interesse daran, wie sich mein Fuß machte und ob ich alles auf die Reihe bekam. Auf mein Geständnis, dass mich unser Chef versorgte, reagierte sie scheinbar nur mit einem Achselzucken.

»Ja, so ist er. Wir haben so was von Glück, einen Chef wie Kristan zu haben.«

Ich stimmte zu und hörte mir ein paar neue Geschichten darüber an, was er alles für seine Mitarbeiter getan hatte. Das tat mir gut, denn es zeigte mir, dass ich gar nicht erst auf den Gedanken zu kommen brauchte, in irgendeiner Form etwas Besonderes zu sein.

»Ich habe übrigens die Weihnachtsfeier geplant. Natürlich schon vor Wochen, aber die Einladungen sind am Montag rausgegangen.«

»Ich weiß. Zu schade.«

»Was ist schade? Das Lokal ist der Hammer, das kannst du mir glauben.«

»Das glaube ich unbesehen. Aber dass die Feier schon am nächsten Wochenende ist …«

»Wann sollen wir sie denn sonst machen? An Ostern?«, fragte Lia gackernd. »Du weißt doch, wie es ist. Je näher die Feiertage rücken, desto weniger Zeit haben alle.«

»Das weiß ich. Es ist halt nur … Dass ich da auch sehr gerne dabei gewesen wäre.«

»Und du wirst natürlich dabei sein. Weshalb auch nicht?«

»Weil ich krankgeschrieben bin?«

Lia gackerte noch lauter. »Echt jetzt, Fine. Du wieder! Du arbeitest doch, wenn auch von zu Hause aus. Das nenne ich nicht gerade krankgeschrieben. Du bist vielleicht nur bedingt einsatzfähig, aber du bist sicher nicht im Krankenstand.«

»Bedingt einsatzfähig stimmt. Ich weiß nicht, ob ich bis zum nächsten Wochenende schon wieder so mobil bin, dass ich dorthin humpeln kann.«

»Das wirst du auch nicht müssen. Ich bin sicher, der Chef holt dich persönlich ab.«

»Bisher hat er noch nichts dazu gesagt. Ich werde es mir überlegen«, versprach ich dann schnell. Kristan und ich hatten über alles Mögliche gesprochen, was in der letzten Woche in der Firma passiert war, nur nicht über diese Feier. Ich hatte zwar die Einladungsmail bekommen, aber das war kein Wunder, weil die ja an den Firmenverteiler geschickt worden war. Vielleicht hielt er es für ein falsches Signal an die Belegschaft, wenn ich offiziell krankgeschrieben war und dann auf der Feier auftauchte? Das wäre echtes Pech, denn ich wollte plötzlich nichts sehnlicher, als genau dorthin zu gehen.

Okay, ich wollte aktuell ziemlich vieles recht sehnlich. Das war nicht gut, denn normalerweise war ich zufrieden mit dem, was ich hatte. Nun ja, zumindest so lange, bis ich einen Freund hatte, der mich mit einer anderen betrog, aber da wäre jeder mal kurz eingeknickt. Vielleicht war der exzessive Liebesfilmkonsum einfach nichts für mich. Das weckte nur geheime Wünsche, die sich nie erfüllen würden. Von tollen, netten Männern, die genau das sagten, was man hören wollte, und die Himmel und Hölle und in einem Fall sogar eine Schneekanone in Bewegung setzten, um die Angebetete für den Rest ihres Lebens glücklich machen zu dürfen. Es war nicht so, dass ich dachte, nun nie mehr einen Mann zu finden. Es war nur so, dass ich eine Menge Vertrauen eingebüßt hatte, sowohl zu den Männern als auch in meine Anziehungskraft auf diese.

Kristan rettete mich aus diesen Grübeleien. Natürlich er, wer auch sonst. Er klingelte am frühen Nachmittag und kam gut gelaunt mit den Einkaufstüten zur Tür herein.

»So, hier kommt deine Verpflegung.« Er marschierte in die Küche und begann, die Sachen auszuräumen und zu verstauen. Ich ließ ihn gewähren, weil ich wusste, dass Einwände überflüssig waren. Er zeigte mir brav den bestellten Kohlrabi und die Karotten, ehe er sie in den Kühlschrank packte, und auch die ganzen anderen Sachen von meiner Liste. Dann kamen die Dinge, die ich nicht aufgeschrieben hatte.

»Schokolade«, verkündete er und hielt zwei Tafeln in die Höhe. »Ebenfalls ein Grundnahrungsmittel.«

Ich grinste breit.

»Lebkuchen und Marzipankartoffeln. Ich wundere mich, dass die nicht auf deiner Liste standen.«

»Oh«, sagte ich und musste mich daran hindern, wie ein kleines Kind vor Freude in die Hände zu klatschen. »Ich liebe Lebkuchen!«

»Und zu guter Letzt«, er machte eine Pause wie ein Zauberkünstler, der gleich das berühmte Kaninchen aus dem Hut zaubern wollte. »Spekulatius.«

»Die mag ich am liebsten. Du bist toll!« Das war heraus, ehe ich weiter darüber nachdenken konnte.

Er nahm es mit einer kleinen Verbeugung hin und freute sich an meiner Begeisterung.

»Die Firma dankt. Schließlich ist morgen der erste Advent, da musst du doch gerüstet sein. Und jetzt«, wieder wandte er sich seinen Tüten zu. Er hielt eine kleine Papiertragetasche in die Höhe, auf der der Schriftzug einer Bäckerei prangte.

»Das hat mich angefleht, mitgenommen zu werden, als ich das Brot besorgte. Wie sieht es aus? Lust auf Kaffee und Kuchen?«

»Unbedingt.«

»Gut. Dann werde ich mal die Kaffeemaschine anschmeißen.«

Kristan stand nicht nur auf Käse, sondern auch auf Süßes, wie ich heute dazulernte. Die Torten, die er ausgesucht hatte, waren prächtige Exemplare. Dunkler Biskuitboden mit einer gehaltvollen Füllung aus Sahne, die mit Weihnachtsgewürzen aromatisiert war, gekrönt von karamellisierten Mandelstückchen. Sie schmeckten nach Weihnachten und Geborgenheit und auch nach Liebe, fand ich. Laut sagte ich nur Ersteres.

»Stimmt. Ich bin ein Zimtjunkie, ich muss es gestehen. Und die letzten Tage hier …« Er ließ den Satz nachdenklich in der Luft hängen und sah sich im Zimmer um.

Die Lichterketten brannten und die Weihnachtsplaylist lief, wie immer, seitdem wir dekoriert hatten. In Ermangelung eines Adventskranzes hatte ich vier dicke Kerzen, die ich im Haus gehabt hatte, auf einem goldenen Teller arrangiert. Darum verteilten sich kleine goldene Sterne und ein schmaler Kranz aus künstlichen roten Beeren. Es war zwar recht schlicht, aber besser als nichts. Die erste Kerze hatte ich heute schon entzündet, während er den Kühlschrank einräumte. Die kleine Wohnung strahlte ohne Frage in vorweihnachtlichem Glanz.

Kristans Augen kehrten zu mir zurück und lächelnd beendete er seinen Satz. »Du hast mich definitiv in Weihnachtsstimmung gebracht.«

»Bist du das sonst nicht um diese Jahreszeit?«, fragte ich neugierig.

»Meistens geht diese Zeit etwas an mir vorbei. Du weißt, was im Büro gerade los ist. Wir haben viel zu tun, der Jahresabschluss steht auch an und dazu noch das Audit. Da bleibt in der Regel leider viel zu wenig Zeit für Besinnlichkeit.«

»Dann bin ich aber froh, dass ich mir dieses Jahr den Fuß gebrochen habe. Damit du es wieder lernst, diese Zeit zu schätzen.«

»Ich bin auch froh«, gab er zurück und brachte mich einmal mehr dazu, mit den Kerzen um die Wette zu glühen.

Zum Glück wurde ich abgelenkt und musste nicht länger so tun, als würden mir diese Worte weit weniger bedeuten, als sie es taten. Mein Handy meldete sich mit einer Nachricht und dankbar griff ich danach. Ich tippte den Chat an und mein Hochgefühl bekam einen kleinen Dämpfer. Gedankenverloren betrachtete ich die Fotos, die Diana eben geschickt hatte.

»Alles in Ordnung?«, erkundigte sich mein Chef, als er meinen nachdenklichen Gesichtsausdruck sah.

Ich nickte energisch. »Ja. Das sind nur Bilder aus dem Heim. Heute wird da geschmückt und dekoriert.«

»Und du wärst normalerweise dort und mittendrin.«

»Richtig. Aber sie haben es auch ohne mich hinbekommen.«

»Darf ich sehen?«

»Klar.«

Er stand auf und kam um den Tisch herum. Lässig stützte er sich mit einer Hand auf der Tischplatte ab, während er sich über mich beugte. Ich konnte ganz schwach den Duft seines Parfums riechen und meinte, die Wärme zu spüren, die von ihm ausging.

»Das ist der Eingangsbereich.« Ich konzentrierte mich schnell auf die Bilder. »Und das hier der Gemeinschaftsraum. Oh, sie haben es tatsächlich geschafft, Girlanden aufzuhängen. Das sieht toll aus, oder?«

»Sehr gemütlich, ja.«

»Und das ist der Speisesaal. Die Gestecke sind richtig schön geworden dieses Jahr. Die machen wir selbst, weißt du? Diana hat ein Händchen dafür und uns beigebracht, wie man das macht. Sie hat auch den Adventskranz gebunden und dekoriert. Mit roten Kerzen, wie schön!« Ich scrollte zum nächsten Bild. »Und das ist für morgen.« Ich betrachtete die Kiste voller winziger Schokoladenweihnachtsmänner. »Von denen wird auf jeden Platz einer gestellt.«

»Beim Adventskaffee.«

»Genau.« Ich legte das Handy auf den Tisch und hätte jetzt zu gerne geseufzt.

»Das macht dich richtig unglücklich, dass du nicht dabei bist, oder?«

Ich zuckte mit den Achseln. »Die bekommen das schon hin. Ich hoffe einfach, dass ich bis zur Weihnachtsfeier wieder mitmachen kann.«

# Kapitel 21

Natürlich war es vermessen zu denken, dass er nun den restlichen Nachmittag hier verbringen würde. Aber ich war dennoch enttäuscht, dass er die Tatsache, jetzt eh schon zu stehen, dazu nutzte, sich zu verabschieden.

»Ich habe noch einen Termin«, verkündete er und ich spürte ein seltsames Gefühl in mir aufsteigen.

»Klar. Danke für deine Zeit«, sagte ich rasch.

»Ich habe dir etwas in den Kühlschrank gestellt.« Er schien es jetzt eilig zu haben und ich stand hastig auf. »Du musst es nur aufwärmen. Ich habe es in einem Restaurant mitgenommen. Fünfzehn Minuten bei zweihundert Grad in den Backofen, hat man mir gesagt. Bekommst du das hin?«

»Natürlich. Ich könnte mir auch etwas kochen. Ich kann wieder recht gut stehen und der Fuß tut dabei kaum noch weh. Zumindest, wenn ich den hier anhabe.« Ich hob kurz den Fuß mit der Gehhilfe.

»Ich bin, was das angeht, eher von der vorsichtigen Truppe. Tu mir einfach den Gefallen und mach langsam, ja?«

Ich nickte brav.

»Tja, dann … einen schönen Abend.«

»Dir auch. Und danke für die Einkäufe und den Kuchen.«

»Und die Spekulatiuskekse?«

Mein Herz wurde wieder ein wenig leichter. »Und für die Kekse. Ich werde sie morgen genießen.«

»Und an mich denken, hoffe ich.« Er gab dem Satz genug Spott mit, dass ich ihn richtig einordnen konnte.

»Und natürlich an dich denken«, sagte ich deshalb leichthin und wusste, dass es leider genau so sein würde.

Der nächste Tag dehnte sich lang und leer vor mir aus. Herrje, in was hatte ich mich da manövriert? Ich war es doch gewohnt, alleine zu sein, und ich kam normalerweise ganz gut damit zurecht. Und nun machte es mich plötzlich so unruhig, dass selbst die Kerze meines improvisierten Kranzes keine Adventsstimmung zaubern konnte. Ich fokussierte meine Gedanken auf die Feier im Heim, die ich verpassen würde, nur um nicht darüber nachzudenken, dass ich heute auch keinen Besuch erwarten durfte. Nicht einmal Kristan würde am Sonntag hier auftauchen. Stattdessen war er vermutlich ganz froh, zur Abwechslung einen freien Tag zu haben.

Ich schrak regelrecht hoch, als ich plötzlich die Klingel hörte und mein Herz mit einem zusätzlichen Schlag antwortete. Ich stellte zweifelsohne einen neuen Humpelrekord auf, so schnell war ich bei der Gegensprechanlage.

»Ja?«

»Ich bin es«, ertönte die Stimme, nach der ich mich den ganzen Tag gesehnt hatte. »Mach auf, wir haben etwas vor.«

»Was haben wir denn vor? Schauen wir uns jetzt doch schon mal die Zahlen an?«

»Es ist Sonntag! Natürlich werden wir keine Tabellen betrachten.«

»Und was haben wir dann vor? Ich meine, du hast recht, es ist Sonntag. Solltest du dich nicht zu Hause von mir erholen?«

Er lächelte so nett, dass ich schon wieder fürchtete, rot anzulaufen.

»Wir werden uns jetzt auf den Weg machen. Es gibt da eine Adventsfeier, die wir besuchen werden.«

»Wir werden was?« Meine Stimme nahm einen etwas hysterischen Klang an.

»Ich habe es doch mitbekommen, dass es dir wirklich wichtig ist, obwohl du versuchst, tapfer zu sein. Deshalb dachte ich, dass ich mit dir dorthin fahre.«

»Du fährst mich zum Heim? Aber … ich bin krankgeschrieben. Sollte ich nicht zu Hause bleiben?«

»Wenn es der Zustand zulässt, darf man das Haus verlassen. Besonders wenn es sich um Unternehmungen handelt, die der Genesung dienen. Und ich denke, dass dieser Nachmittag das bei dir tut, oder?«

»Auf alle Fälle! Und du holst mich am Abend auch wieder ab?«

»Nein. Ich werde natürlich mitgehen. Ich muss mich doch davon überzeugen, dass du dich nicht zu wild aufführst.«

Mein Gesicht musste mittlerweile glühen wie ein ganzer Weihnachtsbaum.

»Danke. Das ist das Netteste, was je einer für mich getan hat.«

»Dann wurde es aber höchste Zeit. Und nun hol den Weihnachtspulli aus dem Schrank und mach dich fertig. Ich wette, du hast mindestens ein Teil, auf dem ein dicker, zufriedener Weihnachtsmann in die Runde grinst und das nur darauf wartet, endlich wieder getragen zu werden.«

In der Tat besaß ich eine ganze Auswahl an Weihnachtspullis und mit wild klopfendem Herzen zog ich einen davon aus dem Schrank. Er war rot und es war natürlich ein Weihnachtsmann darauf. Ich beschloss, dass die Leggings, die ich heute trug, als Strumpfhosenersatz ausreichten. So ein enges Ding wagte ich nämlich noch nicht über den kaputten Fuß zu streifen. Tatsächlich sah es mit dem grünen Schottenrock darüber recht passabel aus. Dann überprüfte ich meine Frisur, legte Lippenstift auf und stülpte mir die rote Baskenmütze auf die blonden Locken.

»Fertig.«

Kristans Lippen kräuselten sich, als er mich ansah. »Du siehst aus wie in einem dieser Weihnachtsfilme. Perfekt auf das Fest eingestimmt – und sehr hübsch nebenbei.«

Ich sah verlegen zu Boden. »Danke.«

»Na dann, machen wir uns auf den Weg.«

Kristan schien nicht zu bemerken, wie sehr mich sein Kompliment freute. Es war wohl ganz normal für ihn, so etwas zu sagen und dann wieder zum Standardbetrieb überzugehen. Dafür war ich dankbar, denn mit Komplimenten konnte ich noch nie besonders gut umgehen. Seine machten keine Ausnahme, im Gegenteil. Die schienen noch schwieriger zu sein, weil ich mich darüber noch mehr freute als üblich.

Auf der Fahrt ins Heim plapperte ich wie eine Wilde, um meine Verlegenheit in den Griff zu bekommen und um zu unserem gewohnt entspannten Umgang zurückzufinden.

»Und Onkel Josef wird sich freuen! Ich habe ihn jetzt seit einer Woche nicht mehr gesehen.«

»Ist er mittlerweile gesund?«

»Ja, zum Glück. Er ist wieder völlig der Alte.« Ich lachte. »Wenn du willst, kannst du ihn kennenlernen.«

»Unbedingt! Er scheint ein ganz besonderer Mensch zu sein.«

»Das ist er.« *So wie du*, dachte ich. »Ihr werdet euch bestens verstehen.«

Schon im Eingangsbereich hörten wir die Musik und das fröhliche Geplauder. Ich nahm mir Zeit, um in Ruhe den Weihnachtsschmuck zu bestaunen, den meine Freunde hier aufgehängt hatten. Es sah wunderschön aus und dieses ganz besondere Gefühl, dass es jetzt wirklich so weit war, dass die Vorweihnachtszeit nun offiziell angebrochen war, ließ mein Herz vor Glück schneller schlagen.

Dann betraten wir den Saal, in dem der Adventsnachmittag stattfand. Auch hier war alles festlich geschmückt. Die alten Leute hatten sich herausgeputzt und ihre beste Garderobe angelegt. Einige trugen rote Mützen, andere hatten sich funkelnde Broschen in Form eines Weihnachtsbaumes oder einer Kerze angesteckt. Aber alle hatten sie strahlende Augen. Auch meine leuchteten, als ich Josef ganz hinten am Tisch erspähte. Ich wollte schnellstmöglich zu ihm humpeln, doch das war gar nicht so einfach. Ich wurde ständig gestoppt, musste eine Umarmung erwidern, Fragen beantworten, beteuern, dass es mir gut ginge. Irgendwie schienen sie alle zu wissen, was mir zugestoßen war. Als ich endlich den Tisch meines Onkels erreichte, hatte ich schwer mit den Tränen der Rührung und Freude zu kämpfen, weil ich hier so liebevoll empfangen worden war.

Auch mein Onkel war völlig aus dem Häuschen, mich so überraschend zu sehen. Ich nahm ihn in den Arm und drückte ihn lange.

»Mädchen! Was machst du denn hier? Gut siehst du aus! Was für eine Freude, dich zu sehen.«

»Ich freu mich ebenfalls, Onkel Josef. Und du siehst auch gut aus. Du hast eine neue Krawatte, oder?«

Er grinste breit. »Jawohl. Gefällt sie dir?«

Ich strich einmal über die ganzen Mini-Rentiere, die darauf herumsausten. »Sie ist toll!«

Josef kicherte zufrieden. »Danke. Ich habe bereits ein paar Komplimente bekommen.« Er zwinkerte zwei alten Damen zu, die ebenfalls an seinem Tisch saßen. Die beiden winkten verlegen ab, schienen sich jedoch generell zu freuen, dass sie erwähnt wurden. »Aber jetzt solltest du mir deinen Begleiter vorstellen.« Er musterte Kristan ungeniert mit frech funkelnden Augen.

»Oh, natürlich. Das ist mein Chef, Kristan Sandner. Er war so freundlich, mich hierherzufahren. Kristan, das ist mein Onkel Josef.«

»Sehr erfreut. Ich habe schon viel von dir gehört.« Josef zwinkerte mir zu, ehe er sich wieder an meinen Chef wandte. »Auch wenn ich mir dich zwanzig Jahre älter und fünfzehn Kilo schwerer vorgestellt hatte, Junge.«

»Onkel Josef!« Schon wieder begannen meine Wangen zu glühen. »Ich habe nie erwähnt, dass er so alt sein könnte oder …« Ich lächelte meinem Chef entschuldigend zu. Dann neigte ich mich näher zu Josef und flüsterte in sein schwerhöriges Ohr. »Und du kannst ihn doch nicht einfach Junge nennen. Er ist mein Chef.«

Wie immer, wenn es ihm passte, verschlechterte sich das Gehör meines Onkels spontan noch einmal rapide.

»Du hast aber auch nie erwähnt, was für ein adretter Kerl er ist. Sie schwärmt geradezu von dir, wie gut sie es getroffen hat, diesen Job zu ergattern, Junge. Obwohl ich ihr gesagt habe, dass es eher umgekehrt sein müsste und du dich dankbar schätzen musst, sie bekommen zu haben. Ist ein patentes Mädel, mein Finchen, fleißig und nett und schlau. Und sehr hübsch, was?«

Kristan nickte. »Ich gebe Ihnen in allen Punkten recht. Ich bin sehr glücklich, Fine gefunden zu haben. Sie ist eine Bereicherung für unsere Firma.«

Josef ließ einen zufriedenen Schmatzer hören. »Setzt euch her. Ich freue mich, dass ihr hier seid. Jetzt kann dieser Nachmittag wirklich beginnen.«

Eigentlich wollte ich erst in die Küche humpeln und die anderen begrüßen, aber mein Onkel war heute in Bestform und ich beschloss, vorerst zu bleiben und aufzupassen, dass er nichts sagte, was mich in Verlegenheit bringen würde. Er konnte manchmal etwas zu enthusiastisch werden, wenn er mich bei anderen anpries, und im Falle meines Arbeitgebers wäre mir das dann doch zu peinlich.

Auch die Geschichten, die er nun auspackte, waren peinlich, weil er aus meiner Fürsorge eine viel zu große Sache machte. Ich winkte also regelmäßig ab, relativierte die Dinge ein wenig und war ansonsten einfach nur glücklich. Dann wurden die Kannen mit dem Kaffee aufgetragen und ich konnte endlich ein paar meiner Mitstreiter aus dem Team begrüßen. Es gab herzliche Umarmungen und kurze Versicherungen, dass man es im Griff habe. Doch bei aller echten Freude war zu spüren, dass man aktuell kein Zeitfenster für mehr als ein paar flüchtige Worte hatte. Ich sah nachdenklich hinüber zur Küche, wo Diana die Regie führte und das Team so gut wie möglich leitete. Natürlich war es kein Problem, wenn der Kaffeenachschub ein wenig auf sich warten ließ oder der Plätzchenteller nicht sofort nachgefüllt wurde. Es ging bei diesen Veranstaltungen nicht darum, schnellstmöglich bedient zu werden, aber wir versuchten es eben doch.

»Wir sind heute nicht viele«, hatte Inge gestanden, als sie mich flüchtig umarmte und den leeren Gebäckteller mitnahm. »Diese Erkältungswelle hält an und Gerd und Julia mussten heute Morgen kurzfristig absagen.« Sie sah meinen Blick und tätschelte meinen Arm. »Wir schaffen das. Mach dir keine Sorgen. Es ist schön, dass du hier bist.«

»Auch wenn ich bloß nutzlos rumsitze.«

»Du sitzt nicht nutzlos rum. Josef freut sich, dich zur Abwechslung mal ganz für sich zu haben, was?« Sie nahm sein begeistertes Nicken lachend zur Kenntnis. »Und wenn es nachher ans Singen geht, dann rechnen wir fest mit dir. Das kannst du schließlich auch im Sitzen machen. Davor hatte ich wirklich Angst, dass ich die Lieder anstimmen muss. Wenn ich etwas mehr rennen muss, macht mir das nichts aus. Wenn ich aber den Gesang anführen müsste, wäre das nicht nur für mich die Höchststrafe.«

# Kapitel 22

Auch wenn Inge so tat, als wäre ich eine begnadete Sängerin, war mir bewusst, dass ich natürlich keine verkannte Adele war. Aber ich sang gerne und traf die Töne, was mich tatsächlich von Inge abhob. Bei mir machte zudem die Begeisterung wett, was an Talent fehlte. Deshalb ließ ich mich auch nicht lange bitten, als es endlich so weit war. Im Wesentlichen brauchte man jemanden, der die Lieder anstimmte und der in den Passagen, in denen meinen Mitsängern der Text ausging, wusste, wie es weiterging. Nur Kristans Anwesenheit machte mich ein wenig verlegen. Aber wie stets fielen die anderen recht schnell ein und als er mit einem erstaunlich schönen Tenor ebenfalls einstimmte, vergaß ich jegliche Bedenken und schmetterte glücklich alle alten Klassiker, die wir auf der Liste hatten. Eine feierliche Stimmung machte sich breit und so manches Augenpaar begann, feucht zu schimmern. Manchmal sind die größten Freuden mit dem kleinsten Aufwand zu erreichen. Für diese Menschen war das gemeinsame Singen ein größeres Geschenk als ein üppig verpacktes, teures Präsent. Selbst bei denen, die normalerweise vom Gedächtnis im Stich gelassen wurden, lösten diese Lieder Erinnerungen aus. Und wenn es nur Gefühle waren, das seltsame Wissen, dass diese Weisen etwas bedeuteten, eine glückliche Zeit assoziierten.

Als wir schließlich das gesamte Repertoire durchhatten und draußen bereits die Straßenlaternen brannten, löste sich die Versammlung langsam auf. Die Ersten verabschiedeten sich mit ehrlicher Dankbarkeit und in das Team kam wieder Geschäftigkeit. Während des Singens waren alle im Saal und wir verzichteten darauf, in dieser Zeit etwas abzutragen oder das Geschirr zu machen. Nun wurden die ersten Tassen eingesammelt und ich stellte die Teller aufeinander und sah in Richtung Küche.

»Ich werde mal sehen, ob ich helfen kann.« Ich hatte mich den ganzen Mittag beherrscht, aber jetzt überkam es mich doch. »Ein paar Tassen abzutrocknen wird mich nicht überanstrengen.«

»Auf keinen Fall.« Kristans Hand legte sich auf meine. »Du bist krankgeschrieben. Ich muss da leider mein Veto einlegen.«

»Sie sind heute echt unterbesetzt. Ich komme mir schlecht vor, wenn ich hier sitze und plaudere, während sie so viel zu tun haben.«

»Es gibt einen guten Grund, dass du hier sitzt. Und das war die Abmachung, schon vergessen?« Er wartete, bis ich schließlich nickte. Dann stand er auf und schnappte sich den Tellerstapel. »Ich werde für dich einspringen und die mal eben wegbringen.«

Ich sah ihm nach, wie er zur Küche ging. Die Tür stand jetzt weit offen und ich musste mich nur ein wenig zur Seite neigen, um einen guten Blick dorthin zu haben. Diana sah mit erfreutem Blick auf, als er das Geschirr abstellte, und sagte etwas. Er antwortete und ein kleines Gespräch entspannte sich. Dann sahen beide zu mir, bemerkten, dass ich sie beobachtete, und winkten. Verlegen winkte ich zurück und sah dann weg. Als Kristan nach einer angemessenen Zeit nicht wieder bei uns aufgetaucht war, wagte ich einen erneuten Blick. Diana stand am Spülbecken, mein Chef war nicht zu sehen. Ich ließ die Augen durch den Raum wandern und entdeckte ihn am anderen Ende. Er räumte an einem Tisch das Geschirr zusammen und plauderte dabei entspannt mit den Herrschaften, die noch dort saßen. Dann nahm er die Teller und Tassen hoch und trug sie in die Küche, nur um direkt umzudrehen und den nächsten Tisch in Angriff zu nehmen.

Ich muss gestehen, ich hörte nur noch mit halbem Ohr der Unterhaltung zu, während ich Kristan dabei beobachtete, wie er beschwingt half, den Rest abzuräumen, und sich dann nach einer kurzen Diskussion mit Diana ein Geschirrtuch schnappte und sich in der Küche nützlich machte. Ich sah, wie die beiden plauderten und lachten. Ein seltsames Gefühl stieg in mir auf. Ich mochte diesen Mann, das war nicht abzustreiten. Aber jetzt, als ich ihm dabei zusah, wie er sich ohne großes Theater in die Küche stellte und mithalf, als wäre er ein Teil des Teams, da machte mein Herz ein paar verrückte Verrenkungen. Ich war nicht anfällig für protzige Autos oder dicke Bankkonten, wie das einige meiner Kolleginnen waren. Mich beeindruckten auch keine Titel oder andere Statussymbole. Ein »Doktor« vor dem Namen machte einen Menschen nicht besser oder schlechter. Ein hochtrabender Titel im Büro war für mich einfach die Bezeichnung des Jobs. Aber diese Hilfsbereitschaft, dieses selbstverständliche Anpacken und der Umgang mit den Menschen hier, das beeindruckte mich. Die netten Worte, während der Tisch abgeräumt wurde, eine kurze Geste der Aufmerksamkeit, als sich Kristans Hand auf die Schulter eines alten Mannes gelegt hatte, das waren die Dinge, die meinem Herzen gefährlich wurden.

Dann sah ich endlich, wie mein Chef die letzte Tasse abstellte und das Geschirrtuch aufhängte. Diana trocknete sich die Hände ab, dann ließ sie einen wachsamen Blick über ihr Reich wandern. Sie wechselte ein paar Worte mit Inge, die sich in der Zwischenzeit um die Plätzchen gekümmert und das saubere Geschirr in die Schränke geräumt hatte. Die drei lachten unbeschwert, dann trat Diana auf Kristan zu. Sie sagte etwas, er winkte ab; ich konnte mir vorstellen, dass sie sich noch einmal bedankt hatte, wie sie es am Ende eines Einsatzes immer tat. Und dann machte mein Herz einen kleinen Radau, als sie ihn umstandslos in ihre Arme schloss und herzlich an sich drückte. Nicht, dass ich neidisch auf Diana gewesen wäre. Sie war seit über zwanzig Jahren glücklich verheiratet und ich wusste genau, was diese Geste bedeutete. Aber dass sie das tun durfte, dass sie ihn einfach so an sich drücken konnte, das war mir plötzlich schmerzhaft bewusst. Und auch, dass ich das gerne ebenfalls tun würde – wenn ich nur den Mut dazu hätte.

»Das hat richtig Spaß gemacht.« Kristan klang zufrieden, als er den Wagen startete und sich in den Verkehr einfädelte. »Ich verstehe jetzt viel besser, weshalb dir das so gefehlt hat.«

»Obwohl du am Ende mithelfen musstest?«

»Ich musste nicht. Und auch dieser Teil hat Spaß gemacht. Diana ist eine tolle Frau.«

Ich nickte nachdrücklich. »Ja, das ist sie. Das ganze Team ist toll, auch wenn du die meisten nicht kennengelernt hast.«

»Ich setze es auf meine Liste der Dinge, die ich unbedingt tun sollte. Es steht doch bestimmt bald das nächste Event an, oder?«

Wieder nickte ich, dieses Mal aber untermalt von einem glücklichen Lächeln. »Klar.«

»Vielleicht kann ich mitkommen?«

»Wenn du mich fährst, auf jeden Fall.« Ich versuchte lässig zu klingen, schaffte es aber nicht ganz. »Wobei ich die Hoffnung noch nicht aufgegeben habe, bis dahin den hier endlich los zu sein.« Ich klopfte auf meinen Stiefel.

»Und dann wäre ich raus?« Kristan warf mir einen raschen Seitenblick zu.

»Nun, wenn du willst, darfst du dennoch mit. Wir sind über jede helfende Hand dankbar.«

»Das klingt fast wie ein Ja.« Er schmunzelte. »Auch wenn ich hoffentlich nicht nur deshalb willkommen wäre.«

»Natürlich nicht. Onkel Josef war von dir begeistert, das muss ich nicht erwähnen. Und du hast ein paar der alten Damen ganz lässig um den Finger gewickelt.«

Er lachte. »Es sind tolle Menschen. Allen voran dein Onkel. Aber das wäre nicht der Hauptgrund.« Wieder warf er mir einen Blick zu. »Ich habe den Tag sehr genossen.«

»Ich auch«, gestand ich und sah schnell aus dem Fenster. Und wie ich es genossen hatte, ihn dort zu erleben. Viel zu sehr, um nicht Angst davor zu haben, dass diese Aktivitäten ein wenig den Glanz verlieren könnten, wenn er nicht mehr dabei war.

»Wie schön das ist!« Ich deutete auf die festlich beleuchteten Straßen und wusste selbst nicht, weshalb ich das Thema wechselte. Vermutlich, um ihm keine Chance zu geben, das eben Gesagte zu relativieren. Um nicht zu hören, dass er wirklich den Tag toll gefunden hatte, während ich seine Gegenwart am meisten genossen hatte. »Ich liebe diesen Anblick.«

»Dieses Jahr scheint es noch eindrucksvoller als sonst zu sein«, bemerkte er und ich konnte nicht anders, als erneut bestätigend zu nicken. Ja, dieses Jahr leuchteten die Lichter definitiv noch wärmer als sonst.

Zu meiner Freude legte Kristan einen kurzen Zwischenstopp ein.

»Ich hoffe, es ist dir recht, dass ich uns eine Pizza bestellt habe. Dieser Küchendienst hat mich hungrig gemacht.«

Er verschwand in der kleinen Pizzeria und kam kurz darauf mit zwei Pappschachteln zurück, die er auf dem Rücksitz deponierte und die einen verführerischen Duft verströmten.

»Ich brauche jetzt etwas Herzhaftes nach all den Plätzchen. Hast du gar keinen Hunger?«

»Doch, eigentlich schon«, sagte ich brav, obwohl mein Magen viel zu zappelig war, um echte Hungergefühle zu haben.

»Perfekt. Dann werden wir es uns schmecken lassen.«

Es war die beste Pizza meines Lebens. Einmal, weil sie wirklich sehr gut war, aber auch, weil wir sie im Kerzenschein und im Glanz all der Lichterketten aßen, untermalt von meiner Playlist und in Erinnerungen an den gemeinsam verlebten Nachmittag. Kristan erzählte von den Gesprächen, die er mit den Bewohnern geführt hatte, kleine Begegnungen, die ihm Freude bereitet hatten. Er gestand auch freimütig, mit Diana über mich gesprochen zu haben.

»Sie schätzt dich sehr und hat dich offensichtlich in ihr Herz geschlossen.«

»Das beruht auf Gegenseitigkeit«, versicherte ich erfreut.

»Und sie hat mich eingeladen, zum nächsten Treffen zu kommen.«

Interessiert hob ich den Blick. »Und?«

Er rieb sich nachdenklich über das Kinn. »Ich habe gesagt, wenn ich es einrichten kann, dann werde ich es tun.«

»Und war das dein Ernst?«

»Keine Ahnung. Es hat Spaß gemacht. Aber es ist dein Ding. Vielleicht hast du keine Lust, mir in deiner Freizeit ständig über den Weg zu laufen, wenn du das hinter dir hast.« Er deutete auf meinen Fuß.

Ich überlegte nicht lange. »Das würde mir nichts ausmachen. Und vor allem würde ich deswegen niemals einen potenziellen Freiwilligen vergraulen«, setzte ich sicherheitshalber nach, um nicht zu begeistert zu klingen.

Jetzt war er es, der mich musterte, und er nahm sich deutlich mehr Zeit dafür, als ich es getan hatte.

»Gut«, sagte er schließlich und streckte sich. »Dann werde ich darüber nachdenken. Und mich langsam verabschieden. Es war ein schöner und langer Tag. Danke, dass ich mitdurfte.«

»Ich habe zu danken«, versicherte ich zum hundertsten Mal. Meine Stimme klang ein wenig dünn, weil ich seinen abrupten Aufbruch verarbeiten musste. »Ich koste dich so viel Zeit.«

Ich hätte gerne noch einmal gesagt, wie schön es gewesen war, aber ich traute mich nicht. Und er hatte es jetzt so offensichtlich eilig, dass mich wieder einmal die Angst überkam, dass ich seine Hilfsbereitschaft überstrapazieren könnte. Und so endeten die glücklichen Stunden einmal mehr darin, dass ich alleine auf dem Sofa saß und mich selbst warnte, bloß nicht zu viel in alles hineinzuinterpretieren. Und damit, meinem Herzen zuzuflüstern, dass es sich bitte an die Regeln halten sollte.

# Kapitel 23

In der kommenden Woche hielten wir an meinem hart erkämpften Arbeitsplan fest. Ich hatte am Montag noch einmal versichert, dass ich die Erkältung endgültig hinter mir hatte und ich mich absolut in der Lage sah, zu arbeiten. Kristan bestand weiter darauf, dass ich dennoch krankgeschrieben sei und mein Fuß nach wie vor im Heilungsprozess stecke. Von einer Rückkehr ins Büro wollte er deshalb nichts hören, aber ich rang ihm das Zugeständnis ab, dass ich zumindest weiterhin im Homeoffice arbeiten durfte.

»Ich kenne niemanden, der so verrückt darauf ist, ins Büro zu gehen. Das ist nicht normal, das weißt du schon?«, hatte er gefragt.

Da ich natürlich nicht zugeben konnte, dass das ganz eng mit ihm zusammenhing, hatte ich einmal mehr Ausflucht darin gesucht, dass ich mich alleine langweilte und mir die Tage deshalb zu lang wurden.

»Ich bin nicht wirklich krank und liege erschöpft herum. Ich sitze einfach hier fest und muss mich ablenken. Damit ich nicht doch wieder anfange, die restlichen Kisten auszupacken oder den Weihnachtsputz zu machen«, fügte ich listig hinzu, was ihn zu überzeugen schien.

»Ein überaus schlagkräftiges Argument. Dann werden wir weitermachen wie bisher und nebenbei den Kistenberg abbauen.«

»So war das nicht gemeint«, versicherte ich schnell.

»Das behauptest du. Aber mittlerweile bin ich mir da nicht mehr so sicher.«

So kam es, dass wir am späten Nachmittag die Zahlen, Tabellen und Aufstellungen durchgingen, die ich erstellt hatte. Danach kochten wir, auch wenn ich immer noch nicht wirklich mithelfen durfte. Kristan erlaubte mir hin und wieder, ihm am Tisch sitzend ein paar Handgriffe abzunehmen, Karotten zu schälen oder Zwiebeln zu würfeln, bestand aber ansonsten darauf, die Küche zu übernehmen. Und nach dem Essen nahmen wir tatsächlich die Kisten in Angriff. Eine pro Tag, hatte er erklärt, und das war bald meine liebste Tageszeit. Die Kerzen verbreiteten behagliche Stimmung, im Hintergrund lief Weihnachtsmusik und während wir den Inhalt der Kartons sichteten, unterhielten wir uns. Ich vertraute ihm die eine oder andere Erinnerung an, die ich mit den Gegenständen verband – zumindest, wenn sie nicht zu persönlich war und Quentin ausschloss. Er nutzte die Zeit, um aus dem Büro zu erzählen. Ich freute mich, dass ich auf dem Laufenden blieb. Zudem hatte ich selbst nicht viel zu berichten. Was auch, wenn ich den ganzen Tag in dieser Wohnung saß? Ich kam mir ein wenig langweilig vor, weil es außer ein paar Telefonaten mit Onkel Josef nichts gab, was meinen Tag unterhaltsam machte. Und diese Gespräche behielt ich lieber für mich. Josef hatte definitiv einen Narren an ihm gefressen und hielt sich nicht damit zurück, Andeutungen einzustreuen, dass es doch über das gewöhnliche Maß hinausging, was dieser Mann für mich machte. Ich versuchte ihm zu erklären, dass dies eben Kristans Art war und er das, wie ich aus sicherer Quelle wusste, für jeden Mitarbeiter tat, der in einer Notlage steckte. Ich wusste, dass meine Worte ungehört verklangen, aber es war mir wichtig, dies immer wieder selbst zu hören. Ich durfte mich nicht zu sehr daran gewöhnen, mir nichts einreden. Wenn ich wieder völlig auf dem Damm und zurück im Büro war, würde sich unsere Beziehung zu einer anderen zurückentwickeln, da war ich mir sicher. Ich beschränkte meine Berichte deshalb auf den Gesundheitszustand meines Onkels und richtete brav die Grüße aus, die ich abwechselnd von Josef oder Kristan aufgetragen bekam.

Das einzige Thema, das wir die ganze Woche über nicht anschnitten, war die bevorstehende Weihnachtsfeier. Erst am Donnerstag kam es auf den Tisch.

»Morgen werden wir Pause machen und nicht arbeiten«, sagte Kristan, als er sich reckte und dann entspannt auf dem Stuhl zurücklehnte.

»Okay«, gab ich vage zurück und klappte meinen PC zu.

»Morgen ist die Weihnachtsfeier«, kam er endlich darauf zu sprechen.

»Ich weiß«, gab ich zu. »Das wird bestimmt ein schöner Abend.«

»Ich hoffe es doch. Lia hat sich um die Planung gekümmert. Aber ich weiß, dass es einen festlich geschmückten Raum und ein paar kleine Überraschungen für jeden gibt.« Er zwinkerte schelmisch.

»Cool«, sagte ich, bekam aber die Begeisterung nicht ganz echt wirkend hin.

»Fine, was ist denn los? Gerade von dir hätte ich ein wenig mehr Enthusiasmus erwartet.«

»Puh«, ich stieß die Luft aus und blies mir damit eine widerspenstige Locke aus der Stirn. »Es ist einfach schade, dass ich nicht hingehen kann.«

»Und weshalb kannst du nicht?« Er klang ehrlich überrascht. »Hast du was vor? Im Heim?«

»Nein.« Ich kniff verlegen ein Auge zu. »Aber ich bin seit zwei Wochen offiziell krankgeschrieben.« Ich zuckte mit den Achseln. »Pech.«

»Du arbeitest seit anderthalb Wochen im Homeoffice«, hielt mein Chef dagegen. »Natürlich kommst du. Vor wem hast du Angst? Dass ich dich wieder heimschicke?«

»Na ja, ich dachte«, begann ich verlegen. »Nun, es könnte ein falsches Zeichen sein, wenn ich da auftauche, obwohl ich nicht im Büro bin.«

»Natürlich kommst du«, versicherte er fest. »Das wäre ja noch schöner. Wir schmeißen eine Weihnachtsfeier und du sitzt daheim? Ich werde dich um halb sechs abholen.«

Ich tat etwas, was ich sehr selten machte: Ich verbrachte einen halben Nachmittag damit, mich bestmöglich herzurichten. Ich suchte meinen witzigsten Weihnachtspulli heraus und dazu einmal mehr einen farblich passenden Rock. Ich war dabei in einer seltsamen Verfassung. Einerseits war ich so aufgeregt wie ein kleines Kind und freute mich wie verrückt auf diesen Abend. Auf der anderen Seite war da eine leise Stimme, die darauf hinwies, dass ich ihn heute nicht für mich alleine haben würde. Kristan würde sich um alle Mitarbeiter kümmern müssen. Aber ich war wenigstens dabei und würde mir deshalb nicht die Stimmung verderben lassen.

Das Lokal war, wie Lia versichert hatte, wunderschön und in ein kleines Weihnachtswunderland verwandelt worden. In allen vier Ecken des großen Raumes standen bereits festlich geschmückte Weihnachtsbäume. An den Wänden schlängelten sich Tannengirlanden, üppig behängt mit Lichterketten und roten Kugeln, und auf den Tischen waren zauberhafte Gestecke verteilt. Auch hier spielten im Hintergrund dezente Weihnachtssongs und die Bedienungen hatten rote Mützen auf dem Kopf.

Lia war die Erste, die mir entgegenstürmte, als ich neben Kristan den Raum betrat. Er hatte wie immer eine Hand unter meinen Arm gelegt, um mir die zwei Stufen hinaufzuhelfen, die man überwinden musste, um in den Raum zu gelangen. Als jetzt Lia herüberkam, zog er sie weg und trat einen Schritt zur Seite.

»Fine, wie schön, dich zu sehen. Das Kranksein scheint dir zu bekommen. Du siehst toll aus.«

»Mir geht es auch gut. Ich sage jeden Tag, dass ich wieder ins Büro kann.«

»Und diese dämliche steile Treppe hinaufsteigen? Vergiss es. Kristan hat recht, das kommt nicht infrage. Wenn du noch einmal danebentrittst, dann haben wir ein echtes Problem, weil wir dich hereingelassen haben.« Sie warf unserem Chef einen Blick zu. »Ich hätte dich ja nicht mal zu Hause gleich wieder an die Arbeit gelassen.«

»Ich hatte keine Wahl.« Kristan hob lachend die Hände.

»Das wiederum glaube ich sofort.« Ein feines Lächeln zog sich um Lias Mund. Dann packte sie meinen Arm. »Und jetzt komm mit. Du wirst nicht hier herumstehen mit deinem kaputten Fuß. Wir sitzen da hinten.«

Lia hatte mir einen Platz reserviert, was ziemlich nett war. Ich freute mich, dass ich wieder einmal mit ihr plaudern und mir ihre Berichte vom Büroalltag anhören konnte. Neben uns saßen die Kolleginnen aus der Buchhaltung und dem Personalbüro und wir hatten mächtig Spaß. Ich genoss die Gesellschaft wirklich, auch wenn ich immer wieder einen Blick ans andere Tischende warf, wo Kristan saß. Ich hatte es doch gewusst, dass er nicht wie ein Wachhund den ganzen Abend neben mir verbringen würde, und doch war da dieser kleine Stich, den ich verspürte, als ich zusehen musste, wie er nun mit anderen unbeschwert lachte. Dann hob er plötzlich den Blick, als hätte er meine Gedanken gespürt, und sah mich an. Ich wollte wegsehen, aber es ging nicht. Und er sah ebenfalls nicht weg. Sein Blick war ruhig und fragend und irgendwie vertraut. Ich spürte, wie mich wieder dieses Gefühl überkam, einen ganz besonderen Menschen gefunden zu haben, und ein Lächeln machte sich auf meinem Gesicht breit. Er erwiderte es fast augenblicklich, dann senkte er leicht den Kopf, sah noch einmal kurz zu mir und drehte sich schließlich wieder seiner Gesprächspartnerin zu.

»Was geht denn bei euch?«, wollte Lia wissen.

»Nichts«, versicherte ich hastig.

»Nichts war das bestimmt nicht. Sag schon, was treibt ihr noch, außer Tabellen zu kontrollieren?«

»Überhaupt nichts.« Ich wurde rot wie ein Weihnachtsputer.

»Und weshalb nicht?«

»Was?«

»Weshalb macht ihr nichts anderes? Sag jetzt bloß nicht, dass du kein Interesse hast. Du kannst den Blick ja kaum abwenden. Und er ebenso wenig.«

»Quatsch. Ich finde ihn einfach nett. Und ich weiß es sehr zu schätzen, was er für mich tut. Und jetzt entschuldige mich bitte. Ich muss dringend mal wohin.«

Entschlossen rappelte ich mich auf und machte mich humpelnd auf den Weg zu den Toiletten. Ich brauchte eine Pause, um mich selbst zur Ordnung zu rufen – und um diesen Blick noch einmal zu genießen. Und vielleicht auch, um mal kurz meinen Kopf gegen die Wand zu donnern, damit ich wieder zu Verstand kam.

# Kapitel 24

Als ich mich endlich zurück wagte, war einige Zeit verstrichen. Ich hatte gehofft, dass sich Lia in der Zwischenzeit in eine andere Unterhaltung verstricken ließ, damit ich von ihrem Radar verschwunden wäre und meine Ruhe hatte. Der erste Teil des Planes war geglückt. Meine Kollegin saß lachend am Tisch und war ganz auf ihren Gesprächspartner konzentriert. Aber Ruhe war mir dennoch nicht vergönnt. Mein mühsam unter Kontrolle gebrachtes Herz begann schon wieder, ein ungesundes Tempo anzuschlagen, als ich erkannte, wer sich da einen Stuhl dazugeschoben hatte und mit Lia plauderte.

»Fine, das hat ja ewig gedauert. Ich hatte schon Angst, dass du das Beste verpasst«, begrüßte mich Lia, als ich auf meinen Platz sank.

»Das Beste?«, fragte ich und vermied es, unseren Chef anzusehen. Dass er jetzt bei uns saß, konnte sie ja wohl nicht meinen. Auch wenn das auf meiner persönlichen Bestenliste ziemlich weit oben rangierte.

»Den Weihnachtsmann«, verkündete sie gelassen. Dann neigte sie sich vor und brachte den Mund ganz nah an mein Ohr. »Auch wenn unserer sich weder auszieht noch putzt. Aber das Sonderprogramm gibt es leider nicht für jeden.«

Ich warf einen schnellen Blick zu Kristan, obwohl der diese Worte nicht gehört haben konnte. Verdammte Lia! Weshalb musste sie so ein gutes Gedächtnis haben und mich immer wieder an Dinge erinnern, die ich vergessen wollte.

»Du bist blöd«, versuchte ich, lässig zu reagieren. »Und das war, weil ich Fieber hatte und nicht zurechnungsfähig war. Ich habe halluziniert, das weiß ich jetzt selbst.«

Sie grinste wissend, ließ es aber dabei bewenden, weil sich ein gnädiger Mensch in einem aufwendigen Kostüm genau diesen Moment ausgesucht hatte, um mit einem polternden *Hohoho* und einer großen, laut anschlagenden Glocke in den Raum zu treten. Es war ein prächtiger Weihnachtsmann mit einem dicken Bauch und einem buschigen Bart und einem riesigen Sack auf dem Rücken. Dankbar richtete ich meine Aufmerksamkeit auf ihn.

Auch die anderen verstummten und sahen gespannt auf den eindrucksvollen Gast. Sie schienen weit weniger überrascht als erwartungsfroh und bald wusste ich auch, weshalb. Dieser Santa putzte nicht, damit hatte Lia recht gehabt. Er stellte seinen Sack ab, schwang noch einmal dröhnend seine Glocke und räusperte sich.

»Darf ich vorstellen? Das ist der Weihnachtsklaus, der echteste Santa der Welt«, wisperte mir Lia zu.

»Weihnachtsklaus?«

Ich sah genauer hin. Das Kostüm war wirklich der Hammer. Das hier war kein billiger Bademantel aus Polyester. Dieser Kerl trug Hosen und eine Jacke aus edlem Samt, schwere schwarze Lederstiefel und einen Bart, der einem echten in nichts nachstand.

Und dann, gerade als Lia antworten wollte, legte er los. Er hielt eine Rede in Reimform und schon nach den ersten Zeilen war ich völlig in seinem Bann. Er hatte zu jedem Mitarbeiter eine Anekdote zu berichten, die in der Regel lustig war und ihm einige Lacher bescherte. Es klang aber auch stets Wertschätzung durch und niemand wurde vorgeführt. Als die Reihe an mir war, wusste ich, dass nun mein Treppensturz thematisiert werden würde. Ich war erst kurz in der Firma und hatte noch keine Zeit gehabt, mich mit einer weniger peinlichen Aktion in Erinnerung zu bringen. Zu meiner Erleichterung blieb sich der nette

Weihnachtsmann treu und machte nicht meine Schusseligkeit zum Hauptthema, sondern strich stattdessen hervor, dass dies nur passieren konnte, weil ich angeschlagen im Büro erschienen war. Er riss einen kleinen Scherz, dass nur sein Rentier Rudolph mit einer roten Nase zur Arbeit aufkreuzen dürfe, wir anderen aber in solchen Fällen lieber daheim bleiben sollten, auch wenn es natürlich großartig sei, welche Arbeitsmoral hier herrsche.

Dann war die Rede zu Ende und wurde mit dem verdienten Applaus bedacht. Weihnachtsklaus verbeugte sich strahlend, dann nahm er seinen Sack und schüttelte ihn. Er verkündete, dass er uns natürlich auch etwas mitgebracht habe, und begann direkt mit dem Verteilen. Er fing am anderen Ende des Tisches an und arbeitete sich langsam zu uns hoch. Er brauchte lange, immer wieder ließ er sich auf ein Schwätzchen ein oder lachte dröhnend.

»Wo hast du denn den gefunden? Der macht das gut«, fragte ich Lia und überlegte bereits, ob ich diesen Kerl nicht auch für das Altenheim buchen könnte. Das mit den persönlichen Anekdoten würde zwar schwierig werden, aber vielleicht konnte man ein paar allgemeine Dinge herannehmen, die für alle passten.

»Den muss ich nicht engagieren, der drängt sich förmlich auf. Das ist Klaus, der hat bei uns gearbeitet. Seit drei Jahren ist er im Ruhestand und seither gibt er jedes Jahr den Weihnachtsmann.«

»Oh. Ich dachte, den kann man vielleicht buchen.«

»Und wozu? Um dir die Wohnung zu putzen?«, fragte sie sofort.

»Nein!« Ich warf einen Blick zu Kristan, der sich den Anschein gab, die Szene weiter unten am Tisch zu beobachten. Er schmunzelte und ich hoffte, dass es am fröhlichen Tumult lag, welchen er beobachtete, und nicht an meinem roten Gesicht und Lias viel zu lauter Stimme. »Ich dachte, der würde den Bewohnern im Seniorenheim gefallen.«

»Das macht der bestimmt. Frag ihn einfach. Klaus liebt Weihnachten mehr als alles andere auf der Welt.«

Ich nickte nachdenklich. Das wäre eine tolle Überraschung für das Weihnachtsfest.

Dann war er endlich bei uns und ließ einmal mehr seine Glocke erschallen.

»Und wen haben wir hier? Wart ihr auch brav?«, rief er erneut, wie er das alle paar Schritte tat.

»Und wie, zumindest die meiste Zeit.«

Er lachte und zwinkerte der forschen Kollegin, die geantwortet hatte, zu.

»Weihnachtsmann, Fine hat einen Wunsch«, rief Lia vorlaut.

»Ach ja? Und was wünschst du dir vom Weihnachtsmann? Geld? Erfolg? Liebe?«

Wenn Blicke doch nur töten könnten! Lia meinte es zwar gut, aber diese Frage löste bei mir gerade ein ziemliches Déjà-vue aus. Ich spürte, wie sich auch Kristans Augen auf mir festsaugten, und hoffte, dass er einfach nur neugierig war und sich nicht ebenfalls gerade an diesen Abend erinnerte, als ich ihm meine geheimsten Wünsche verraten hatte.

Ich räusperte mich und versicherte hastig, dass es absolut nicht um mich gehe und ich an etwas anderes gedacht hätte. Dann erklärte ich ihm umständlich die Sache mit dem Augustinerheim und der geplanten Weihnachtsfeier. Weihnachtsklaus hörte interessiert zu und nickte dann spontan.

»Weshalb nicht? Man kann nie genug Punkte sammeln auf der himmlischen Liste. Und ich habe mir dieses Jahr auch ein paar Minuspunkte eingehandelt.« Er lachte dröhnend. »Behauptet zumindest meine Frau. Lia, gib dem Mädel meine Nummer, dann können wir das klären.« Er sah mich aufmerksam an. »Du bist doch die Neue. Die, die Treppe hinabgepurzelt ist.«

Ich nickte und verzog beschämt das Gesicht.

»Du scheinst ein guter Mensch zu sein. Aber lass dir eines sagen, Mädchen: Man muss auch mal an sich denken. Nicht nur an die Arbeit und die anderen. Ich habe die Frage nach den persönlichen Wünschen heute Abend jedem gestellt. Die wenig überraschende Top-Antwort ist übrigens Lottogewinn. Gefolgt von Gesundheit, was sich die Klügeren wünschen. Ebenfalls ganz weit vorne kommt Glück. Aber die, die sich wirklich was trauen, wünschen sich Liebe.« Er zwinkerte mir zu. »Die ganz Mutigen sogar direkt mit der Entsorgung der bisherigen. Okay, dieser Wunsch kam nur einmal und war nichts Neues.« Jetzt huschten seine Augen zu Lia, die wissend grinste. »Ich bin schon lange genug im Weihnachtsmanngeschäft, um gelernt zu haben, dass es immer wieder Leute gibt, die alles versuchen, um mich sprachlos zu machen. Es ist ein Spiel, sich etwas zu wünschen, mit dem sie cool und selbstbewusst wirken. Selbst schuld.« Er zuckte seine roten Achseln. »Wenn sie ihren Weihnachtswunsch verschwenden wollen.«

»Na ja«, sagte ich mit einem unsicheren Lachen. »Verschwendung ist es vermutlich nicht. Ich meine, du bist …« Ich verstummte und überlegte, wie ich das jetzt nett formulieren konnte. »Du bist ja bloß ein Symbol. Ein Ausdruck der Hoffnung, dass die Welt ein wenig friedlicher und besser werden kann. Eine Erinnerung daran, dass bald die schönste Zeit des Jahres anbricht und man deshalb schleunigst alle Geschenke besorgen sollte.«

»Bin ich das?« Er sah mich listig an. »Nur ein alter Mann in einem roten Mantel?«

Ich wollte nicken, aber irgendetwas in seinem Blick hielt mich davon ab. Natürlich war er nur ein alter Mann in einem roten Mantel, aber vielleicht war er das auch nicht. Plötzlich war ich wieder das kleine Mädchen, das sich doch nicht ganz sicher war. Das unbedingt daran glauben wollte, dass es Magie war und kein Kostüm. Dass es eben doch so sein könnte, jeder Vernunft zum Trotz. Dass sich unter all den verkleideten Männern einer tummelte, der etwas ganz Besonderes war. Der nur mit einem geheimnisvollen Lächeln die Finger schnipsen musste, um den wahren Zauber der Weihnachtszeit in Gang zu setzen. Aber ich würde den Teufel tun und mich hier vor allen blamieren. Und dann, als ich eben ansetzte, um »Ja, das bist du« zu sagen, passierte es. In seinen Augen, die mich immer noch festhielten, zuckte es kurz. Wie ein Aufleuchten von innen, eine Sternschnuppe, die sich durch die Pupille bewegte, eine Kerze, die aufflammte und den Raum erhellte. Ich war wie hypnotisiert.

»Wir sehen uns in deinem Seniorenheim, Mädel.« Weihnachtsklaus neigte sich zu mir und senkte seine Stimme. »Ich gebe dir bis dahin Zeit, um über deinen Weihnachtswunsch nachzudenken. Und darüber, ob du ihn vorschnell verschwenden willst, weil ich ja nur ein Symbol bin.«

# Kapitel 25

Wäre es naiv von mir, jetzt einfach zustimmend zu nicken? Und für einen Moment fest zu hoffen, ja beinahe zu glauben, dass Weihnachtsklaus wirklich magische Fähigkeiten hatte? Eindeutig ja, und doch tat ich genau das. Ich hatte es vielleicht zu oft in einem dieser Weihnachtsfilme gesehen, dass plötzlich unter all den Weihnachtsmännern ein echter auftauchte und dass die Heldin dadurch ihr Glück fand. Und wenn ich ehrlich war, dann wusste ich ganz genau, was ich mir in diesem Fall wünschen würde.

»Du solltest daran glauben. Wer weiß, was passiert, wenn man wirklich glaubt.«

Ich drehte überrascht den Kopf zu Kristan, der in diesem Moment neben mir auftauchte und sich reichlich Mühe gab, geheimnisvoll dreinzuschauen. Ich sah irritiert zu, wie er Platz nahm. Wann war er denn aufgestanden?

»Im Ernst?« Ich lachte ein wenig überdreht und fragte mich nicht zum ersten Mal, ob er mir meine Gedanken von der Stirn ablesen konnte.

»Wer weiß? Und es schadet nie, zu hoffen.«

»Was hast du dir denn gewünscht?«, fragte ich, nur um abzulenken. Und weil ich es dummerweise verpasst hatte und es mich wirklich interessierte.

»Erfolg.«

»Pft. Erstens hast du den doch bereits und zweitens zeigt das, dass du auch nicht wirklich daran glaubst.«

»Ich weiß nicht, ob ich nicht daran glaube. Ich habe mir sagen lassen, dass in dieser Zeit alles möglich ist und Wunder geschehen können.«

Verdammt! Schon wieder begann ich, vor Verlegenheit zu glühen. Natürlich hatte ich das gesagt. Und er hatte gelacht und mich kopfschüttelnd angesehen und gesagt, dass ich wohl eine unerschütterliche Optimistin sein müsse. Wobei *Optimistin* vermutlich eine nette Umschreibung für Verrückte war, die viel zu romantisch und gutgläubig durch die Welt spazierte. Ich hatte mich an jenem Tag von der Stimmung hinreißen lassen, von den Kerzen und den Weihnachtssongs und davon, dass er so zuverlässig jeden Abend kam, mit mir zwar arbeitete, aber dann auch kochte und plauderte. Wir hatten wieder einmal vom Zauber dieser Zeit gesprochen. Nun ja, ich hatte davon gesprochen, weil ich ihn wirklich spürte. Egal was das Leben noch für mich bereithielt, diese Vorweihnachtszeit würde für immer eine ganz besondere bleiben. Weil sie wie in einem dieser Filme war! Und wenn dann Weihnachten ins Haus stand und ich feststellen musste, dass mein persönlicher Film aus Gründen nicht zu Ende gedreht wurde, dass man die Produktion vor dem Happy End einstellte, dass ausgerechnet ich in dem einen gelandet war, der sich nicht als Romanze, sondern als Drama herausstellte, dann war das eben so. Aber die Tage davor wollte ich so gut als möglich auskosten und nicht einmal mir selbst eingestehen, dass Lias Stimme, er würde das für jeden tun und es sei nichts Besonderes, in meinem Kopf immer leiser wurde.

»Erfolg wäre auf alle Fälle kein Wunder. Wie gesagt, den hast du bereits. Das ist ein sicherer Wunsch, der nur zu einfach in Erfüllung geht.«

»Was wäre denn ein unsicherer Wunsch? Einer, der dich überzeugt?«

Ich zuckte mit den Achseln. »Keine Ahnung. Ich weiß ja nicht, wonach du dich sehnst.«

»Vielleicht sind unsere Wünsche gar nicht so verschieden.« Kristan sprach jetzt leise und nachdenklich. »Unsere wahren und echten Wünsche. Die, die wir uns unter normalen Umständen nicht auszusprechen trauen.«

»Wenn du ihn nicht aussprichst, dann kann er auch nicht wahr werden.« Ich wusste nicht, wo ich diesen Mut hernahm. Und was ich zu hören hoffte, hier auf dieser Weihnachtsfeier, unter all diesen fröhlichen, zunehmend alkoholisierten Kollegen.

»Vielleicht war es dann gut, dass ich ihm nachgegangen bin und es ihm verraten habe?«

»Hast du?« Ich sah ihn stirnrunzelnd an. »Ach was! Du nimmst mich hoch, oder?«

Kristan grinste und machte dann eine kleine Bewegung mit dem Kopf, die Ja oder Nein heißen konnte.

»Wer weiß? Ich lerne gerade, dass man sich der Magie öffnen muss. Eine Lektion, die ich in den letzten Tagen immer wieder höre.«

Ich stupste ihn spontan an den Arm. »Aber jetzt machst du dich über mich lustig!«

»Nein. Okay, ein ganz klein wenig.« Er zwinkerte übermütig. »Obwohl ich es total süß finde, wenn du über all das sprichst. Ich würde es vermissen, wenn du damit aufhörst.«

Herrje, wieso wurde es mir auch so schwer gemacht? Kaum wollte ich vernünftig sein, sagte er wieder so etwas und ahnte nicht, was das bei mir auslöste. Und trotzdem stupste ich ihn noch einmal und drohte frech, dass genau das passieren würde, wenn er mich weiterhin mit meiner Weihnachtsbegeisterung aufzog. Und zwang mich dann, wegzusehen und den Blick durch den Raum streifen zu lassen. Nur damit er nicht bemerken würde, dass es einen Zusammenhang zwischen meinem debilen Grinsen und seinen flapsig dahingeworfenen Worten geben könnte.

Den Samstagmorgen verbrachte ich abwechselnd damit, in glückseligen Erinnerungen an den vergangenen Abend zu schwelgen und mich darüber zu ärgern, dass ich nicht mutiger gewesen war. Ich hatte ohne Frage einen der schönsten Abende ever gehabt, einfach, weil ich ihn im Kreise dieser Menschen verbringen durfte. Okay, dieses einen Menschen, was ich mir aber nicht einzugestehen erlaubte. Ich war zum ersten Mal in meinem Leben schwer in Versuchung geraten, es den anderen gleichzutun und mich ein wenig intensiver dem Alkohol zuzuwenden. Nur dass ich das nie tat und wusste, dass bei mir zwei Tassen Glühwein ausreichten, um nicht mehr zurechnungsfähig zu sein. Auch das war ein probates Mittel in all meinen Geschichten und Filmen, sich zu betrinken und dann unter dem Einfluss des Alkohols Sachen zu sagen, die man sonst nie sagte. Und anstatt peinlich zu sein, bekam man dann zu hören, dass man sehr niedlich war, wenn man beschwipst durch die Gegend torkelte und dann – Mistelzweig und Happy End. Tja, bei meinem Glück wäre ich vermutlich doch peinlich gewesen und zudem war es mit meinem Stiefel nicht ratsam, angetüddelt herumzuwanken. Deshalb war ich bei der alkoholfreien Punschvariante geblieben und hatte nichts gesagt, was ich sonst nicht auch sagte. Ich hatte verständnisvoll genickt, als sich Kristan erhob und verkündete, dass er sich nun noch einen Moment zu den anderen setzen sollte. Ich gönnte es der fröhlich schnatternden Schar, denn am Ende war ich es, zu der er zurückkam. Nun ja, weil er mich heimfahren musste, aber trotzdem. Auch er war natürlich nüchtern und tat deshalb ebenfalls nichts, was er sonst nicht auch machte, und so hatte der Abend mit einer Verabschiedung an meiner Haustür geendet. Er hatte sich noch einmal umgedreht, als er schon wieder auf der ersten Treppenstufe war, und mich gefragt, was ich denn noch bräuchte. Also aus dem Supermarkt, weil wir vor lauter Weihnachtsfeier die Einkaufsliste vergessen hatten. Und ich dusselige nüchterne Person hatte gelacht und abgewunken und ihm erklärt, dass ich nichts benötigte.

»Du hast letztes Mal so viel gekauft und fast jeden Abend die Zutaten für das Essen mitgebracht. Ich sollte erst mal das aufbrauchen, was ich im Haus habe.«

Dumm! Wieder einmal war mir das schlechte Gewissen dazwischengekommen, weil er so viel für mich tat und seine Freizeit opferte, weshalb ich mir selbst die Chance genommen hatte, dass ich ihn heute sehen würde. Andererseits war es schlau von mir, jetzt schon damit zu beginnen, mich von ihm zu entwöhnen. Dann würde es in ein paar Tagen, wenn ich diesen Stiefel endlich ablegen durfte und endgültig wieder alleine zurechtkam, kein allzu harter Entzug werden.

Als ich mich lange genug meinen Erinnerungen und Selbstgeißelungen hingegeben hatte, stand ich auf und trat für eine Weile hinaus auf meinen kleinen Balkon. Ich sah hinab auf die Straße, auf der immer ein paar Menschen unterwegs waren. Einige schlenderten gemächlich den Weg entlang, andere eilten hastig ihrem Ziel entgegen. Wie gerne wäre ich eine von ihnen, würde durch die festlich geschmückten Läden spazieren, um hinterher einen Abstecher zum Weihnachtsmarkt zu machen. Vielleicht sollte ich es in den nächsten Tagen mal ausprobieren, ob meine Gehkünste dafür ausreichten. Ich hatte zwar ein schlechtes Gewissen, weil ich immer noch nicht zur Arbeit ging, aber wie mein Chef stets sagte: Erstens arbeitete ich ja, wenn auch im häuslichen Büro, und zweitens durfte man raus, wenn es der Genesung förderlich war. Und in meinem Fall wäre ein wenig Weihnachtsatmosphäre ganz sicher hilfreich.

Und da ich gerade dabei war, auch etwas anderes fehlte mir, das untrennbar zu dieser Zeit gehörte. Ich hatte noch nichts gebacken! Zwar waren alle Zutaten im Haus, weil ich die bereits im November besorgt hatte, aber dann war der Sturz dazwischengekommen. Nun, jetzt hätte ich doch Zeit dafür! Entschlossen drehte ich mich um und humpelte zackig in die Küche zurück. Ich hatte mich schon viel zu lange mit den gekauften Lebkuchen begnügt und ich würde zudem beschäftigt sein.

Es war mir klar, dass ich einen derart exzessiven Backmarathon, wie ich ihn gewöhnlich im Advent veranstaltete, nicht durchziehen konnte. Aber ich hatte mich entschieden, meine liebsten Sorten zu machen, und bereits die entsprechenden Teige zubereitet. Nun saß ich am Tisch und formte die ersten Vanillekipferl. Zusätzlich wartete noch der Lebkuchenteig im Kühlschrank, der Teig für die Butterplätzchen und natürlich der für die Zimtsterne. Wenn ich das heute gut hinbekam, dann könnte ich morgen vielleicht noch zwei, drei andere Sorten nachschieben. Und wenn ich einige Arbeitsschritte im Sitzen erledigte, dann sollte auch der Fuß mitmachen. Ich summte leise vor mich hin, als ich das erste Blech in den Ofen schob und mich fragte, wo ich die Ausstecher hingeräumt hatte. Hm, in der alten Wohnung waren sie immer in einer Schublade gewesen, aber hier? Ich öffnete ein paar Schränke, dann fiel es mir wieder ein. Weil der Platz doch recht begrenzt war, hatte ich beschlossen, alles, was ich nur selten brauchte, im Schrank über der Abzugshaube zu verstauen. Ich öffnete ihn und versuchte hineinzuspähen. Gar nicht leicht, denn das Ding hing verdammt hoch. Eigentlich kein Problem, man musste einfach die kleine Trittleiter zu Hilfe nehmen. Ich zauderte nur kurz, dann nickte ich entschlossen. Wenn ich mich auf den gesunden Fuß stellte, dann sollte das klappen.

Ich war noch nicht dazu gekommen, es auszuprobieren, als mich die Türklingel zusammenschrecken ließ. Vermutlich die Post. Ich hatte ein paar Dinge bestellt, die ich mir nicht von Kristan besorgen lassen wollte. Auch wenn ich ihn bestimmt darum hätte bitten können, mir ein Duschgel und ein neues Deo mitzubringen, aber weder ihm noch mir wäre es wahrscheinlich angenehm gewesen, auch eine

Packung Tampons einzukaufen. Doof, denn das waren ganz alltägliche Dinge und nichts, was andere nicht ebenfalls benutzten, aber ich wollte es trotzdem nicht und hatte deshalb beschlossen, den Lieferdienst des Drogeriemarktes zu nutzen.

Ich ließ von der Trittleiter ab und ging zur Sprechanlage. Ich fragte zweimal nach, aber niemand meldete sich. Vermutlich hatte es dem Postboten zu lange gedauert und er hatte mein Paket einfach unten abgestellt. Ich seufzte. Das passierte in letzter Zeit öfter und jetzt musste ich die ganzen Stufen hinab, um es selbst zu holen. Ich griff nach dem Wohnungsschlüssel und öffnete die Tür. Und stieß einen kleinen spitzen Schrei aus, als direkt vor meiner Nase Kristan stand, den Finger erhoben, um auf die Klingel zu drücken.

# Kapitel 26

»Scheiße, hast du mich erschreckt«, entfuhr es mir.

Auch Kristan zuckte überrascht zurück.

»Das wollte ich nicht.« Er strich sich verlegen durch die Haare und deutete auf das Treppenhaus. »Ich habe geklingelt und dann kam ein freundlicher Herr aus dem Haus. Er hat mich hineingelassen und ich habe mir nichts dabei gedacht, einfach schon mal hochzugehen.« Er schwenkte eine Tasche, wie immer eigentlich.

Ich zog die Augenbrauen hoch. »Was ist das?«

»Ich dachte, dass ein wenig Obst sicher nicht schadet. Und die Milch war auch fast leer.«

Ich konnte nicht anders, ich musste grinsen. »Du solltest das nicht tun. Ich könnte mich daran gewöhnen.«

Jetzt lächelte auch er. »Das wäre natürlich fatal. Darf ich reinkommen?«

Ich trat automatisch einen Schritt zur Seite und ließ ihn vorbeigehen.

»Hm, bei dir riecht es gut«, stellte er fest, während er sich aus dem Mantel schälte und ihn an der Garderobe aufhängte.

»Ich backe gerade«, gab ich zu und sah dann seinen Blick. Oha, nicht gut.

Er sagte nichts, ging aber los Richtung Küche. Ich folgte etwas langsamer und machte mich schon mal bereit für das, was jetzt kommen würde.

Das Backen war gar nicht mal das Schlimmste. Ich gestand Kristan, dass ich alle Zutaten schon längst im Haus gehabt hatte und dass die Eier doch verwertet werden mussten, ehe sie schlecht wurden. Dann schob ich nach, dass ich laut Arzt sowieso langsam wieder damit beginnen sollte, den Fuß normal zu belasten beziehungsweise einzusetzen, und überhaupt, endete ich ein wenig trotzig, da es nun mal schon der zweite Advent war, wurde es einfach höchste Zeit. Dann holte ich tief Luft, weil ich ohne Pause mit all meinen Argumenten herausgesprudelt war und meine Verteidigungsrede etwas länger ausgefallen war, als ich es im Sinn gehabt hatte. Kristan nickte und schien damit einigermaßen klarzukommen – bis sein Blick auf die offene Schrankklappe und die Trittleiter fiel. Seine Augenbrauen zogen sich erst zusammen und schnellten dann nach oben, als er mich musterte.

Ich versuchte es mit einem entschuldigenden Grinsen, dessen Wirkung völlig verpuffte.

»Die Ausstecher sind da oben«, erklärte ich kleinlaut.

»Du wolltest auf die Leiter klettern?«

»Nur eine Stufe.«

»Nur eine Stufe!« Er schien einen Moment zu überlegen, ob er mich ausschimpfen sollte wie ein kleines Kind. Ich kam mir bereits jetzt so vor, dumm und unüberlegt. Deshalb redete ich weiter, ehe er richtig loslegen konnte.

»Es wäre nur eine Stufe und ich bin nicht blöd. Ich hätte mich festgehalten und langsam gemacht.«

»Du hättest um Hilfe bitten können.«

Ich lachte überrascht. »Ich soll dich anrufen und herbestellen, damit du mir etwas aus dem Schrank holst?«

»Nun ja … Ja. Okay, nein, das würde ich an deiner Stelle auch nicht tun.« Wieder strich er sich durch das Haar und wirkte verlegen. »Es tut mir leid. Als ich die Leiter sah, da habe ich mir eben Sorgen gemacht. Ich habe wohl manchmal den Hang, es mit der Sorgfaltspflicht zu übertreiben.«

»Ein schöner Zug«, gab ich spontan zu. »Eigentlich«, korrigierte ich dann und hob den Zeigefinger. »Ich bin kein leichtsinniger Mensch, das solltest du mittlerweile bemerkt haben. Ich bin wie du eher von der vorsichtigen Truppe und ich hatte das Gefühl, dass ich dieses Wagnis eingehen kann.« Ich sah kurz zu der kleinen Leiter und schmunzelte. »Aber da du zufällig hier bist: Wärst du wohl so nett, da oben nach meinen Plätzchenausstechern zu suchen?«

Eigentlich fand ich, dass es ein richtig netter Zug war, das mit dem Sorgenmachen und so. Es war ein unbestritten schönes Gefühl, dass es jemanden gab, der sich um meinen Gesundheitszustand Gedanken machte und dem ich am Herzen lag.

Beinahe ebenso schön war es, dass er endlich lachte und nickte und auf die Leiter stieg, um in diesem überfüllten Schrank etwas zu finden. Er musste sich ein wenig recken, um in die Tiefen vorzudringen, und ich musste mich ein wenig ermahnen, nicht auf seinen Hintern zu starren. Zumindest sollte ich das Sabbern im Griff haben, wenn er sich gleich umdrehen würde. Und definitiv schöner war es dann, als er entschlossen die Hemdsärmel hochkrempelte.

»Ich werde dir helfen, wenn ich darf.«

»Hm, das scheint wirklich ein Problem zu sein mit deiner Fürsorge. Da kann ich wohl nicht ablehnen.«

Er tat verlegen und zuckte mit den Achseln, auch wenn sein Lächeln ihn Lügen strafte. Es sah zauberhaft aus und geschäftig drehte ich mich ab, um in den Ofen zu spähen. Was tat ich denn da? Flirtete ich etwa mit ihm? Und er? Er wollte bestimmt nur nett sein. Ich war absolut keine Expertin auf diesem Gebiet und gerade hoffnungslos überfordert.

Zum Glück waren die Plätzchen im Ofen schon braun, sodass ich sie herausnehmen konnte und meine Gesichtsfarbe ohne Weiteres der heißen Backofenluft zugeschrieben werden konnte. Während ich sie in Vanillezucker wälzte und dann sorgsam auf dem Kuchengitter drapierte, suchte Kristan auf mein Geheiß hin schon mal die Formen aus, die wir nachher verwenden würden. Ich hatte jede Menge, auch Osterhasen und Schmetterlinge und Blumen, weil ich viel zu gerne backte, um es nur an Weihnachten zu tun.

Dann machten wir uns wie zwei begeisterte Kinder an das Ausstechen. Noch nie hatte es mir solche Freude gemacht, das zu tun.

»Ich glaube, ich habe zum letzten Mal als kleiner Junge beim Backen der Weihnachtsplätzchen geholfen.«

»Unvorstellbar! Dabei hast du dich doch als recht talentiert in der Küche erwiesen.«

»Beim Kochen, ja. Weil das eben sein muss. Aber backen?«

»Das muss auch sein. Besonders im Advent.«

»Vielleicht sollte ich bei dir in die Lehre gehen. Bisher habe ich diese Zeit anscheinend nicht ausreichend gewürdigt.«

»Du sollst dich nicht über mich lustig machen!« Ich stieß übermütig mit meiner Hüfte an seine Seite. »Ich stehe dazu, dass dies die allerschönste Zeit im Jahr ist. Und ich verpasse so viel.« Ich schob kurz die Lippen vor. »Einkaufsbummel durch die Läden. Den Weihnachtsmarkt. Abendliche Spaziergänge durch die beleuchteten Straßen.« Ich wurde einen Moment ernst. »Die Treffen im Heim. Und die Schlittschuhbahn kann ich mir ebenfalls abschminken.«

»Das auf alle Fälle.«

»Und alles andere auch. Ich hoffe so sehr, dass ich den hier bald los bin.« Ich sah auf den Stiefel hinab. »Glaub mir, ich würde wirklich lieber jeden Tag ins Büro gehen, auch wenn manche Kollegen angedeutet haben, dass es doch zur Abwechslung mal ganz nett wäre, einen gechillten Advent zu haben.«

»Das war bestimmt nicht als Vorwurf oder Andeutung gedacht, dass du es dir hier bequem machst.«

»Das hatte ich auch gar nicht so verstanden. Ich weiß schon, was die meinen. Aber für mich ist diese Jahreszeit eben kein Stress, sondern einfach nur schön. Vermutlich deshalb, weil ich keine Familie habe und kein großes Fest vorbereiten muss.«

»Du bereitest ein Fest für deinen Onkel und seine Mitbewohner vor. Das ist auch nicht zu verachten.«

»Hm. Aber für die muss ich nicht tagelang durch alle Spielwarenläden jagen oder nächtelang das Internet durchforsten, weil der neueste Lego-Bausatz schon Wochen vor dem Fest vergriffen ist. Lia hat sich darüber beklagt«, gab ich zu, als er verwundert die Stirn krauste.

»Vermutlich würdest du selbst das genießen, oder? Tagelang hinter dem richtigen Geschenk her zu sein.«

Ich nickte nachdenklich. »Das ist der Nachteil an dieser Zeit. Man merkt auch, was einem fehlt.«

»Eine Familie?«, fragte Kristan leise.

Ich nickte stumm. Dann holte ich Luft und stupste ihn noch einmal an.

»Was soll's. Ich habe ja noch einen Weihnachtswunsch frei. Vielleicht probiere ich es aus? Und bis dahin gebe ich mich mit dir zufrieden.« Himmel, wenn ich einmal versuchte, lässig zu sein und meine wahren Gefühle zu verbergen! Ich registrierte, was ich da gesagt hatte, in dem Moment, als seine Miene ein ganz klein wenig ungläubig wurde. »Beim Backen, meine ich. Als Ersatz für ein eifriges Kind. Also nicht als Kind … oh Mist. Es tut mir leid. Manchmal rede ich einfach Blödsinn.«

»Ich hab es verstanden, denke ich.« Er zwinkerte und ich atmete auf.

»Gut. Dann höre ich jetzt endlich auf zu quatschen und zeige dir stattdessen, wie man Zimtsterne macht.«

# Kapitel 27

Himmel, ich brachte mich selbst mit jeder Sekunde mehr in Schwierigkeiten. Ich hätte es besser wissen und sein Angebot, zu helfen, ablehnen sollen. Es war so einfach, mit Kristan zu lachen, zu scherzen, sich zu blamieren und dann von seiner netten Art wieder aus der Bredouille geholt zu werden. Es war so bezaubernd, von ihm unbekümmert etwas Mehl von der Nasenspitze gewischt zu bekommen, während er selbst eine Spur auf der Wange hatte. Es war so aufregend, ihm im Gegenzug ebendiese Mehlspur abzustreifen und dabei fast unsichtbare Bartstoppeln zu spüren. Und es war so verführerisch, zu nicken, als er nach der Backaktion fragte, ob ich ebenfalls hungrig sei und ob er uns ein schnelles Essen in die Pfanne hauen solle. Er grinste frech, als er die restlichen Eier zu einem Omelett verarbeitet hatte und dabei bemerkte, dass ich so morgen schon nicht auf die Idee käme, noch einmal zu backen. Und dann … Tja, dann hätte ich wirklich Nein sagen sollen, als er einen letzten Vorschlag machte.

»Zieh den Mantel an.«

»Was?« Ich drehte mich überrascht zu ihm um und ließ beinahe den Teller fallen, den ich gerade in die Spülmaschine räumen wollte.

»Los. Zieh deinen Mantel an.«

»Und wozu?«

»Wir werden eine Runde drehen. Mit dem Wagen. Als Ersatz für einen Spaziergang. Damit du die Beleuchtung bestaunen kannst.«

»Ist das dein Ernst?« Ich konnte nicht verhindern, dass ich schon wieder strahlte wie eine Bekloppte.

»Natürlich. Du vermisst doch die abendliche Stimmung. Das werden wir jetzt ändern.«

Ich war schwer in Versuchung, ihm einfach um den Hals zu fallen. Aber dann nickte ich nur und humpelte in Rekordgeschwindigkeit zur Garderobe.

Wir fuhren eine sehr lange Runde. Der Ort war nicht besonders groß, aber wenn man alle Sträßchen und Straßen systematisch abgraste, dauerte es doch seine Zeit. An einem besonders festlich geschmückten Haus hielten wir sogar an, stiegen aus und bestaunten eine Weile stumm die Lichter und Figuren. Ich schlang mir die Arme um die Brust, weil es so schön war, doch Kristan verstand es falsch.

»Ist dir kalt?«

Ich schüttelte den Kopf. »Nur an den Zehen«, wollte ich sagen. Denn unter der vorne offenen Gehhilfe hatte ich nur eine Socke an, und das war gerade tatsächlich etwas wenig. Hätte ich gewusst, dass wir diesen Ausflug machen, dann hätte ich mir ein paar wärmere angezogen, aber als es dann so überraschend losging, wollte ich keine Zeit mehr verlieren.

Er nahm trotzdem seinen Schal ab und legte ihn mir um die Schultern. Einen Moment blieb seine Hand dort liegen und es fühlte sich fast an, als würde er mich im Arm halten. Dann zog er sie zurück und jetzt, ja, jetzt war mir kalt.

Nach dem Ausflug kam Kristan nicht mehr mit herein. Er brachte mich zur Tür, damit ich mir auf den Treppen nichts tat, und wünschte mir mit samtweicher Stimme eine gute Nacht, ehe er sich auf dem Absatz noch einmal umdrehte, um zu winken. Ich drückte die Tür hinter mir zu und hätte jetzt nichts lieber getan, als diesen Klotz von meinem Bein zu schmeißen und dann mit ausgestreckten Händen durch die Wohnung zu tanzen. Nicht nur, weil dieser Abend so schön gewesen war und ich es einfach unfassbar nett fand, dass er mir so viel Zeit schenkte und mich durch die Gegend kutschierte, damit ich die beleuchtete Stadt sehen konnte. Nein, auch deshalb, weil er dabei wie nebenbei erwähnt hatte, dass er mich morgen einmal mehr zu meinem Onkel fahren würde.

Noch nie hatte ich mich für einen Besuch im Heim so herausgeputzt. Überhaupt hatte ich schon lange nicht mehr so viel Zeit und Mühe auf meinen Look verschwendet wie in den letzten Tagen. Und das, obwohl Kristan auch gesagt hatte, es mache ihm nichts aus, mich zu fahren, weil er sowieso unterwegs sein würde und es sich gut einpassen ließ, wenn er mich mitnahm und später wieder abholte.

»Ich weiß doch, dass du sonst jeden Tag dort vorbeischaust. Und dein Onkel wird sich freuen, dich zu sehen.«

Ich nickte und freute mich fast noch mehr, dass ich so auch Kristan sehen würde, und sei es noch so kurz. So weit war es mit mir schon gekommen, dass ich wegen Brosamen jubilierte. Und meinen Onkel den ganzen Nachmittag anstrahlte, nur weil ich nachher noch einmal ein paar Minuten mit diesem Mann verbringen durfte.

Als ich gegen Abend wieder aus dem Heim trat, stand Kristan schon auf einem Parkplatz und checkte seine Nachrichten. Ich betrachtete ihn einen Augenblick, wie er dort im Wagen saß und auf mich wartete, als wäre es die natürlichste Sache der Welt. Was es aber leider nicht war. Hätte ich mir doch nie diese Verletzung zugezogen! Dann hätte ich ihn nie so gut kennengelernt und so viel Zeit mit ihm verbracht. Ich hätte die schönsten Stunden meines Lebens verpasst, aber mein Herz würde sich jetzt auch nicht so zusammenziehen, weil es wusste, dass diese Zeit bald endete. Und wie Lia sagte: Es gab immer jemanden, dem er helfen musste. Ich würde bald wieder nur die geschätzte Mitarbeiterin sein, die er zwar freundlich behandelte, die sich aber nach so viel mehr verzehrte.

»Fine!« Er hatte mich gesehen und stieg höflich aus. »Und? Wie geht es dem alten Knaben?«

»Bestens.« Ich schloss kurz die Augen, um meinen Verstand wieder auf die Gegenwart zu fokussieren. »Er schäkert schon wieder mit seinen Freundinnen.«

»Mehrzahl?«

»Ja. Allerdings alles ganz harmlos. Behauptet er zumindest.«

»Das würde ich an seiner Stelle auch tun.« Er grinste und kam um den Wagen herum, um mir die Tür zu öffnen.

*Und bei dir würde es stimmen,* dachte ich. Bei Onkel Josef war ich mir nicht so sicher. Der flirtete nämlich gerne und tat es mit einem Charme, dem die Damen reihenweise verfielen. Nun, auch Kristan verfielen sie. Ich war das beste Beispiel dafür.

»Was macht der Fuß?«, fragte er und schnallte sich an.

»Gut. Tut nicht mehr weh und das Gehen wird jeden Tag besser. Auch wenn mich der Stiefel hemmt.«

»Dann sollten wir mal ausprobieren, ob du schon einen kleinen Spaziergang machen kannst. Das musst du schließlich können, wenn du ihn bald los sein willst. Ich dachte, wir machen einen kleinen Abstecher und gehen auf dem Weihnachtsmarkt eine Bratwurst essen. Wie sieht es aus? Hast du Lust, eine Runde zu humpeln?«

Ob ich Lust hatte? Ich wäre gekrochen, um ganz ehrlich zu sein. Aber noch besser war es natürlich, langsam zu schlendern – okay, zu humpeln – und dabei seine Hand unter meinem Arm zu spüren, wo er sie fürsorglich platzierte, damit ich auf dem unebenen Kopfsteinpflaster des Marktplatzes nicht stürzte. Als wir den ersten Blick auf die Budenstadt erhaschten, die glitzernden Lichter sahen und die Weihnachtsmusik hörten, blieb ich kurz stehen. Kristan sah fragend auf mich herab und ich lächelte ihm mit feucht glänzenden Augen zu, weil es so schön war und sich beinahe anfühlte, als erlebte ich dies zum ersten Mal. Sein Lächeln wurde noch eine Spur sanfter und seine Augen spiegelten die Freude über den spontanen Ausflug. Oder die Hoffnung auf Nahrung, denn im Gegensatz zu mir hatte er auch völlig profane Gefühle und bemerkte mit einem Grinsen, dass er die Bratwürste bereits riechen konnte. Da er offensichtlich richtig Hunger hatte und weil wir vermuteten, dass es in der nächsten Zeit noch voller werden würde, stellten wir uns also zuerst an der Wurstbude an. Natürlich würde es noch voller werden, schließlich war es hier am schönsten, wenn es dunkel war und die Buden festlich leuchteten. Wir ergatterten einen Stehplatz an einem hohen Tisch und ließen uns die Wurst schmecken, während neben uns die Weihnachtsbäume funkelten und die Menschen fröhlich plappernd vorbeidrängten. Ich umklammerte meinen Becher mit alkoholfreiem Punsch und wärmte mir daran die Finger, während wir dem Treiben ringsum zusahen und eine Weile versonnen das Kinderkarussell betrachteten. Als wir die Tassen schließlich geleert hatten und den Platz freigeben mussten, hatte ich ein wenig Sorge, dass wir direkt wieder zum Wagen zurückkehren könnten, aber Kristan beruhigte mich.

»Ich kenne dich mittlerweile gut genug, um zu wissen, dass ich nicht unter einer Runde davonkommen werde. Natürlich werden wir uns die Buden ansehen.«

Wir machten uns wieder auf den Weg. Wir hatten recht gehabt, es war in der kurzen Zeit noch einmal deutlich voller geworden. Es ließ sich gar nicht vermeiden, dass man regelmäßig mit anderen Besuchern kollidierte. Wir versuchten zwar, uns an den Hütten entlangzuschieben, aber das half nur bedingt. Als ich von einer Gruppe eifrig schwatzender junger Frauen recht unsanft angerempelt wurde und selbst mit seiner stützenden Hand kurz ins

Schwanken kam, knurrte er einen Fluch und blieb stehen. Ich wollte versichern, dass mir nichts passiert war, weil ich Angst hatte, dass ich nun zu hören bekam, dass dies doch keine gute Idee gewesen war. Aber ehe ich die richtigen Worte gefunden hatte, hatte sich seine Miene wieder etwas geglättet. Und dann legte er einen Arm um meine Schulter! Ich sah zu ihm auf und er machte eine verlegene Geste, ein kurzes Zucken, bei dem ich ein Seufzen unterdrücken musste, so niedlich war es.

»Bevor dich hier jemand ernsthaft umrennt …«, sagte er und ich nickte eifrig.

»Stimmt. Nicht, dass ich dann noch länger dieses Ding tragen muss und nicht zur Arbeit gehen kann.«

»Richtig«, gab er mir knapp recht. »Auch wenn die Arbeit in diesem Fall zweitrangig wäre.«

Wenn es nach mir gegangen wäre, dann hätten wir bis in alle Ewigkeit auf diesem Markt bleiben können. Es war, als wäre ich plötzlich eine Prinzessin oder so. Sein Arm fühlte sich vom ersten Moment an richtig an. Er sollte doch fremd sein oder aber ein wenig unangenehm. Wenn ich mir vorstellte, dass ich mit meinem alten Chef so herumspaziert wäre … Kein schöner Gedanke. Auch mit jedem meiner Kollegen – und die fand ich im Gegensatz zu anderen Personen wirklich sympathisch – wäre mir das zu eng und zu vertraut gewesen. Aber sein Arm schien genau dorthin zu gehören. Ich könnte meinen Kopf an seine Schulter lehnen, er hätte exakt die richtige Größe gehabt. Und als ich mich schließlich traute und meinen Arm um seine Hüften schlang, weil er sonst so dämlich an mir herabhing und sich zwischen uns verklemmte und irgendwie immer im Weg war, da sah er nicht verwundert zu mir herab, sondern mit einem Lächeln, das ich nie vergessen werde.

Wir kauften nichts an diesem Abend, auch wenn ich darüber nachdachte, ob ich eine greifbare Erinnerung an diesen Tag haben wollte. Wir redeten auch nicht wirklich, machten nur gelegentliche Bemerkungen zu einem Stand, zu besonders schönen Waren oder einer auffallend hübschen Dekoration. Dann sah ich mit leuchtenden Augen zu ihm auf und freute mich, weil auch seine Augen funkelten.

Als wir schließlich sogar zwei Runden gedreht hatten und ich nicht verbergen konnte, dass ich so langsam an meine Grenzen kam, beschloss Kristan, dass es für heute genügen würde.

»Wir sollten uns auf den Heimweg machen. Du darfst es nicht überstürzen. Wir werden noch einmal hierherkommen, wenn du magst. Aber für den ersten Ausflug reicht das.«

»Stimmt. Leider«, gab ich ihm recht und wollte den folgenden Seufzer gar nicht unterdrücken. Ich warf einen letzten Blick auf die Hütten und die Menschen und den großen Weihnachtsbaum in der Mitte des Platzes. »Und wir kommen ganz bestimmt noch einmal her?«, vergewisserte ich mich wie ein kleines Kind.

»Versprochen«, sagte er sanft und verstärkte kurz seinen Griff um meine Schulter. »Und jetzt komm. Ich bringe dich nach Hause.«

# Kapitel 28

Was hatte ich für Ängste gehabt, als ich mir ausgerechnet ein paar Tage vor dem ersten Advent den Fuß gebrochen hatte. Ich hatte gedacht, dass diese besondere Zeit ganz schrecklich werden würde, weil ich alleine zu Hause festsaß und weder die geschmückten Läden noch den Weihnachtsmarkt oder auch nur das Heim zu Gesicht bekommen würde. Und nun? Nun schien ich plötzlich den besten Advent meines Lebens zu haben – wenn auch völlig anders, als ich das bisher gewohnt war.

Ich war absolut in Weihnachtsstimmung. Schon Kristans Lächeln, wenn er gegen Abend kam und ich stolz den nächsten Weihnachtspulli präsentierte, war eine größere Freude als alles andere. Ich hatte über die Jahre eine recht nette Sammlung angelegt, wäre damit aber nie ins Büro gegangen. Nun jedoch kleidete ich mich in nichts anderes mehr. Ich trug wegen des Gehstiefels stets Leggings, das war einfach am kompatibelsten. Darüber zog ich einen meiner rot- oder grünkarierten Faltenröcke und eben meine heiß geliebten Christmas Sweaters. Besonders die verrückten, die mir meine Mutter aus Amerika geschickt hatte, brachten Kristan jedes Mal dazu, seinen Kopf zu schütteln und dann so nett zu lächeln, dass ich ein ganz warmes Gefühl in der Brust bekam. Und natürlich hatte ich auch nichts gegen seine Komplimente und dass er mir versicherte, dass ich das absolut tragen könnte und darin sehr hübsch und festlich aussah.

Ich kannte ihn mittlerweile so gut, dass mir zudem immer mehr der Unterschied zwischen meinem Chef Kristan und dem Kristan, der mir später Gesellschaft leistete, auffiel. Wenn wir an der Arbeit saßen, war er fokussiert und ernst. Trotz aller Vertrautheit spürte ich in diesen Stunden, dass es nun um die Firma ging und wir sachlich und professionell die Arbeit anzugehen hatten. Und dennoch liebte ich es. Ich war glücklich, weil er bei mir war. Ich war voller Tatendrang und Schaffenswut, weil er irgendwann seinen Blick heben und mich mit diesen wunderschönen Augen ansehen würde. Dann würde er nachdenklich nicken und ich konnte in seinem Gesicht ablesen, dass ich ihn beeindruckt hatte, dass er gerne mit mir arbeitete.

Wenn wir dann irgendwann Feierabend machten und er sich auf dem Stuhl zurücklehnte, kurz reckte und dann entspannt die Beine von sich streckte, dann änderte sich die Stimmung. Als wäre es mit dem Zuklappen des Laptopdeckels verknüpft, wurde aus meinem Chef ein Freund. Dann plauderten wir eine Weile und jetzt wollte er nichts mehr von Tabellen hören. Er erkundigte sich nach meinem Onkel, danach, was wir für die kommende Zeit als Unterhaltung für das Heim planten. Er erzählte kleine lustige Begebenheiten aus dem Büro oder aus seinem Leben. Eine schöne Begegnung beim Einkaufen, ein erwähnenswertes Vorkommnis beim Tanken, er fand jeden Abend etwas, über das ich herzlich lachen konnte. Das war auch so etwas. Ich weiß nicht, wann ich zuletzt so viel gelacht hatte. Irgendwie war das Leben heiterer, wenn wir zusammen waren, und ich spürte eine Leichtigkeit, die mir früher manchmal gefehlt hatte. Ich wurde spontaner und mutiger – in meinem Rahmen, aber das war doch schon mal ein Anfang.

Nach wie vor kochten und aßen wir gemeinsam. Ich durfte mittlerweile mithelfen und auch wenn ich es genossen hatte, ihn beim Zubereiten der Speisen zu beobachten, war es noch besser, neben ihm zu stehen und mit anzupacken. Seine Wärme zu spüren, seinen Geruch einzuatmen. Gelegentlich im Eifer des Gefechts an ihn zu stoßen, für einen flüchtigen Moment seine Finger zu spüren, wenn ich ihm das Salz reichte oder er mir das Gemüsemesser.

Nach dem Essen hatten wir bislang einfach ein wenig weitergequatscht, aber diese Woche änderte sich das. Mein Fuß war zwar immer noch etwas geschwollen, aber die Schmerzen waren endgültig weg. Das führte dazu, dass mir das Festsitzen in der Wohnung immer mehr zu schaffen machte. Ich fühlte mich so lebendig, so großartig und voller Energie. Der Heilungsprozess verlief vorbildlich und ich hatte beschlossen, dass es jetzt an der Zeit war, ins wahre Leben zurückzukehren und kurze Spaziergänge zu wagen. Nicht zuletzt unser Besuch auf dem Weihnachtsmarkt hatte mir gezeigt, dass ich endlich hinauswollte, die echte Weihnachtsstimmung brauchte, die man nur draußen fand. Das hatte ich am Montagabend erwähnt und pflichtbewusst hinzugesetzt, dass ich dann auch wieder ins Büro kommen könnte, wenn es mit dem Gehen besser klappte.

Kristan wollte nach wie vor nichts davon hören.

»Du wirst auf diesem Ding nicht ins Büro humpeln. Wozu auch? Du kannst von hier aus arbeiten, du kommst an alle Daten, die du brauchst. Und du hast den zusätzlichen Vorteil, dass du ungestört vom normalen Bürobetrieb bist. Ich halte es für eine gute Idee, wenn du noch eine Weile dabeibleibst. Damit sind wir doch beide zufrieden, oder?«

Ich hatte genickt, auch wenn ich zwiegespalten war. Ich war sehr zufrieden mit den Abenden. Im Büro jedoch hätte ich ihn den ganzen Tag um mich gehabt. Nein, dachte ich dann. Um mich hieß nicht, dass wir uns auch wirklich sahen. So war die Zeit zwar begrenzt, dafür aber intensiv und ebenfalls ohne Störungen von anderen, die etwas Wichtiges mit ihm zu besprechen hatten.

»Die kurzen Spaziergänge werde ich dennoch anfangen. Das dient schließlich der Genesung, also kannst du sie mir nicht verbieten.«

»Ich will dir nichts verbieten, Fine.« Er hatte leise geseufzt und mich dann wieder mit diesem Blick bedacht, der bei Bluthochdruck sehr ungesund sein musste, weil er dann eventuell zu einem echten Überdruck geführt hätte. »Ich mache mir nur Sorgen. Ich will nicht, dass du dir irgendwelche Langzeitfolgen einhandelst. Ist das übergriffig?«

»Nein.«

»Ich weiß, dass du sehr wohl in der Lage bist, das selbst abzuschätzen. Vielleicht fühle ich mich deswegen so verantwortlich, weil es ein Arbeitsunfall war.« Er machte eine nachdenkliche kleine Pause. »Oder aber, weil ich dich mag und deshalb will, dass du auf dich aufpasst.«

Ich musste schlucken. »Das ist nett. Ich weiß das zu schätzen.«

*Uah! Ich weiß es zu schätzen, dass du mich magst!* Wie dämlich konnte man sein? Aber was, wenn er mich wirklich einfach nur mochte? Dann war es besser, nicht hinauszuposaunen, dass ich ihn ebenfalls mochte, und zwar sehr.

»Weißt du was? Wir könnten doch gemeinsam spazieren gehen. Dann kämst du aus der Wohnung und ich würde mir keine Sorgen machen, dass du es gleich übertreibst.«

Und so kam es, dass wir abends kleine Runden drehten. Wie ich es genoss! Er blieb stets dicht neben mir, obwohl ich mittlerweile ganz gut zurechtkam und recht tapfer mit der Orthese marschierte. Aber ich würde den Teufel tun und ihm das explizit sagen. Ich ließ es zu gerne geschehen, dass immer eine Hand hilfsbereit in der Nähe war, dass er mich stützte oder sich seine Finger ab und an besorgt auf meinen Rücken verirrten. Es war zwar kalt, aber trocken und ausnahmsweise hoffte ich, dass es so blieb. Klar, Schnee wäre jetzt das ultimative Dekorationsmaterial gewesen und hätte diese Spaziergänge zu einem echten Romantik-Highlight werden lassen, aber dann hätte Kristan mich bestimmt nicht hier draußen herumlaufen lassen. Oder überfrierender Regen! Mein aktueller Endgegner, der mich wieder an die Wohnung gefesselt hätte. Nein, dieses Jahr hoffte ich zur Abwechslung einmal nicht auf weiße Weihnachten und genoss die trockene kalte Luft in vollen Zügen.

Am Donnerstag, wir hatten gerade gegessen, bekam ich einen Anruf von Diana. Sofort meldete sich mein schlechtes Gewissen, weil heute ein Teamtreffen anstand und ich mir nicht einmal überlegt hatte, ob ich es irgendwie dorthin schaffen könnte. Dabei wusste ich doch, dass es noch einiges zu tun gab für das anstehende Weihnachtsfest.

Am Heiligen Abend waren in der Regel nicht alle Bewohner im Heim. Manche wurden von Angehörigen abgeholt und für einen Abend in den Kreis der Familie gebracht. Andere bekamen Besuch, aber das meist schon am späten Vormittag, damit der Heilige Abend anschließend in Ruhe zu Hause gefeiert werden konnte. Einige der Herrschaften waren allerdings auch an diesem Tag ganz alleine.

Wir wurden wie jedes Jahr am späten Nachmittag für alle, die teilnehmen wollten, eine Feier veranstalten. Das war zwischen Quentin und mir stets ein Grund für Diskussionen gewesen. Er hatte nichts dagegen, wenn ich mich regelmäßig zu Besuchen ins Heim aufmachte, aber dieser Abend, fand er, sollte uns gehören. An diesem Termin hatte er das Bedürfnis nach Nähe und Gemütlichkeit und da sollte ich dann neben ihm unter dem Baum sitzen und mich später in seinen Arm kuscheln, wenn er sich einen Film ansah.

»Das können wir doch hinterher tun«, hatte ich dagegengehalten. »Gerade an diesem Abend ist die Einsamkeit dieser Menschen besonders schlimm. Die Feier fängt früh an und endet auch früh, weil die alten Leute dann ins Bett wollen. Wir beide können hinterher feiern.«

»Ich wollte vorher schön mit dir essen.«

»Dann essen wir eben später schön zusammen.«

»Aber was? Wie willst du kochen, wenn du nicht da bist? Du weißt, dass ich das nicht kann.«

Tja, er wollte es nicht, das war der eigentliche Grund. Wir hatten uns nach zähen Verhandlungen darauf geeinigt, dass ich vorkochte und er das Essen warm machte. Es war nicht ganz das, was er wollte, das spürte ich. Aber da ich ausnahmsweise einmal nicht nachgab, ließ er sich darauf ein. Nun, dieses Jahr musste ich auf niemanden Rücksicht nehmen und brauchte auch kein schlechtes Gewissen zu haben, wenn die Feier dann doch eine halbe Stunde länger dauerte als geplant.

»Ich stör dich gar nicht lange, Fine. Ich wollte noch einmal hören, ob es mit diesem Weihnachtsmann klappt. Das hat sich ziemlich gut angehört und es wäre mal etwas Neues. Eine Überraschung, mit der keiner rechnet.« Diana klang nach wie vor begeistert von der Idee.

»Das klappt, ich habe bereits alles mit Klaus besprochen. Kann ich sonst noch was tun? Die Geschenke einpacken? Ich hätte Zeit, du müsstest sie mir nur vorbeibringen und wieder abholen.«

»Das ist nett. Ich komme eventuell auf dich zurück.«

»Tu das. Dann habe ich wenigstens das Gefühl, ein bisschen was zu machen.«

»Du kümmerst dich darum, wieder gesund zu werden. Bis bald, Fine. Wir sehen uns nächste Woche bei der Feier.«

Als wir an diesem Abend zu unserem Spaziergang aufbrachen, war es später als gewöhnlich. Die Luft war knackig kalt, am Himmel leuchteten Sterne. Wir drehten die übliche Runde durch die benachbarten Straßen und ich erzählte dabei von der geplanten Feier und den Vorbereitungen.

»Wie finanziert ihr die Geschenke?«

»Hauptsächlich durch Spenden. Diana ist Chefsekretärin in einem Pharmaunternehmen und die Firma spendet uns jedes Jahr einen festen Betrag. Ein bisschen was kriegen wir zudem durch die Kaffeenachmittage zusammen, da geben die meisten eine Art Unkostenbeteiligung. Es sind auch keine großen Geschenke, dafür reicht das Geld nicht. Aber darauf kommt es gar nicht an. Du solltest die Freude sehen, wenn sie etwas überreicht bekommen. Es ist der Gedanke, verstehst du? Die Geste, dass jemand daran gedacht hat.«

»Das verstehe ich sehr gut. Vielleicht sollte ich mal darüber nachdenken, euch ebenfalls etwas zu spenden. Wir haben bereits ein paar größere Kooperationen, aber es wäre schön, auch lokal tätig zu sein.«

»Das wäre toll. Du bist echt ein netter Kerl.« Ich strahlte zu ihm auf und als er zurücklächelte, da war ich einfach nur glücklich. Vielleicht hatten die Filme doch recht. Vielleicht gab es Weihnachtswunder und ganz vielleicht steckte ich sogar selbst mitten in einem.

# Kapitel 29

Und dann kam der Freitag. Ich stand zur üblichen Zeit ungeduldig an der Tür bereit, aber heute blieb die Klingel lange stumm. Als mein Chef endlich kam, wirkte er müder als sonst und sein Lächeln schien mir ein wenig gezwungen. Er winkte ab, als ich mich erkundigte, ob es ein harter Tag gewesen war, blieb allerdings nachdenklicher und ruhiger als gewohnt.

Als dann endlich die Laptops zugeklappt wurden und er sich wie immer streckte und kurz mit den Händen über seinen Nacken strich, wusste ich nicht so recht, was ich jetzt tun sollte. Ich war schon seit dem Moment, als er kam und ausnahmsweise keine Tüte bei sich hatte, in Habachtstellung. Irgendetwas war heute anders, und das gefiel mir gar nicht. Ich nahm all meinen Mut zusammen und tat so, als hätte ich nichts bemerkt.

»Wie sieht es aus? Hast du Hunger?«

»Ziemlich. Aber kaum Zeit zum Essen, fürchte ich.« Er räusperte sich, dann setzte er nach. »Ich habe noch einen Termin.«

Ich schluckte, ehe ich nickte und meine Lippen dazu zwang, sich zu einem Lächeln zu verziehen.

»Du hast auch nie Feierabend, was?«

»So ist es eben manchmal.«

»Ich könnte uns eine Kleinigkeit machen. Etwas Schnelles. Oder ist es ein Geschäftsessen? Ich weiß, es geht mich nichts an, aber …« Ich brach verlegen ab, ehe ich ins Betteln verfallen konnte.

Kristan musterte mich. »Weißt du was? Ein paar Minuten habe ich noch. Wie sieht es aus? Wir drehen eine schnelle Runde und nehmen uns unterwegs eine Kleinigkeit mit. Dann schlagen wir zwei Fliegen mit einer Klappe und du warst an der frischen Luft.«

»Ich kann auch alleine spazierengehen und mir selbst etwas zu essen machen.« Ich hatte plötzlich das Gefühl, lästig zu sein. Eine Verpflichtung zu sein, die man noch eben herunterspulen musste.

»Quatsch. Ein paar Schritte tun auch mir gut nach dem langen Tag. Ich werde nachher wieder sitzen. Los, zieh deinen Mantel an, dann machen wir uns auf den Weg.«

Das gedämpfte Gefühl verflog auch nicht, als wir durch die kalte Nachtluft spazierten. Kristan blieb schweigsamer als sonst und reagierte nicht mit dem gewohnten Lächeln auf mein Geplapper. Sein leiser Spott und seine Kommentare fehlten mir und eine Weile gingen wir still nebeneinander her. Selbst die Weihnachtsbeleuchtung in den Vorgärten und Fenstern schien plötzlich weniger zu funkeln. Eine ungewohnte Distanz hatte sich zwischen uns aufgetan, die ich mir nicht erklären konnte. Hatte ich etwas Falsches getan, etwas Dummes gesagt? Ich überlegte, fand aber keinen Hinweis. Gestern Abend war alles noch so schön gewesen. Ich hatte ihm auf dem Heimweg immer wieder versichert, wie toll es alle finden würden, wenn er sich wirklich entschließen könnte, uns zu sponsern, und dabei versucht, das Heim und seine Unterstützung in den Mittelpunkt zu rücken. Am Ende hatte ich es vielleicht ein wenig übertrieben, denn er hatte mir schließlich recht knapp beschieden, dass es jetzt genug sei mit dem Dank und er es verstanden habe. Ich hatte genickt und einfach nur aufgeatmet, dass er meine Begeisterung nicht als das erkannt hatte, was es wirklich war. Und ihm fröhlich nachgewunken, als er die Treppen hinabstieg. Wo zwischen diesen Stunden war plötzlich diese Distanz aufgetaucht?

Wir blieben an einem Imbiss stehen und ich nickte abwesend, als Kristan fragte, ob ich auch einen sogenannten Falafel-Döner probieren wollte.

»Eigentlich sind es Falafel, die in einen Yufka-Fladen eingewickelt werden. Es schmeckt super.«

»Bestimmt.«

»Alles klar?«

Ich nickte und lächelte, auch wenn es heute nicht so einfach war. Ich hatte immer mehr das Gefühl, dass er mir entglitt, dass die Vertrautheit der letzten Wochen verschwunden war. Dann bekamen wir unser Essen und gingen langsam weiter.

»Und? Wie findest du es?«

»Es schmeckt toll.« Das tat es bestimmt. Normalerweise hätten mich der leicht nussige Geschmack, die krosse Hülle und das weiche Innere der Kichererbsenkugeln begeistert. Heute kam es mir ein wenig schal vor.

»Ab und zu brauch ich das«, gestand Kristan und warf mir einen Seitenblick zu. »So wie du deine Plätzchen vermutlich.«

Ich lachte brav.

Er räusperte sich. »Fine, wegen nächster Woche …«

Ich horchte erschrocken auf. Nun kam es.

»Du musst ein paar Tage alleine weitermachen. Ich habe inzwischen jede Menge Arbeit auf dem Schreibtisch liegen, die wirklich drängt.«

»Oh«, entfuhr es mir, ehe ich mich räusperte. »Klar. Du hast natürlich auch anderes zu tun. Kein Problem. Ich kann schon mal vorarbeiten und ein paar Aufstellungen machen. Ich muss auch mal damit anfangen, einige Prüfungsszenarien schriftlich festzuhalten, das kann ich ebenfalls alleine tun.«

Jetzt war er es, der nickte. Das Essen in den Händen, spazierten wir weiter. Eine Stille hatte sich über uns gelegt, die sich kälter anfühlte als die Abendluft.

*Wie dumm von dir,* schalt ich mich selbst. *Er hat eine Firma zu leiten und kann seine Zeit nicht dauerhaft mit dir verbringen. Auch wenn es schön war, bist du nicht das Einzige, um das er sich kümmern muss. Und bestimmt hast du es auch schon längst überreizt.* Ich fühlte, wie sich mein Herz zusammenzog. Herrgott, ich hätte schon viel früher darauf bestehen sollen, dass ich mich alleine versorgen konnte, dass ich ihm die Tabellen per Mail schicken konnte. Dass ich, anstatt abends mit ihm durch die Straßen zu schlendern, lieber mittags einen kleinen Gang in den Supermarkt unternehmen sollte, um selbst einzukaufen. Ich hatte sein Mitgefühl überstrapaziert, nur weil ich ihn … Der Bissen, den ich eben halbherzig genommen hatte, blieb mir beinahe im Hals stecken. Und wenn er es bemerkt hatte? Wenn er merkte, dass ich mehr in ihm zu sehen begann als meinen Chef? Und das seine Art war, mir zu zeigen, dass er das eben nicht war, nie sein wollte? Lias Erzählung kam mir in den Sinn, wie es dieser Studentin damals ergangen war. Sie hatte ebenfalls den Fehler gemacht, sich in ihn zu verlieben, und er hatte sich zurückgezogen. Er war Gentleman genug, es nicht anzusprechen, unternahm aber die entsprechenden Schritte und baute Distanz auf.

Ich blinzelte, um bloß nicht loszuheulen. Jetzt nur nicht zu ihm aufsehen, sonst würde ich vermutlich vor Scham sterben. Stattdessen richtete ich meinen Blick auf ein Paar, das uns entgegenkam. Sie waren nicht viel älter als wir und mühten sich lachend mit einem Weihnachtsbaum ab. Der Mann trug den Stamm, sie die Spitze und so wuchtig, wie das Ding war, hatten sie einiges zu schleppen.

»Und ich sag noch, dieses Jahr nehmen wir einen kleineren«, keuchte der Mann eben.

»Aber den hier hätte sonst niemand gekauft. Mit seiner fehlenden Spitze und seinem krummen Stamm wäre der übrig geblieben.«

»Es bleiben immer welche übrig.«

»Aber der hier dachte sicher schon die ganze Zeit, dass er dazugehört. Dass ihn keiner will, weil er nicht perfekt ist.«

»Bäume denken nicht, Ina.« Der Mann klang nicht genervt, sondern amüsiert. Er blieb stehen und ließ seine Last zu Boden. Dann drückte er die Hände in den Rücken. »Ich brauche eine kurze Pause.«

Auch die Frau senkte den Baum ab. Sie lachte, dann ging sie die paar Schritte zu ihrem Mann.

»Du darfst so viele Pausen machen, wie du willst. Weil du mein Baumretter-Held bist.« Sie küsste ihn, just als wir an ihnen vorbeigingen.

»Und so stellst du sicher, dass du auch nächstes Jahr den hässlichsten Baum der Stadt retten kannst«, entgegnete der Mann und zog sie an sich, um noch mehr geküsst zu werden.

Ich spürte, wie mir nun doch Tränen in die Augen schossen. Plötzlich überkam mich ein nie gekannter Katzenjammer und ich hatte das Gefühl, dass mir gerade alles entglitt. All die dummen, heimlichen Träume von einem Leben mit diesem Mann, denen ich mit jedem Tag mehr nachgegeben hatte, verhöhnten mich jetzt. Die schöne kleine Welt, die ich mir in den letzten Wochen aufgebaut hatte, begann zu bröckeln und sich aufzulösen. Und das tat mehr weh, als ich erwartet hatte.

»Alles gut?« Kristans Hand legte sich auf meinen Rücken. »Hast du Schmerzen? War es zu anstrengend?«

Ich schüttelte den Kopf. »Es ist nur …« Ich holte tief Luft und nahm im erstbesten Gedanken Ausflucht, der mir in den Sinn kam. »Dieser Weihnachtsbaum. Ich habe noch keinen und ich werde mir auch keinen kaufen können. Nicht mit dem.« Ich war schwer versucht aufzustampfen, schaffte es aber, einfach nur kurz mit dem blöden Stiefel zu schlenkern. »Und ich weiß, dass das kein Grund zum Heulen ist, aber mir ist das nun mal wichtig.«

Kristan sah mich aufmerksam an und seine Hand strich einen kleinen beruhigenden Kreis auf meinem Rücken. Leider bewirkte es genau das Gegenteil. Ich sprach schnell weiter, ehe er nachfragen konnte, ob ein Weihnachtsbaum ein Grund war, sich aus dem Nichts so anzustellen.

»Klar, man kann sich einen bestellen. Ich hab es gegoogelt, man muss nur angeben, welche Baumart und wie groß er sein soll, und dann bekommt man den geliefert. Aber man kann ihn sich nicht aussuchen. Man bekommt einfach den nächstbesten, ganz lieblos. Und ein Baum muss doch passen! Ich meine, man spürt es doch, dass der Baum passt, oder? So wie bei den beiden eben.« Ich schniefte und wischte mir mit der behandschuhten Hand über die Wangen, auf denen sich die Tränen kalt ihren Weg bahnten.

»Fine. Was ist denn mit dir los?« Kristans Stimme klang jetzt besorgt.

»Ich weiß selbst, dass das immer noch kein Grund ist, sich so anzustellen. Immerhin habe ich dann einen Baum. Andere haben keinen, weil sie sich keinen leisten können. Oder weil sie kein Zuhause haben. Ich mache ein Theater wegen Dingen, die keine Sorgen sind, aber mir ist das eben wichtig. Und es macht mich traurig, dass ich es so wichtig finde, ob ich einen selbst ausgesuchten Baum habe oder nicht. Was sagt das denn über mich aus? Ich bin eine egoistische Person, die sich selbst zu wichtig nimmt! Und noch trauriger macht mich der Gedanke, dass andere gar keinen haben. Jedes Kind sollte einen Baum haben, oder? Jeder Mensch sollte jemanden haben, der mit ihm den geschmückten Baum bestaunt.« Jetzt begannen die Tränen endgültig, haltlos zu fließen. Und jetzt hatte ich es endlich gesagt. Den wahren Grund, weshalb mich diese kleine Szene so aus der Fassung gebracht hatte.

»Ach, Fine.« Kristan klang bestürzt.

Einen Moment spürte ich seinen forschenden Blick auf mir ruhen, dann zog er mich umstandslos an sich. Seine Arme waren tröstlich und gleichzeitig mein Untergang. Ich konnte es nicht mehr aufhalten, dass der ganze Jammer plötzlich in einer Tränenflut aus mir herausbrach.

Kristan ließ mir Zeit, strich nur stetig und beruhigend über meinen Rücken, bis die Tränen endlich weniger wurden.

»Sorry«, hickste ich schließlich leise. »Ich wollte dich nicht mit meinen Sorgen belästigen.«

»Das tust du nicht«, versicherte er.

»Klar tue ich das. Ich mache das schon viel zu lange. Es tut mir leid, ich wollte das wirklich nicht. Du warst einfach nur nett, und das hast du jetzt davon.« Ich versuchte ein schiefes Lächeln. »Jetzt hast du eine durchgedrehte, selbstsüchtige Frau am Hals, die sich wegen eines Weihnachtsbaumes so aufführt.«

»Du bist alles andere als selbstsüchtig. Du bist die warmherzigste Person, die ich kenne.«

»Und die verrückteste, gib es zu«, antwortete ich mit einem Schniefen.

»Nur ein wenig verrückt.« Jetzt lag ein leises Lächeln in seiner Stimme. »Zumindest, wenn es um Weihnachten geht.«

Ich gluckste, weil er sich endlich wieder so anhörte wie früher. Dann schluckte ich und bemühte mich, das Schniefen unter Kontrolle zu bringen. Ein unkontrolliertes Zucken durchlief mich, als der Anfall langsam abebbte, so als wolle mein Körper final noch einmal alles geben, ehe er sich endlich beruhigte.

Sein Griff lockerte sich ein wenig. »Geht es wieder?«

Ich nickte und fragte mich beschämt, wie ich ihm nach diesem Ausbruch in die Augen sehen sollte. Gleich würde er mich loslassen und dann musste ich irgendwie so tun, als wäre das okay.

»Klar. Tut mir leid, das war übertrieben. Ich bin in diesen Dingen einfach manchmal zu emotional. Vielleicht waren es in der letzten Zeit doch etwas zu viele Veränderungen und Pannen«, versuchte ich meinen Anfall tapfer herunterzuspielen. Es klappte nur bedingt, meine Stimme klang dünn und wackelig.

Anstatt loszulassen, drückte er mich noch einmal fest an seine Brust.

»Du wirst deinen Baum bekommen, versprochen. Morgen gehen wir los und kaufen den besten, den wir finden können. Das hast du dir verdient nach allem, was du durchgemacht hast.«

Ich spürte seinen Atem auf meiner Wange, dicht an meinem Ohr. Und dann, für einen winzigen Augenblick, seine Lippen, die mich so sachte streiften, dass ich mir nicht sicher war, ob es wirklich passierte. Ganz kurz schienen sie dicht am Haaransatz auf meiner Haut zu verharren, erstaunlich warm in dieser kalten Nacht, und dann waren sie schon wieder weg, bevor ich das Gefühl genießen konnte.

»Wirklich?« Ich hob überrascht den Kopf und schniefte leise.

»Wirklich«, versprach er und streifte mir mit dem Daumen die letzten Tränen vom Gesicht. Auch seine Hände waren erstaunlich warm.

»Du bist so nett, Kristan. Du solltest nicht so nett sein und so viel für mich tun. Du hast genug um die Ohren und ein eigenes Leben. Stattdessen musst du dich um eine verrückte Mitarbeiterin kümmern, die sich über solche Nichtigkeiten wie einen Weihnachtsbaum aufregt.«

»Das sind keine Nichtigkeiten. Und ich mache das gerne. Ich habe schließlich eine Sorgfaltspflicht.« Er zwinkerte, als er diesen Satz wiederholte, den ihm die Ärztin im Krankenhaus an den Kopf geworfen hatte und der sein Ziel nicht verfehlt hatte.

Ich schluckte und nickte und lächelte dann schwach.

»Danke«, sagte ich noch einmal leise.

»Nicht dafür«, gab Kristan zurück.

Dann öffneten sich seine Arme und ich trat einen Schritt zurück.

»Geht es wieder?«, erkundigte er sich erneut.

Ich nickte. »Tut mir leid. Ich weiß nicht, was da eben über mich gekommen ist.«

»Alles gut. Na los, es wird Zeit. Ich bringe dich nach Hause.«

# Kapitel 30

Kristan brachte mich wie versprochen nach Hause und bis an meine Haustür, wo er sich verabschiedete. Er nahm mich noch einmal in den Arm und drückte mich einen Moment an sich. Lippen spürte ich dieses Mal keine, so sehr ich mich auch bemühte und darauf hoffte.

Auf der einen Seite war ich froh, dass er schnellstens zu seinem Treffen musste, denn ich schämte mich für meinen Aussetzer. Er musste denken, dass ich sie nicht mehr alle beisammenhatte. Ich dachte das ja selbst. Das war nicht ich. Normalerweise war ich fröhlich und konnte mit kleinen Tiefpunkten umgehen. Ich fand sie nicht toll – wer tat das schon – aber ich stellte mich ihnen. Ich war weder eine Dramaqueen noch ein Mensch, der seine Gefühle auf der Zunge trug und sie jedem mitteilte, ob der das wollte oder nicht. Dass dieser Mann mich so fertigmachen konnte, war gar nicht gut.

Und trotzdem klammerte sich mein Herz an sein Versprechen, morgen wieder zu kommen. *Weil er keine andere Wahl hatte,* flüsterte eine leise Stimme in meinem Kopf. *Du musst das abstellen. Je schneller du ihn vergisst, desto besser.* Auch wenn Vergessen natürlich keine echte Option darstellte, wenn man sich jeden Tag im Büro traf. Aber genau aus diesem Grund musste ich mir alles aus dem Kopf schlagen, was ich mir heimlich erträumte. Und zwar schleunigst.

Als ich meinen Mantel aufhängte, warf ich einen Blick in den Spiegel und zuckte zusammen. Meine Nase war rot und meine Augen geschwollen. Mein bleiches Gesicht sah aus wie das eines verheulten kleinen Mädchens, mit großen Augen, die erschrocken und unsicher in die Welt blickten. Meine Haare waren zerzaust, weil ich mir die Mütze etwas zu hastig abgenommen hatte, und sogar meine Lippen schienen blasser als sonst. Wenn ich noch irgendwelche Hoffnungen gehabt hatte, dass ein Mann wie er sich in eine Frau wie mich verlieben könnte, dann musste ich jetzt der Wahrheit ins Gesicht sehen. Auch diese Gedanken waren nicht gut, denn auch sie entsprachen nicht meinem Wesen. Ich war keine Schönheit oder gar eine Femme fatale, aber dennoch eigentlich ganz zufrieden gewesen mit mir. Und jetzt mutierte ich immer mehr zu einer unsicheren Frau. Ich musste dem ein Ende setzen, und zwar besser gestern als heute.

Die folgerichtige Entscheidung wäre gewesen, den Weihnachtsbaumkauf abzusagen und mir einen ins Haus liefern zu lassen. Aber natürlich tat ich das nicht. Ich hielt mich trotzig an der Tatsache fest, dass ich vermutlich die erste Frau wäre, die in Liebesdingen rational entschied. Und außerdem wollte ich es nicht. Ich wollte mit ihm einen Baum kaufen und mir heimlich vorstellen, dass wir ihn dann gemeinsam betrachten würden, in einer Woche, wenn das Fest der Liebe endlich anstand. Ich wollte wissen, wie es sein könnte. Deshalb handelte ich mit mir selbst einen Deal aus: Heute durfte ich noch einmal genießen und dann würde ich wieder zur Vernunft kommen. Ab nächster Woche waren unsere gemeinsamen Abende ja sowieso zu Ende, das wäre also der ideale Zeitpunkt.

Als Kristan zur verabredeten Zeit auftauchte, war ich schon bereit. Ich musste einmal tief Luft holen, ehe ich mich an den Treppenabstieg machte. Seit ich mir eingestanden hatte, wie schlimm es mich erwischt hatte, wurde mir fast schlecht bei dem Gedanken, ihn zu sehen.

Und kribbelig. Und flau im Magen und leicht in der Brust. Es war ein fataler Cocktail, der mich flutete, und er sorgte dafür, dass ich ihm kaum in die Augen sehen konnte, als er mir auf halber Treppe entgegenkam. Und dafür, dass ich beinahe wieder auf einer Treppe stürzte, denn gleichzeitig wollte ich ihn sehen, hoffte auf ein Aufblitzen in seinen Augen, ein Lächeln, das diese winzigen Grübchen in seine Wangen zauberte, die man nur dann sah, wenn man ganz genau hinschaute. Ich fing seinen fragenden Blick auf, in dem wie immer diese fatale Spur von Interesse lag, dieses Forschen, ob alles gut wäre, und sofort wurde mir heiß und ich senkte schnell den Blick. Und mit all dem war ich so beschäftigt, dass ich beinahe wieder eine Stufe verfehlte.

Zum Glück war er schon auf meiner Höhe und seine Hand schnellte vor, um meinen Arm zu packen.

»Himmel, Fine. Ich habe doch gesagt, dass ich hochkomme.« Er klang fast wütend und automatisch hob ich den Blick.

»Ich wollte doch nur, dass wir schnellstmöglich loskommen. Es tut mir leid, ich hatte es vermutlich etwas zu eilig.«

»Mach das nicht wieder«, gab er zurück und nun war ein neuer Unterton zu hören. Erleichterung?

»Versprochen. Obwohl ich ja nicht für den Rest meines Lebens darauf warten kann, bis mich jemand eskortiert. Und eigentlich hatte ich das dreißig Jahre lang gut im Griff mit den Treppen. Ich weiß auch nicht, was in letzter Zeit los ist.«

Wie erhofft, zauberte das ein Lächeln in sein Gesicht. »Ich hoffe schwer, es liegt nicht an mir.«

Ich zuckte mit den Schultern und versuchte es mit einer Grimasse, die hoffentlich nichtssagend genug rüberkam. Wie gerne wäre ich eine dieser Frauen, die in solchen Situationen mit einem lässigen *Bilde dir bloß nicht zu viel ein* konterten. Oder eine von denen, die kokett die Augen niederschlugen, nur um ihm kurz darauf einen betörenden

Blick unter langen, dichten Wimpern zu schenken, während sie ein leises *Und wenn es so wäre?* raunen. Aber ich war keine diese Frauen und ein ehrliches *Natürlich, weil ich dusselige Kuh mich in dich verliebt habe!* würde vermutlich zum sofortigen Abbruch dieses Unternehmens führen. Also hielt ich die Klappe und genoss es, dass er mir ritterlich das Geleit gab und zur Sicherheit wieder seine Hand auf meinem Arm platzierte, als wir die restlichen Stufen in Angriff nahmen.

»Ich habe mir sagen lassen, dass es die schönsten Bäume draußen vor der Stadt gibt. Da ist ein großer Verkauf eines regionalen Anbieters«, unterrichtete mich Kristan, als wir kurz darauf losfuhren. Auch diesen Zug liebte ich an ihm. Er war nie lange sauer und es gelang ihm immer, eine gelöste Stimmung zu schaffen. Dankbar ging ich auf seinen unverbindlichen Ton ein.

»Du hast es dir sagen lassen? Hast du noch nie einen Baum gekauft?«

Er lächelte zerknirscht. »Ich fürchte, nicht. Ich bin an Weihnachten bei meinen Eltern. Und den Baum für die Firma besorgt Klaus jedes Jahr.«

»Wir haben einen Baum im Büro und ich habe ihn noch nicht gesehen«, sagte ich mit einem Kopfschütteln. Zwar war die andere Information spannender, aber darauf wollte ich nicht eingehen. Und einfach mal *Das gibt es ja nicht, du bist Mitte dreißig und hast noch nie einen Baum gekauft!* zu kreischen, erschien mir auch nicht so passend. Er hatte doch eine Freundin gehabt. Wollte die keinen haben?

»Früher hatten wir mal einen unechten. Aber den«, er seufzte leise, »hat Cindy beim Auszug mitgenommen.«

»Du hattest einen künstlichen Baum?« Jetzt war mir die Ungläubigkeit doch anzuhören.

»Der sah wirklich gut aus. Und es war praktisch. Man konnte ihn einfach aus dem Keller holen und fertig.«

»Aber Weihnachten soll nicht praktisch sein.«

Er lachte leise. »Das lerne ich gerade. Und um ganz ehrlich zu sein: Ich fand das auch nicht so toll. Aber Cindy war in diesen Dingen etwas anders als du.«

Vermutlich nicht nur in diesen. Ich stellte mir augenblicklich eine wahnsinnig schöne, selbstbewusste Frau vor, die mal eben einen großen Plastikbaum aufklappte, ehe sie sich ihm zuwandte und ihm ins Ohr flüsterte, wie praktisch das doch wäre und dass man die eingesparte Zeit nun besser nutzen konnte.

»Am liebsten hätte sie gar keinen gehabt und wäre in Urlaub gefahren. Aber das ist natürlich nicht drin. Du weißt, was am Jahresende in einer Firma los ist.«

Ich nickte stumm. Diese Cindy klang so ganz anders als ich. Und dass er auf diese Art Frauen stand, beruhigte mich gerade keineswegs.

»Ah, wir sind da.« Kristan setzte den Blinker und ich schob den Gedanken an seine Ex-Freundin zur Seite. Immerhin war sie mit ihrem dummen Plastikbaum jetzt genau das: seine Ex.

# Kapitel 31

»Ich glaube, der hier ist es!« Ich strahlte einen Tannenbaum an, den wir eben ganz hinten entdeckt hatten.

»Bist du sicher, dass wir nicht erst noch eine Runde gehen sollten?« Der leise Sarkasmus war nicht zu überhören.

Ich verzog den Mund zu einer frechen Grimasse. »Nein. Ich denke, ich habe jetzt wirklich alle gesehen.«

»Das denke ich auch«, brummte Kristan. Nun klang er amüsiert und ich stupste ihn frech in die Seite.

Der Nachmittag hatte sich bestens entwickelt. Wer auch immer Kristan diesen Tipp gegeben hatte, der kannte sich wirklich aus. Auf einer weitläufigen Fläche standen die allerschönsten Bäume der Welt. Sie waren nicht bereits in Netze verpackt wie im Supermarkt, sondern präsentierten sich ausladend und in aller Pracht. Das Gelände war mit Lichterketten geschmückt und ich atmete glücklich ein, als wir es betraten. Eine der schönsten Unternehmungen der Adventszeit ist definitiv der Kauf des Weihnachtsbaumes. Die Vorfreude auf die kommenden Tage wurde so groß, dass das Herz beinahe zu bersten drohte. Der Duft nach Tannenzweigen und Harz, die fröhlichen Gesichter, die leise Musik, die aus einer kleinen Glühweinhütte drang, all das machte dieses Ereignis zu einem ganz besonderen. Ich vergaß alles andere und begann, mich sorgsam umzusehen. Es war wirklich nicht einfach, denn nahezu alle Bäume waren prächtig. Ich knabberte mehr als einmal nachdenklich auf meiner Unterlippe, während ich um einen herumhumpelte, um ihn von allen Seiten zu betrachten. Neben uns suchten Familien bei den größeren Exemplaren nach dem richtigen Gewächs, Paare schlenderten Arm in Arm und hielten Ausschau und alle waren entspannt und fröhlich. Auch ich. Es war so leicht, in Kristans Gesellschaft glücklich zu sein, und viel zu verlockend, den gestrigen Abend einfach auszublenden und so zu tun, als wäre er nur ein schlimmer Traum gewesen. Es musste ein Traum gewesen sein, denn dieser Kristan war wie früher. Nicht distanziert, nicht kühl, nicht nachdenklich. Ich konzentrierte mich wieder auf meine Aufgabe und nahm den nächsten Baum in Augenschein. Hier gab es so viel Auswahl, dass es wirklich kniffelig war, den Richtigen zu finden. Kristan nickte geduldig, wenn ich einen in die engere Wahl nahm, und wanderte dann mit mir zum nächsten. Ich plapperte glücklich über gleichmäßige Äste und satte, duftende Nadeln. Und dann fand ich ihn. Ganz hinten stand er, hatte genau die richtige Größe für meine kleine Dachgeschosswohnung und dicke grüne Nadeln. Er war nicht zu buschig, aber gleichmäßig dicht mit Astreihen besetzt. Er sah in seiner dreieckigen Form fast aus wie gemalt. Und er hatte zwei Spitzen. Für die meisten war das ein No-Go, weil man darum keinen Stern aufsetzen konnte. Aber ich hatte sowieso keinen Stern und zudem war ich gerade ein wenig übermütig

»Das ist er. Mein Baum«, erklärte ich und breitete die Hände aus.

»Der hat zwei Spitzen«, informierte mich Kristan.

»Ich weiß. Toll, oder? So was bekommst du nicht aus Plastik.«

»Puh, das hat dich echt verstört, was?«

»Ich kann es einfach nicht verstehen. Und komm mir jetzt bloß nicht mit Nachhaltigkeit. So hat sich das nämlich nicht angehört.«

»Schuldig.« Er klang resigniert. »Es war eben gerade in Mode, sich so etwas zuzulegen. So wie ein paar Monate zuvor ein süßer kleiner Hund der letzte Schrei war.«

»Und? Wer hat den bei der Trennung bekommen?« Ich klang ein wenig schnippisch.

»Niemand. Ich habe mich dagegen gewehrt, einen Hund anzuschaffen. Ich bin zu viel im Büro und Cindy war ständig auf Achse. Es wäre absolut unfair, sich in dieser Situation ein Tier ins Haus zu holen. Deshalb habe ich am Ende den Weihnachtsbaum abgenickt.«

Ich schüttelte den Kopf und schluckte die Worte hinab, die mir auf der Zunge lagen. Ich würde nicht fragen, wie er sich in so eine Frau verlieben konnte. Für mich klang sie nämlich ein wenig oberflächlich. Aber bestimmt hatte er einen Grund gehabt, der mich nichts anging. Und den ich auch nicht wissen wollte. Lieber blieb sie für mich die triviale Schönheit, die ihn mit ihren körperlichen Reizen eingefangen hatte. Dann könnte ich mir außerdem einreden, dass er auf diesen Typ Frau stand und deshalb überhaupt nichts für mich war.

Aus diesem Grund murmelte ich nur: »Verstehe. Kluger Schachzug« und ignorierte seine Augenbrauen, die zeigten, dass er etwas anderes erwartet hatte. Dann sah ich wieder zu meinem Baum, umrundete ihn mit dem Zeigefinger auf dem Mund und professionellem Blick ein letztes Mal und blieb endlich stehen, die Hände in die Hüften gestemmt.

»Ich bin mir absolut sicher: Das ist er.«

Kristan musterte mich mit einem amüsierten Lächeln. Dann nickte er.

»Du hast recht. Das ist der perfekte Baum.«

Richtig vollkommen wäre dieser Nachmittag gewesen, wenn wir den Baum anschließend gemeinsam nach Hause getragen hätten. Leichter Schneefall würde einsetzen und wir würden lachen und die Tanne wäre nicht schwerer als eine Einkaufstüte. Allerdings wollte Kristan rein gar nichts davon wissen, dass ich beim Tragen half. Und nach dem blöden Vorfall vorher auf der Treppe konnte ich seinem vielsagenden Blick auf meine Gehhilfe nicht viel entgegensetzen. Außerdem war das Bäumchen nicht besonders groß und er behauptete zu Recht, dass er das alleine schaffen würde. Und drittens mussten wir ja nur bis zum Auto. Trotzdem war es toll, mit ihm den Baum zum Verkäufer zu schleppen, dort ein wenig zu plaudern und sich ein frohes Weihnachtsfest wünschen zu lassen. Als mein Chef die nun im Netz steckende Tanne schulterte und losmarschierte, packte ich einfach heimlich den hinteren Zipfel und hielt mich daran fest. So hatte ich wenigstens das Gefühl, ein bisschen mitzuhelfen. Und als Kristan sich nach mir umdrehte und sah, was ich tat, lachte er so nett, dass ich wieder einmal alle guten Vorsätze vergaß und mich der Illusion hingeben konnte, dass dies der Auftakt zu meinem persönlichen Märchen war.

Als hätte all das nicht bereits genügt, um mich noch mehr in den Schlamassel zu verstricken, trug Kristan den Baum in meine Wohnung. Damit hatte ich natürlich gerechnet – er ließ mich ja nicht einmal alleine die Treppe hinuntergehen, da würde er mir heute bestimmt nicht die Tanne in die Hand drücken und mir viel Glück wünschen.

Oben angekommen, schälte er sich aus dem Mantel und sah sich fragend um.

»Wo ist der Baumständer?«

»Noch in der Kiste.« Ich deutete auf den letzten Umzugskarton. Darin waren meine Christbaumkugeln und eben der Ständer. Diese Kiste würde das Jahr über im Keller gelagert werden und ich hatte beschlossen, dass wir sie einfach stehen ließen, bis ich meinen Baum geschmückt hatte. Wäre ja blöd gewesen, sie wegen zwei Wochen hinabzutragen und dann wieder hochzuholen.

Kristan hatte sie bereits geöffnet und den Ständer herausgezogen. Nun sah er mich fragend an.

»Wo soll er stehen?«

Ich zeigte, ohne zu zögern, auf die Ecke neben dem Sofa. Ich hatte mir natürlich schon hinreichend Gedanken gemacht und den besten Ort bestimmt.

»Aber das schaffe ich dann schon«, sagte ich, weil ich das Gefühl hatte, es sagen zu müssen.

Er lachte nur kopfschüttelnd und machte sich daran, die Tanne am gewünschten Ort aufzustellen. Ich überlegte kurz, dann startete ich einmal mehr die Weihnachtsplaylist. Die gehörte nun mal unbedingt dazu, wenn der Baum aufgestellt wurde. Schließlich war das ein ganz besonderer Moment, den man nicht jeden Tag erlebte, und auch wenn es nur ein paar Minuten dauerte, wollte ich nicht darauf verzichten. Dann holte ich eine Schere, um mein Bäumchen von seiner Hülle zu befreien, und freute mich, als die Zweige sich wieder auffächerten und ihr Duft den Raum erfüllte. Ich trat ein paar Schritte zurück und betrachtete ihn prüfend.

»Wunderschön«, sagte ich zufrieden.

»Noch nicht ganz. Wartest du mit dem Schmücken bis zum Heiligen Abend?«

»Nein. Das wäre doch zu schade.«

»Dann gehen wir es an?«

Ich versuchte, die spontan aufkommende Freude nicht zu zeigen. »Das schaffe ich schon alleine. Du hast bereits genug geholfen.«

»Kein Problem. Aber wenn du es lieber alleine und ungestört machen möchtest …«

Ich schüttelte schneller den Kopf, als ich denken konnte. »Nein. Ich will nur nicht, dass du dich verpflichtet fühlst. Und Kugeln aufhängen ist bestimmt gefahrlos, sogar für mich.«

»Berühmte letzte Worte.« Er grinste frech. »Die meisten Unfälle passieren nachweislich im Haushalt. Von daher sollte ich vielleicht doch mithelfen. Schließlich wollen wir keinen neuerlichen Ausfall riskieren.«

Ich nickte glücklich. »Stimmt. Das wollen wir natürlich nicht.«

Noch nie hatte mir das Schmücken des Baumes so viel Spaß gemacht. Kristan neckte mich, weil ich entgegen seiner Erwartung keine echten Kerzen hatte.

»Im Ernst, eine Lichterkette? Ich hatte Bienenwachs und diese kleinen Klemmhalter erwartet.«

»Echte Kerzen sind schon toll. Aber mein Baum soll die ganze Zeit strahlen. Und da sind Kerzen einfach zu gefährlich und auch zu aufwendig.«

Ich wickelte die Lichterkette auf und besah mir noch einmal den Baum. Die Kette war für einen größeren gekauft worden, aber das sollte kein Problem sein. Je mehr Lichter, desto besser, das war in dieser Jahreszeit schon immer meine Devise gewesen.

Kristan schlug vor, die Kette einzustecken, ehe wir sie drapierten.

»So sieht man die Verteilung besser. Ich werde sie befestigen, du gibst die Kommandos, wo es noch Lücken hat.«

Ich gab nicht nur Kommandos, ich passte auch auf, dass sich die Kette nicht verhedderte. Das gab mir zudem die Möglichkeit, ihm näher zu sein und immer wieder meinen Arm zu heben, unter dem er dann mit seinem Teil der Kette hindurchschlüpfte, wenn er eine Umrundung hinter sich hatte. Als wir damit fertig waren, traten wir Seite an Seite zurück und besahen uns das Ergebnis. Der Baum funkelte so schön und prächtig wie noch nie. Kristan hatte die Kette teilweise tief in den Ästen festgemacht, was ganz besonders magisch und zauberhaft wirkte und zudem genügend Platz für die restliche Dekoration ließ. An die wir uns jetzt machten.

Ich hängte jedes Teil mit äußerster Bedachtsamkeit auf – einerseits, um es so richtig zu genießen, aber auch, um die

Zeit so lang wie möglich auszukosten. Als die Schachtel dann endgültig leer war und es wirklich nichts mehr gab, was man noch dekorieren konnte, trat ich wieder zurück und besah mir unser Werk. Mein Chef trat neben mich, so nahe, dass sich unsere Schultern beinahe berührten. Ich musste mich schwer zurückhalten, mich nicht einfach an ihn zu lehnen. In diesem Moment fühlte es sich perfekt an und wenn es den einen Augenblick gegeben hätte, den man für immer einfror, dann wäre es genau dieser.

# KAPITEL 32

Das Ding mit diesen einzigartigen Momenten ist natürlich, dass man sie eben nicht einfrieren konnte. Aber man konnte versuchen, sie so lange wie möglich auszudehnen. Und ich fand, nach all seiner Hilfe war es legitim, dass ich nun einen Kaffee anbot. Das war schließlich einfach nur höflich und gar kein Zeichen dafür, dass ich ihn noch nicht gehen lassen wollte. Auch wenn ich mir damit wieder einmal selbst ein Bein stellte. Als wir mit unseren Tassen am Tisch saßen, beschallt von leisen Weihnachtspopsongs, vor uns einen Teller mit Weihnachtsplätzchen, und auf den prächtig geschmückten Baum sahen, da war es wieder da, dieses Gefühl. Dieser brennende Wunsch, dass dies hier mein echtes Leben sein sollte. Dass wir aus anderen Gründen gemeinsam vor dieser Tanne sitzen sollten. Dass dieser Kerl der Mann sein könnte, der mein Leben komplett und glitzernd machte, jeden Tag im Jahr.

»Ich weiß, dass sich das schräg anhört, aber ich bin beinahe froh, dass du diesen Unfall hattest«, sagte der Kerl mit Glitzerpotenzial genau in diesem Moment.

»Okay. Gerne geschehen«, gab ich zurück. »Und weshalb? Weil du sonst zu viel Freizeit hättest?«

Er lachte leise. »In den letzten Jahren ist die Vorweihnachtszeit irgendwie an mir vorbeigegangen. Klar, wenn man abends auf dem Heimweg ist, dann leuchten da all die Sterne, aber selbst das habe ich nur am Rande wahrgenommen. Dieses Jahr jedoch war es anders. Durch dich habe ich das alles sehr viel bewusster erlebt.«

»Weil du keine andere Wahl hattest?«

»Hm, ich hätte sie gehabt, oder? Aber es tut mir gut, diese kleinen Auszeiten zu haben. Ich neige nun mal dazu, viel zu arbeiten, und weil ich es gerne tue, merke ich oft gar nicht, dass ich dabei vieles verpasse.« Er sah sich nachdenklich im Raum um. Sein Blick blieb auf dem Baum hängen, als er weitersprach.

»Bisher war die Vorweihnachtszeit einfach die Phase, in der zwischen Jahresabschluss und überfälliger To-do-Liste auch irgendwo die Weihnachtsfeier eingeschoben werden musste. Nicht, dass ich diese Veranstaltung nicht mag, im Gegenteil. Aber es war wie ein Ausflug in eine andere Welt, ein kurzer Abstecher, von dem ich schnell zum Alltag zurückkehrte. Bis dann am vierundzwanzigsten plötzlich Weihnachten war.«

»Und dieses Jahr musstest du auch noch mich zwischen den Abschluss und die To-do-Liste packen.«

»Nein.« Er löste den Blick vom Baum und neigte sich ein wenig vor. Sein Blick suchte meine Augen und fixierte sie mit einem nachdenklichen Ausdruck. »Ich musste gar nichts. Ich wollte es, weil es richtig war. Weil es sich richtig angefühlt hat. Und weil es eine schöne Zeit war. Eine ganz besondere Vorweihnachtszeit, an die ich immer zurückdenken werde, weil sie schön und einmalig gewesen ist.«

»Das war sie«, gab ich ihm mit seltsam belegter Stimme recht. Mein Kopf hatte sich nämlich sofort auf das Wörtchen *war* gestürzt und machte umgehend einen gewaltigen Radau. *Vergangenheitsform,* flüsterte er. *Noch Fragen?* Ich schüttelte innerlich den Kopf. *Eine einmalige Zeit,* machte mein Gehirn unerbittlich weiter. *Das bedeutet, dass es nicht wieder vorkommen wird, also hör endlich auf zu träumen. Wie oft muss er dir in seiner sensiblen Art noch sagen, dass du für ihn einfach ein weiteres Hilfsprojekt warst?*

*Ja, schon kapiert,* zischte ich in Gedanken zurück und wappnete mich. Es war an der Zeit, ihm zu signalisieren, dass die Botschaft angekommen war.

»Und dennoch ist es gut, wenn das jetzt ein Ende hat. Dieses Herumsitzen ist nichts für mich. Ich freue mich, wenn ich wieder ins Büro kann und die Kollegen sehe. Wenn ich endlich wieder machen kann, wie ich will. Oh, und natürlich Onkel Josef wieder regelmäßig sehe. Im Ernst, mit ihm zu telefonieren ist kein Spaß.« Ich lachte ein wenig zu laut.

»Natürlich. Das kann ich verstehen. Du musst es so langsam satthaben.«

»Ziemlich. Obwohl du es erträglich gemacht hast.« Ich musste mich beherrschen, um mir nicht auf die Unterlippe zu beißen. Wie gerne hätte ich einfach gestanden, dass das die Untertreibung des Jahres war, aber mal im Ernst, ich musste und wollte mit diesem Mann noch lange zusammenarbeiten. Wenn ich mir Filme ansah, dann dachte ich an dieser Stelle oft, dass die Heldin jetzt mal ein wenig Courage zeigen sollte. Nun aber erkannte ich, weshalb sie das nie tat. Wer würde das denn in meiner Situation tun? Seinem Chef, der einfach nur hilfsbereit war, gestehen, dass man sich prompt in ihn verliebt hatte? Im Film war das anders, da konnte man auf die Uhr sehen, abschätzen, wie viel Zeit noch blieb, und dann entspannt sagen, dass man sich doch jetzt mal trauen sollte. Und selbst wenn die Heldin das nicht tat, konnte man locker bleiben, weil es eben ein Liebesfilm war und sich alles rechtzeitig fügen würde. Und das war der Unterschied zu meinem Leben. Ich war keine Schauspielerin in einem romantischen Skript, sondern einfach nur Fine.

Wenn ich noch einen Beweis gebraucht hätte, dann kam der auch prompt.

»Dann bin ich aber froh«, meinte Kristan mit einem schiefen kleinen Lächeln. »Ich bin dir auf alle Fälle sehr dankbar. Für die Einführung in die Kunst, den Advent richtig zu zelebrieren«, er verzog kurz den Mund. »Und dafür, dass du trotz Krankschreibung gearbeitet hast. Das ist nicht selbstverständlich, und das weiß ich zu schätzen. Wir sind also quitt.« Er stand auf.

Auch ich erhob mich. Das hatte ich nun davon. Der schöne Nachmittag war jäh zu Ende gegangen.

»Und jetzt werde ich mich verabschieden«, sagte er überflüssigerweise. »Und dir dein verdientes Wochenende lassen. Hast du etwas vor?«

Ich zuckte die Achseln. »Ich werde vielleicht einen Besuch bei Onkel Josef machen. Das darf ich doch, oder? Auch wenn ich noch im Homeoffice bin?«

»Natürlich. Wirst du zurechtkommen?«

Ich nickte schnell. »Ich denke schon. Du hast ja heute gesehen, dass ich mittlerweile richtig fix unterwegs bin.«

»Zu fix manchmal.«

»Ich verspreche, dass ich auf der Treppe extra gut aufpasse.«

Er nickte. »Mach das. Danke für den Kaffee.«

»Oh, ich habe zu danken.« Ich wies zum Baum und einen Moment betrachteten wir ihn beide stumm.

»Dafür nicht. Es war ein schöner Tag. Vielleicht sollte ich mir auch einen zulegen.«

»Unbedingt.«

»Tja, dann …« Er räusperte sich und lächelte zögernd. »Bis spätestens nach den Feiertagen, wenn du wieder auf den Beinen und zurück im Büro bist.«

»Bis nach den Feiertagen«, wiederholte ich tapfer.

»Auch wenn wir vorher vermutlich noch einmal telefonieren werden.«

»Klar. Kein Problem, solange du dich an die Bürozeiten hältst«, versuchte ich einen Scherz.

Sein Lächeln zeigte, dass er nicht gezündet hatte. Wie auch, ich fand ihn ja selbst erbärmlich. So erbärmlich wie mich in meinem Versuch, cool zu sein und so zu tun, als wäre das alles toll. Entschlossen humpelte ich los in Richtung Tür. Es konnte nur noch schlimmer werden und ich musste ihn vor allem aus der Wohnung haben, ehe meine

Maske brach. Er machte sich mit einer kleinen Verzögerung ebenfalls auf den Weg und ich öffnete zuvorkommend die Tür.

»Danke noch mal und ein schönes Wochenende.« Ich lächelte tapfer, auch wenn es nicht von Herzen kam.

»Ebenfalls.« Er zögerte kurz. »Und falls du merkst, dass es doch noch nicht so gut geht, dann melde dich, ja? Ich kann dich fahren, solange du dich mit dem abmühst.« Sein Blick huschte wie so oft zu meinem Fuß.

Ich nickte. »Danke. Du bist der beste Chef, den man sich wünschen kann.«

»Dabei wollte ich das nie sein.«

Ich sah ihn überrascht an und spürte, wie mein Herz einen hoffnungsvollen Satz machte.

»Nun ja, der Chef.« Er verdrehte die Augen. »Ich finde, wir sind mehr. Wir sind Kollegen. Und wir sind Freunde geworden, oder nicht?« Der letzte Satz klang leise und fragend.

Ich nickte wieder und die Hoffnung verschwand so schnell, wie sie gekommen war. Wenn ich noch einen Beweis gebraucht hätte, dann das. Welche Frau wollte denn hören, dass man *Freunde geworden war*, wenn das Herz schon beim bloßen Gedanken an diesen Mann aussetzte? Nein, das war bestimmt nicht das, was *ich* wollte. Freunde zu sein war ein sehr schaler Ersatz für das, was mein Herz so heiß begehrte.

»Ja, das sind wir«, sagte ich trotzdem, weil mir nichts anderes übrig blieb.

Kristan machte einen Schritt auf mich zu und öffnete seine Arme. Automatisch ging ich ihm entgegen.

»Danke, Fine. Pass auf dich auf, ja?«

Dieses Mal war sein Mund nicht so nah an meinem Ohr wie gestern und seine Lippen schienen kilometerweit weg. Und trotzdem war es wunderschön, von seinen Armen gehalten zu werden, seinen unverwechselbaren Geruch einzuatmen, seine Wärme zu spüren.

Dann ließ er mich los und seine Hände verschwanden in den Hosentaschen. Er lächelte ein letztes Mal, drehte sich ab und spurtete die Treppen hinunter, als könne er nicht schnell genug von hier verschwinden.

Plötzlich war meine ganze Weihnachtsstimmung weg. Wie naiv ich doch gewesen war, mich selbst in einer kitschigen Weihnachtsgeschichte zu sehen, mit garantiertem Happy End und Glück bis an das Ende unserer Tage. Stattdessen hatte ich jetzt den Salat. Nicht zum ersten Mal wünschte ich mir, dass ich damals mit meiner Erkältung daheim geblieben wäre, wie man mir das anriet. Was hätte ich mir alles erspart! Vor allem diese Einsamkeit, die ich zuvor nicht gekannt hatte. Als ich hierhergezogen war, war ich ebenfalls alleine gewesen, aber ich hatte mich nie so verloren gefühlt. Es war weit schlimmer, als ich befürchtet hatte. Jede Ecke dieser Wohnung erinnerte mich an ihn und wenn ich meinen Weihnachtsbaum ansah, dann musste ich mir auf die Lippen beißen, um nicht einfach loszuheulen. *Bis nach den Feiertagen,* hörte ich ihn noch einmal sagen und spürte die ersten Tränen auf meiner Wange. Ich hatte den schönsten Advent meines Lebens gehabt und jetzt steuerte ich auf das schlimmste und einsamste Weihnachtsfest ever zu.

# Kapitel 33

»Mein Mädchen! Bist du ganz alleine hier?«

Ich hob kurz die Augenbrauen, ehe ich meinem Onkel einen Kuss auf seine Pergamentwange gab.

»War ich das nicht immer?«

Er deutete auf meinen Fuß. »Du bist immer noch nicht gesund.«

»Och, so langsam habe ich das im Griff. Es tut überhaupt nicht mehr weh. Und ich habe mir heute den Bus gegönnt. Aber nun erzähl. Wie geht es dir? Was gibt es hier Neues?«

Ich schnappte mir einen Stuhl und sah Onkel Josef aufmunternd an. Der ließ sich auch nicht lange bitten und begann zu erzählen. Ich gratulierte mir insgeheim dazu, wie schlau ich vom Thema abgelenkt hatte. Zu früh, leider, denn mein Onkel wollte mich nur für eine Weile in Sicherheit wiegen. Als wir in den Aufenthaltsraum umgezogen waren und ich uns eine Tasse Kaffee organisiert hatte, holte ich eine Dose mit meinen Weihnachtsplätzchen aus der Tasche und stellte sie auf den Tisch.

»Die habe ich vermisst!« Mein Onkel griff sich ein Plätzchen und machte ein zufriedenes Geräusch, als er den ersten Bissen genommen hatte. »Lecker. Hast du die gebacken?«

»Natürlich.«

»Was du alles machst mit diesem Fuß. Ob das gut ist?«

»Ich bin ein großes Mädchen. Ich weiß schon, was ich tun kann und was nicht.«

Er nickte bedächtig. »Aber weißt du auch, was gut für dich ist und was nicht?«

Ich lachte. »Ist das nicht dasselbe?«

Er wiegte seinen Kopf. »Nein.«

»Plätzchen zu backen war auf alle Fälle gut für mich.« Ich dachte an den Nachmittag zurück, als ich diese Zimtsterne gemacht hatte, die sich mein Onkel jetzt einverleibte. Als *wir* sie gemacht hatten. Wie glücklich ich gewesen war und wie Kristans bloße Gegenwart aus dieser Aktion ein unvergessliches Erlebnis gemacht hatte. Nicht gut! Ich war doch hier, um das zu vergessen. Ich hatte mich aus ebendiesem Grund heute auf den Weg gemacht, weil ich daheim verrückt wurde und dringend Ablenkung brauchte.

»Du kennst mich doch! Weihnachten ist meine Zeit! Ich habe es so bedauert, dass ich hier so vieles verpasst habe. Das Schmücken zum Beispiel! Haben sie das Heim dieses Jahr nicht besonders schön dekoriert?« Ich sah mich nachdrücklich im Raum um.

»Doch, das haben sie. Wir sind gesegnet, dass wir euch haben. Dieses Glück haben nicht viele.«

»Leider. Dabei ist es doch eigentlich so wenig. Einfach ein bisschen Zeit.«

»Und das ist das Problem. Wer hat heutzutage noch Zeit?«

Er wurde einen Moment nachdenklich und ich wusste, dass er jetzt an seine eigenen Kinder dachte, die das auch nie hatten. Um in Urlaub zu fahren schon oder um jedes neue Restaurant umgehend zu testen, aber nicht, um ab und an ihren Vater zu besuchen. Dann mogelte sich wieder Kristan in meine Gedanken, der in den letzten Wochen sehr viel Zeit für mich gehabt hatte. Plötzlich verstand ich meinen Onkel noch besser, seinen Schmerz darüber, dass diese Zeiten vorbei waren, dass man irgendwann alleine zurückblieb. Ich legte meine Hand auf seine und drückte sie.

»Du bist ein gutes Mädchen, Fine. Ich bin sehr froh, dich zu haben.«

»Und ich erst.« Ich drückte noch einmal, ehe ich seine Finger freigab. »Du bist der beste Onkel Josef der Welt.«

Um wieder in fröhlicheres Fahrwasser zu geraten, erzählte ich meinem Onkel, was wir für die Weihnachtsfeier ausgeheckt hatten.

»Und wir haben eine Überraschung geplant.«

»Und was?«

Ich lachte. »Das sage ich nicht, sonst ist es ja keine Überraschung mehr. Aber es wird dir gefallen.«

»Ist es der nette junge Mann, der letztes Mal mit dir hier war?«

»Was? Nein.«

»Hm, schade. Ich hatte gehofft, ihn noch einmal zu sehen. Oder öfter.« Er grinste frech.

»Er hat mich damals nur gefahren, weil …«, ich deutete auf meinen Fuß.

»Den hast du doch immer noch. Den Gipsersatz, meine ich.«

»Aber mittlerweile kann und darf ich wieder viel mehr machen. Und er hat anderes zu tun.«

»Ich hatte nicht den Eindruck, dass er es als Pflicht ansah. Er mag dich.«

Ich seufzte. »Ich mag ihn auch. Ich mag viele Menschen. Und er ebenfalls.«

Josef wiegte wieder seinen Kopf wie eine alte, schlaue Eule.

»Nein«, entschied er dann. »Er ist dein Chef, oder?«

Ich nickte irritiert. »Ja.«

»Ist das dein Problem? Weil du schon einmal mit einem Kollegen …«

»Nein! Ich habe kein Problem, wie oft muss ich das noch sagen? Und Kristan ist nicht Quentin und wird es nie sein.« Ich holte tief Luft und schenkte meinem Onkel dann ein reumütiges Lächeln. Als ich wieder ansetzte, schaffte ich es, ruhiger zu sprechen. »Ich mag ihn und es war nett, dass er mir geholfen hat. Aber jetzt lerne ich wieder, alleine zurechtzukommen.«

»Ist es das, was du willst? Alleine zurechtkommen?«

Ich hob das Kinn und nickte trotzig.

»Ja, das will ich. Das habe ich doch bisher auch gut hinbekommen.«

Josef musterte mich und sagte nichts. Ich sah in seinen Augen Mitleid aufglimmen, was mir gar nicht gefiel. Und dann etwas anderes. Ein Blitzen, das ich von früher kannte und das uns Kindern immer verraten hatte, dass er etwas plante, einen Riesenspaß ausheckte. Damals hatte ich es geliebt. Heute machte es mir seltsamerweise Angst.

»Onkel Josef«, begann ich warnend.

Noch einmal tätschelte er meine Hand.

»Denk einfach mal darüber nach, Finchen. Was du willst und was gut für dich ist. Manchmal ist es ganz einfach – wenn man nicht so dumm ist, seine Wünsche sogar vor sich selbst zu verstecken. Und schließlich ist bald Weihnachten, die Zeit der Wünsche und Wunder.«

*Herzlichen Dank*, dachte ich, als ich wieder im Bus saß und nach Hause fuhr. Als ob ich nicht wüsste, was ich mir wünschte. Nur dass manche Wünsche eben nicht in Erfüllung gingen. Ich konzentrierte mich darauf, draußen die Weihnachtsbäume zu zählen, um nicht wieder daran zu denken, wie ich Kristan vor gar nicht langer Zeit gestanden hatte, was ich mir am allermeisten wünschte. Obwohl er so nett gewesen war, mein Geständnis als Fieberwahn abzutun, wusste er es. Und er hatte sich trotzdem zurückgezogen. *Noch Fragen?*, dachte ich bitter. Nein, ich musste nicht mehr an Weihnachtswunder glauben. Obwohl ich das all die Jahre getan hatte. Selbst wenn es naiv war, hatte ich in einer kleinen Ecke meines Herzens immer fest daran geglaubt, dass sie in dieser Zeit wirklich passieren konnten. Und dass ich nur abwarten musste, bis *ich* einmal dran sein würde. Ich lachte leise auf und wischte mir dann rasch über meine Augen. Zeit, um endlich erwachsen zu werden. Weihnachtswunder waren ebenso eine Erfindung wie der Weihnachtsmann selbst und je eher ich das kapierte, desto besser.

In den nächsten Tagen sagte ich mir diesen Satz noch sehr oft. Der Montag zog sich endlos lange hin, auch wenn ich eigentlich gut beschäftigt war. Ich hatte den Arzt letzte Woche überzeugt, dass ich keine Krankmeldung mehr brauchte, und war jetzt ganz offiziell im Homeoffice, wenn auch anders als erhofft. Ich hatte genug zu tun, um den Tag auszufüllen. Aber die Freude an der Arbeit war irgendwie verschwunden. Insgeheim wartete ich darauf, dass Kristan doch auftauchen würde, so wie er anfangs jeden Tag gekommen war. Aber die Stunden vergingen und das Einzige, was ich von ihm hörte, war eine Mail, in der er mich bat, eine Analyse vorzuziehen, die er im Laufe der Woche brauchte. Als es dämmerte, wurde ich noch unruhiger als sonst. Ich blieb trotzig am Tisch sitzen und zögerte es so lange wie möglich hinaus, ehe ich aufstand und mir ein einsames Abendessen machte. Ich hatte bis zum Schluss gehofft, dass er doch noch kommen würde. Dass er wie stets einen Grund fand, um schnell vorbeizuschauen. Aber es war, wie Lia prophezeit hatte: Er hilft, solange es vonnöten ist. Und dann wendet er seine Aufmerksamkeit dem Nächsten zu, der sie braucht. Ich hatte es gewusst und dennoch hatte ich ihren wichtigsten Rat in den Wind geschlagen und mir eingebildet, dass es in meinem Fall anders wäre.

Auch am Dienstag hörte ich nur ein paar wenige Worte. Ich hatte die angeforderte Analyse fertig und abgeschickt und er antwortete auf die Mail mit einem kurzen Dank. Seine Worte klangen aufrichtig und nett, aber auch distanziert.

Ich fröstelte, als ich sie las, und klappte entschlossen meinen Rechner zu. Er würde auch heute nicht kommen. Ich überlegte, ob ich einen Spaziergang machen sollte, fühlte mich aber zu müde dafür. Ich kochte mir eine Kleinigkeit und aß lustlos. Mein Weihnachtsbaum funkelte in der Ecke und machte mich noch trauriger. Er erinnerte mich jeden Augenblick an ihn – als ob ich das gebraucht hätte. Unruhig streifte ich auf meinem schweren Stiefel durch die Wohnung und wusste nicht, was ich mit mir anfangen sollte. Ich wagte es nicht, mir einen Weihnachtsfilm anzusehen, weil mich das jetzt nicht mehr glücklich machte. Schließlich trat ich hinaus auf den Balkon, um mir von der kalten Luft den Kopf abkühlen zu lassen und mich ein wenig an der beleuchteten Stadt zu erfreuen. Irgendwie fühlte es sich so richtiger an, als durch die Straßen zu streifen. Da unten war Weihnachten und ich war hier oben in meinem Turm. Meine Jahreszeit hatte mich plötzlich ausgeschlossen und ich fühlte mich in der aufregenden, stressigen und voller Vorfreude vibrierenden Zeit plötzlich wie eine Zuschauerin. Ich seufzte und lehnte mich auf das Geländer. Auf der Straße waren heute nur wenige Menschen unterwegs. Die meisten hatten es eilig und hetzten über das Pflaster, schwere Taschen in der Hand. Mein Blick streifte ein Paar, das langsam Arm in Arm die Straße entlangspazierte. In meinem Hals bildete sich ein Kloß, als ich die Frau lachen hörte. Hoffentlich wusste sie, welches Glück sie hatte. Dann entdeckte ich den Wagen. Ich kannte mich überhaupt nicht mit Autos aus und vermutlich war dieser hier nur einfach ebenfalls schwarz und hatte eine ähnliche Form wie Kristans, aber diese Ähnlichkeit reichte. Mein dummes Herz machte einen so gewaltigen Satz, dass es hinterher noch einige Minuten viel zu schnell schlug. Ich starrte weiterhin auf das Auto, das ein paar Meter von meiner Haustür entfernt geparkt war. Es stand wohl schon länger, denn ich hätte es registriert, wenn sich etwas bewegt hätte. Trotzdem betrachtete ich es weiter, als könne ich damit jemanden zwingen, auszusteigen und zu mir hoch zu sehen, wie das jetzt in einer Geschichte passieren würde. Schließlich gab ich auf und schlang mir die Arme um den Oberkörper. Trotz Jacke war mir kalt und mein Gehirn war noch genauso konfus wie zuvor. Nach einem letzten Blick auf das Auto ging ich zurück ins Wohnzimmer und beschloss, heute früh ins Bett zu verschwinden. Dann hätte ich wenigstens wieder einen Tag hinter mich gebracht.

# KAPITEL 34

Früh ins Bett zu gehen war nur dann förderlich, wenn man sich nicht stundenlang hin und her wälzte und dabei Dinge zusammenträumte, die nie passieren würden. Das war alles andere als hilfreich, wie ich leider lernen musste. Es war auch nicht hilfreich, wenn man alle naselang das Mailfach öffnete, nur um zu sehen, dass wirklich keine neue Nachricht angekommen war, oder ständig das Handy checkte, weil es ja plötzlich nicht mehr funktionieren könnte. Nicht einmal meine Zahlen und Tabellen halfen mir, um mich abzulenken. Deshalb fasste ich einen Entschluss. Heute Abend wollte sich das Team der Ehrenamtlichen noch einmal treffen und ich würde endlich wieder dazustoßen. Früher hatte das doch auch prima geklappt, um mich zu beschäftigen und glücklich zu machen. Vorher konnte ich Josef besuchen und hinterher war ich hoffentlich müde und hatte den Kopf mit anderen Dingen voll. Und vielleicht würde das meine Weihnachtsfreude wieder entfachen können.

Mein Onkel war an diesem Abend sehr gut gelaunt. Er sah mein angespanntes Gesicht und tätschelte meine Hand.

»Das wird schon alles, Mädchen«, sagte er und wackelte mit seinem Kopf. »Mach dir nicht zu viele Sorgen. Bald wirst du mit dem Weihnachtsbaum um die Wette strahlen.«

Ich nickte, auch wenn ich nicht genau wusste, was seiner Meinung nach wieder werden sollte. Manchmal war es eben so, dass mein Onkel ein wenig unzusammenhängend daherredete. Aber solange er sich an die wichtigsten Eckdaten erinnern konnte und mich erkannte, war das in Ordnung.

»Klar. Und mit dir. Ich werde natürlich mit dir Weihnachten feiern, also können wir gemeinsam strahlen.«

»Das machen wir, versprochen.« Ein letztes Mal tätschelte er meine Hand.

»Und damit wir ein schönes Fest haben werden, muss ich jetzt leider los. Wir treffen uns noch mal, um die letzten Überraschungen zu planen.«

»Gut. Ich liebe Überraschungen.«

Ich stand auf und küsste ihn auf die Wange. »Dann werde ich mich darum kümmern. Weißt du was, Onkel Josef? Wir werden dieses Weihnachtsfest zum besten unseres Lebens machen.«

»Ich bin dabei. Es könnte nämlich auch das letzte sein und dann würde ich mich ärgern, dass ich es nicht aus vollem Herzen genossen habe.«

Josefs Worte klangen in meinem Kopf nach, als ich zum Treffen ging. Wie recht er hatte. Niemand wusste, wie viele Feste er noch feiern durfte. Deshalb durfte man auch keines halbherzig begehen. Und deshalb war es höchste Zeit, dass ich meine Weihnachtsfreude wiederfand. Und wo sollte ich das tun, wenn nicht hier? Im Kreise dieser Menschen, die sich ehrlich freuten, dass ich wieder zu ihnen stieß, und die nichts anderes im Kopf hatten, als eine perfekte Feier zu planen. Ich lauschte gespannt den Berichten und war überrascht, wie weit die Vorbereitungen schon gediehen waren.

»Hast du alles mit deinem Weihnachtsmann abgesprochen?«, wollte Diana schließlich wissen. »Sind wir sicher, dass es klappt?«

Ich nickte eifrig. »Ich habe heute noch einmal mit ihm telefoniert. Er wird da sein und er freut sich darauf. Ich habe ihm ein paar Infos zusammengestellt, damit er ein wenig über das Haus und seine Bewohner erzählen kann.«

Sie nickte zufrieden. »Klingt großartig. Wir sind gespannt auf den Knaben. Dann sind wir durch. Die Geschenke sind auch bereits verpackt.«

»Wirklich? Ich dachte, dass ich das übernehme.«

Diana zuckte die Achseln. »Meine Teenagertochter und ihre Freundin haben das erledigt. Sie waren in Weihnachtsstimmung und haben sich angeboten und es war einfacher, als alles zu dir zu karren und wieder abzuholen. Zumal du ja krank bist.«

»Dann gibt es nichts mehr zu tun?« Ich hörte, dass meine Stimme beinahe enttäuscht klang. Ich hatte so gehofft, hier ausreichend Beschäftigung zu finden.

»Ja. Super, oder?« Diana strahlte zufrieden. »Jetzt können wir diese letzten Tage vor dem Fest auch mal in Ruhe genießen.«

Ich nickte unmotiviert. In Ruhe, ja. Leider.

»Wie bist du da?«, wollte sie dann wissen. »Wirst du abgeholt?«

Ich schüttelte den Kopf. »Ich nehme den Bus.«

»Kommt nicht infrage. Ich kann dich mitnehmen.« Sie schob ihre Listen zusammen und sah sich ein letztes Mal in der Runde um. »Danke euch allen. Wir werden dieses Jahr ein richtig tolles Fest schmeißen.«

»Wie kommt es, dass du heute mit dem Bus unterwegs bist?«, fragte Diana, kaum dass wir losgefahren waren.

»Nun ja, zu Fuß wäre es mir noch ein wenig zu weit gewesen.«

»Natürlich ist es das. Aber wo ist Kristan?« Sie ließ einen frech-vorwitzigen Unterton mitschwingen.

»Meinen Chef meinst du?« Ich betonte das Wort »Chef«, so als ob es tausend Kristans in meinem Leben gäbe und ich nicht spontan wüsste, welchen davon sie meinte. »Tja, die Sonderbehandlung ist zu Ende. Ich bin wieder ein normal arbeitendes Mitglied der Firma, und die bekommen keine Sonderfahrten.«

»Ach ja?« Sie warf mir einen schnellen Blick zu. »Ich war mir eigentlich sicher, dass er dich heute begleiten würde.«

Ich hörte selbst, dass mein Lachen ein wenig zu laut war. »Nein! Nein, er ist nur mein Chef.«

»Das weiß ich und du wiederholst das erstaunlich oft. Aber ich habe ihn kennengelernt, schon vergessen? Wir haben gemeinsam Geschirr gespült, da freundet man sich schnell an.« Ich konnte hören, dass sie beim Reden ungehemmt grinste. »Und er war wirklich interessiert an unserer Arbeit. Er hat mir versprochen, dass er sich einmal eine Teamsitzung ansehen wird.«

Ich unterdrückte ein Seufzen. »Vermutlich wollte er nur nett sein.«

»Das glaube ich nicht. Eher hat er darauf gewartet, dass du etwas sagst.«

»Hm«, machte ich.

»Er ist nett.«

Dieses Mal entwischte mir ein frustriertes Geräusch. »Ja, das ist er.«

»Ich dachte, ihr versteht euch gut.«

»Das tun wir auch. Wir sind Freunde, denke ich.«

»Denkst du?« Diana schnalzte mit der Zunge. »Er spricht auf alle Fälle in den höchsten Tönen von dir.«

»Echt?« Ich hörte selbst, wie begierig das klang.

»Nun ja, das tun Freunde, oder?« Sie stoppte schwungvoll in zweiter Reihe vor meiner Haustür. »Bis Sonntag dann. Verrückt, nicht wahr? Immer wenn der vierte Advent mit dem Heiligen Abend auf einen Tag fällt, hat man das Gefühl, weniger Vorbereitungszeit zu haben. Dabei sind es immer vierundzwanzig Tage, so oder so.«

Ich nickte und war so verwirrt, dass ich ausstieg, ohne mich für den Fahrservice zu bedanken. Aber in meinem

Kopf kreisten einmal mehr die Gedanken und ich wusste, dass mir die nächste kurze Nacht bevorstand.

Am Donnerstag trudelte eine Mail von Kristan ein, die mich ziemlich in Bedrängnis brachte. Er hatte einmal mehr eine Aufgabe für mich. Das war noch kein Aufreger. Aber dem geschäftlichen Teil folgte ein Nachsatz, bei dem ich ins Grübeln kam. Er fragte an, ob ich für die kommenden Feiertage noch etwas brauchen würde. *Dich*, hätte ich am liebsten zurückgeschrieben, aber dass ich jetzt auf die Schnelle so mutig wurde, war natürlich ein frommer Wunsch. Er bot mit höflichen Worten an, dass er ein letztes Mal einen Einkauf für mich erledigen könnte. Schließlich hatte das Wetter umgeschlagen und nach all den kalten, aber trockenen Tagen hatten wir es jetzt mit einer nasskalten Witterung zu tun, die mitunter für gefährliche Glätte sorgen konnte. Kein Wetter, um mit einer Gehhilfe herumzuspazieren, wie er es nannte. Wie gerne hätte ich sein verlockendes Angebot angenommen. Aber dann dachte ich an Onkel Josef und die Zeit, als er sich endlich das Rauchen abgewöhnte.

»Durchhalten, das ist es«, hatte er immer wieder gesagt. »Jeder Tag bringt dich ein Stück weiter davon weg. Wenn du einmal angefangen hast, auf ein Ziel zuzugehen, dann darfst du dich nie mehr umsehen. Du musst stark sein, dann schaffst du es auch.«

Nun, er hatte es geschafft und er war mittlerweile seit zehn Jahren rauchfrei. Obwohl er heute noch manchmal sehnsüchtige Blicke auf einen Pfleger warf, wenn der mit einer Zigarette draußen stand und eine kleine Pause einlegte, hatte er es geschafft, nicht mehr nachzugeben. Und ich war ja schließlich auf einem ähnlichen Weg. Ich entwöhnte mich von Kristan und wenn er jetzt wieder mit meinen Einkäufen hier auftauchte, dann würde mich das nur zurückwerfen. Also schrieb ich zurück, dass ich bereits alles erledigt hatte. Dann hämmerte ich ein wenig meinen

Kopf auf den Esstisch, weil ich manchmal wirklich zu dämlich war, ehe ich mich an die Arbeit machte.

# KAPITEL 35

Ich hatte die heutige Tagesaufgabe wie eine übereifrige Schülerin bereits am frühen Nachmittag fertig und auch umgehend verschickt. Danach feilte ich noch ein wenig an den KPI-Definitionen – einfach nur, um nicht jetzt schon wieder zu grübeln. Ich hatte eben entschieden, nun doch Feierabend zu machen, als mein Handy klingelte. Ich warf einen raschen Blick darauf und bekam schon wieder einen Herzaussetzer.

»Kristan?«

»Fine, hallo. Ich hoffe, ich störe nicht?«

»Nein, keine Spur.« Herrje, wieso klang mein Lachen in letzter Zeit so schrill?

»Gut. Es dauert auch nicht lange … Ich hätte da nur eine Frage zu den heutigen Aufstellungen.«

»Oh.« Sofort hatte ich Angst, etwas übersehen zu haben, weil ich vielleicht meinen Kopf einmal zu heftig auf den Tisch geknallt hatte. »Natürlich.«

»Also«, begann er und ich hörte Tasten klackern. »Es geht um den dritten Teil.«

Ich versuchte, mich auf das zu konzentrieren, was er sagte, und nicht darauf, dass er überhaupt mit mir redete. Mit mäßigem Erfolg, denn anscheinend hatte ich die Frage nicht mitbekommen.

»Äh, sorry«, musste ich deshalb gestehen. »Ich bin mir nicht sicher, was du genau von mir willst.« Sofort wurde ich rot und musste ein Stöhnen unterdrücken. Klappte ja super mit dem professionellen Auftritt.

Kristan lachte leise. Dann wiederholte er seine Frage. Wenn ich Kapazitäten frei gehabt hätte, hätte ich mich vielleicht gefragt, ob er das ernsthaft nicht verstanden hatte, was ich da zusammengefasst und mit einem Schaubild verdeutlicht hatte. So aber beschloss ich, es schlicht noch einmal zu erläutern, um nicht direkt in der nächsten Peinlichkeit zu landen.

»Ach, doch so einfach«, meinte er schließlich und ich konnte beinahe vor mir sehen, wie er sich über den Nacken strich. Wie oft hatte ich ihm dabei zugesehen und gewusst, gleich würde er lächeln oder mir zublinzeln und dann zum privaten Kristan umschwenken, mit dem ich lachte und mich dem Weihnachtsfeeling hingab.

»Gute Idee, das so darzustellen.«

»Danke«, gab ich brav zurück.

»Dann bleibt mir jetzt nur noch, mich zu bedanken. Damit ist das auch das erledigt, und zwar sogar einen Tag eher als geplant.«

»Dann kommt morgen nichts mehr?«

»Nein.« Er machte eine Pause. »Du kannst dir morgen freinehmen, wenn du willst.«

»Okay«, sagte ich und fühlte mich, als hätte man mich von der Party des Jahres ausgeladen. Nicht einmal mehr eine Mail. Das Leben hielt mich offenbar für tougher, als ich war.

Wieder lachte er. »Normalerweise ist die Begeisterung über einen unerwarteten freien Tag etwas größer. Du hast doch bestimmt noch einiges zu tun, so kurz vor Weihnachten.«

»Klar. Danke. Dann kann ich morgen die restlichen Vorbereitungen angehen.«

»Bist du sicher, dass du keine Hilfe brauchst? Es würde mir nichts ausmachen. Schließlich bin ich dank deines Einsatzes mit meiner Arbeit deutlich schneller fertig geworden.«

Ach, süße Verführung! Ich brauchte einen kleinen Moment, ehe ich antworten konnte.

»Ich schaffe das schon. Und wenn du zur Abwechslung etwas eher Feierabend hast, dann wäre das doch auch mal schön. Du arbeitest zu viel.« Das war mir herausgerutscht und ich biss mir auf die Unterlippe.

»Wenn einem etwas Spaß macht, dann empfindet man es nicht als Arbeit. Kennst du diesen Spruch nicht? *Such dir einen Job, den du von Herzen liebst, und du wirst nie mehr arbeiten müssen.* Was das angeht, ticken wir ähnlich, oder?«

»Scheint so«, gab ich ausweichend zurück. Ich für meinen Teil arbeitete gerade auch deswegen so viel, um zu kompensieren, dass mein Privatleben sehr überschaubar war.

»Scheint so? Ich hatte den Eindruck, dass du nicht zu bremsen warst in den letzten Wochen. Ich hoffe doch, dass ich das nicht falsch verstanden hatte und du mich insgeheim verflucht hast, weil ich dein Angebot so schamlos ausgenutzt habe, trotz Krankenschein zu arbeiten.«

»Das hast du nicht falsch verstanden.« Ich sammelte meinen ganzen Mut zusammen. »Es hat mir Spaß gemacht.«

»Mir auch. Ich muss gestehen, ich vermisse es tatsächlich.« Er ließ eine kleine Pause entstehen.

Ich umkrampfte mein Handy und lauschte ungeduldig in den Hörer.

»Ich fürchte, ich bin ohne deinen Einfluss direkt rückfällig geworden. Ich habe keinen einzigen Spaziergang gemacht. Und auch wenn ich versuche, die Adventsstimmung ganz bewusst zu erleben, habe ich meistens anderes im Kopf und verpasse dadurch die schönsten Dekorationen.«

In seiner Stimme klang etwas mit, das mich gerade sehr glücklich machte. Dieser Ton, den unsere Unterhaltungen gehabt hatten, wenn wir die Arbeit beendet und einfach noch ein wenig Zeit zusammen verbracht hatten. Das machte mich nicht nur froh, sondern nahm mir auch diese seltsame Scheu, die ich die ganze Woche verspürt hatte.

»Und ich dachte, du hast es gelernt«, antwortete ich deshalb.

»Das dachte ich ebenfalls. Aber anscheinend fehlt mir dein Einfluss. Auch wenn ich natürlich verstehe, dass du jetzt wieder zu deinem normalen Leben zurückkehren willst und nicht länger jeden Abend deinem Chef beibringen möchtest, wie das geht mit dem echten Weihnachtsgefühl.«

»Ich habe das nicht als Arbeit angesehen, Kristan.«

»Nein?« Er lachte und ich hatte plötzlich eine Gänsehaut. »Dann bin ich beruhigt.«

»Eigentlich fand ich es richtig schön.« Ich ließ mich auf dem Sofa nieder und genoss das Gefühl, das mich gerade durchströmte und das mich an Glühwein erinnerte. Wärmend und wohltuend – und fatal leichtsinnig machend. »Es ist doch viel schöner, wenn man all das nicht alleine erlebt. Ich meine, die Lichter, die Spaziergänge über den Weihnachtsmarkt … Man sagt doch, dass geteilte Freude doppelte Freude ist.«

»Und doch machen wir es nicht mehr.«

*Weil du es so wolltest*, hätte ich am liebsten gesagt. Aber das klang nach verletztem Stolz und verwundetem Herz. Also schnell eine andere Antwort suchen. Leider war ich nicht unbedingt geübt darin, spontan geistreiche Erwiderungen zu geben. Nein, ich hatte es in seiner Gegenwart verlernt, das war es. Ich suchte noch immer nach einer Formulierung, die ihm zwar zeigen würde, dass ich es sehr gerne auch weiterhin tun würde, ohne ihm gleich zu verraten, wie sehr ich mir das wünschte, als er wieder das Wort ergriff.

»Tja, so ist es eben mit den guten Vorsätzen, was? Sie scheitern am Ende immer, weil es so vieles gibt, was unsere Zeit in Anspruch nimmt.« Kristans Stimme hatte erneut einen anderen Klang angenommen. Ich hörte förmlich, dass ich meine Chance versemmelt hatte und er schon wieder mit einem Auge bei seiner To-do-Liste war. »Dann störe ich jetzt nicht länger. Ich wünsche dir ein schönes Weihnachtsfest, Fine.«

»Du …« Ich saß mit einem Mal aufrecht auf dem Sofa. *Du störst nicht*, wollte ich rufen. Aber vermutlich war sein Satz nur eine Floskel, die ich selbst schon öfter benutzt hatte, um ein Gespräch elegant zu beenden, wenn es sich zu lange hinzog. »Äh, ich meine, das wünsche ich dir auch, Kristan.«

Ich wartete, bis ich das Klicken hörte, mit dem das Telefonat beendet wurde. Dann warf ich das Handy mit einem undamenhaften Fluch neben mich und donnerte meinen Kopf zur Abwechslung ein wenig auf den Couchtisch.

Die nächsten zwei Tage waren die unweihnachtlichsten Vorweihnachtstage, die ich je erlebt hatte. Am Freitag versuchte ich mich zu beschäftigen, indem ich mich in eine fieberhafte Hektik steigerte, aber leider war mir nicht einmal das vergönnt. Die wenigen Geschenke, die ich brauchte, lagerten bereits seit Mitte November aufwendig verpackt in meinem Kleiderschrank. Ich hatte alles in weiser Voraussicht schon besorgt, ehe ich umgezogen war. Die Wohnung war festlich geschmückt und seit Kristans peinlichem Putzmarathon auch nicht wieder in jenen erschreckenden Zustand geraten. Ich war ja zu Hause und hatte ausreichend Zeit, um sie in Ordnung zu halten. Trotzdem holte ich den Staubsauger und machte mich ans Werk, einfach nur, um für ein paar Minuten beschäftigt zu sein. Ich erledigte meine Einkäufe und humpelte dann mit den Tüten durch den kalten Nieselregen nach Hause.

Am Samstag riss der Himmel ein wenig auf und ich beschloss, eine Runde über den Weihnachtsmarkt zu drehen. Ich versuchte tapfer, den Glanz und die Heiterkeit in mich aufzusaugen, dieses ganz besondere Kribbeln zu beschwören, das mich hier doch überkommen musste. Ich lauschte dem Konzert der Weihnachtssänger, die sich auf der kleinen Bühne in der Mitte des Marktes versammelt hatten. Aber anstatt im Takt mitzuwippen oder gar mitzusingen, kämpfte ich gegen die Tränen an. Wie oft war ich alleine auf einem Weihnachtsmarkt gewesen und hatte den Besuch von Herzen genossen. Es war immer ein probates Mittel gewesen, um glücklich zu sein und die Vorfreude in meinem Herzen zu entzünden. Und nun hatte ich es nur ein einziges Mal mit ihm erlebt, und das genügte, um ihn auch hier zu vermissen, sein Fehlen noch schmerzhafter zu spüren.

Schließlich gab ich auf und ging nach Hause, um mir *Tatsächlich Liebe* anzusehen. Und dann heulte ich wieder, weil mir dieses Jahr zum ersten Mal auffiel, dass sich Sarah in ihren Kollegen verliebt hatte und ihn am Ende nicht bekam, obwohl sie sich nichts mehr wünschte. Okay, natürlich hatte ich das auch früher schon mitbekommen, aber dieses Mal ging es mir richtig ans Herz. Weil ich jetzt wusste, wie es sein musste, wenn er abends an dir vorbeigeht und dir einen schönen Feierabend wünscht und du dann lächeln musst und so tun, als ob du voll gut drauf bist, obwohl du einfach nur losheulen willst. Warum musste die Liebe so kompliziert sein? Weshalb musste man sich ausgerechnet in den Mann verlieben, der daran kein Interesse hatte? Und warum musste ich von allen Figuren ausgerechnet Sarah sein, die Einzige in diesem Film, die kein Happy End bekam?

Ich stoppte den Film und starrte eine Weile auf Emma Thompson, die eben ihren untreuen Gatten am Flughafen abholte. Die waren noch ein Paar, aber zu welchem Preis? Wäre das für mich eine Alternative gewesen? Nein, entschied ich. Dann lieber dieses Elend. Einen Moment dachte ich an Quentin und Sontje. Immerhin eines hatte diese ganze Sache mir gebracht: Ich hatte meinen Ex-Freund gründlich vergessen. Dieser Schmerz war sehr schnell verklungen, als Kristan in mein Leben trat. Und deshalb würde ich jetzt einfach hoffen, dass es mit meinem neuen Herzweh ebenso sein würde. Dass mir bald ein anderer Mann begegnete, den ich nett finden konnte und der mir dabei half, den einen zu vergessen. Natürlich war mir klar, dass dies nicht nur ein blöder Plan war, sondern zudem einer, der nie funktionieren würde. Aber morgen war Heiligabend und ich wollte diesen Tag so gerne genießen. Und dafür würde ich mir so ziemlich alles einreden, was mir in den Sinn kam. Dass ich mich ebenso schnell in einen anderen verlieben könnte, wie ich mich in Kristan verliebt hatte. Dass schließlich Weihnachten war und man da verdammt noch mal auf ein Wunder hoffen durfte. Und dass am Ende alles gut wurde, weil es sonst ja noch nicht das verflixte Ende war.

# KAPITEL 36

Ich muss zugeben, all das Selbstüberreden funktionierte nur, wenn man es wirklich gründlich anging, und anscheinend gehörte dazu auch, dass man ein wenig in Wallung geriet. In meinem Fall zumindest. Aber als ich heute Morgen die Augen aufschlug und als Erstes an Kristan dachte, wusste ich, dass ich mich irgendwie aus diesem Tief befreien musste. Heute war endlich der Tag aller Tage und wenn ich den schon alleine verbringen musste, dann nicht auch noch heulend. Also blieb mir nichts anderes übrig, als kämpferisch die imaginären Ärmel hochzukrempeln und mir selbst einzureden, dass ich stark und tough war und diesen ganzen Mistelzweigmist gar nicht brauchte. Zeit, um das kleine Mädchen hinter mir zu lassen und das Fest als das zu sehen, was es war: eine schöne, etwas kitschige Zeit, die absolut frei von Wundern war.

Meine resolute Stimmung bekam auch der einzige Anrufer des Tages ab, meine Cousine Anja. Zusätzlich hatte sie natürlich noch das Pech, dass ich in den Tiefen meines Herzens eben doch an diese unrealistischen Weihnachtswunder glaubte und deshalb fast einen Herzinfarkt bekam, als sich mein Handy meldete. Weil ich trotz allem hoffte, dass er es wäre. Und als ich dann Anjas Namen im Display sah, überkam mich eine unfassbare Enttäuschung und zeitgleich eine seltsame Wut, dass sie kurzfristig diese Hoffnung in mir geschürt hatte. Ich war entgegen meiner Art also recht wenig feierlich gestimmt, als ich den Anruf annahm.

»Fine, hallo. Fröhliche Weihnachten und so.«

»Dir auch und so«, brummte ich.

»Tja, und wie geht es dir? Alles klar?«

»Bestens«, gab ich zurück.

»Schön. Na ja, du hast es ja auch gut. Keine Kinder, die durchdrehen, wenn du nicht das richtige Geschenk hast. Kein Stress damit, ein Festmahl zu kochen. Keine Tränen, weil es wieder mal nicht geschneit hat.« Sie lachte. »Ich könnte dich fast beneiden.«

»Klar«, murmelte ich. »Ich bin so was von zu beneiden.«

»Was hast du denn heute vor? Sag nicht, dass du dir den ganzen Tag im Pyjama Weihnachtsfilme ansiehst, sonst werde ich wirklich neidisch.«

»Ich werde mit deinem Vater feiern.« Ich wusste, dass meine Stimme spitz klang, und ich fand es gut. »Damit er nicht ganz alleine ist.«

»Das ist voll nett von dir. Dafür wollte ich mich auch noch einmal bedanken. Wir haben vor, am zweiten Feiertag auf einen Besuch zu kommen. Oder spätestens am Sonntag drauf.«

»Wie nett.« Jetzt war der Sarkasmus in meiner Stimme nicht mehr wegzudiskutieren. »Er wird sich freuen. Er hat euch seit Ostern nicht gesehen, oder?«

»Es ist halt immer etwas anderes. Ich telefoniere dafür mit ihm.«

»Hm«, machte ich.

»Und er hat ja dich.«

»Ja, das hat er. Aber er hätte es auch verdient, euch zu haben. Dich und Kai und Andreas.«

»Fine, das ist alles nicht so einfach. Wir sind so eingebunden. Die Kinder, die Jobs …«

»Weißt du was, Anja? Es könnte einfach sein. Wenn es dir wirklich wichtig wäre, dann würdest du ab und zu ein Zeitfenster finden. Onkel Josef ist ein großartiger, liebenswerter Mensch. Er war stets ein wunderbarer Vater, der alles für euch getan hat. Und irgendwann wird es zu spät sein.«

»Na hör mal, Fine. Ich glaube nicht, dass dich das etwas angeht.«

»Oh doch, das tut es. Es geht mich etwas an, weil ich ihn mag und weil ich sehe, wie sehr es ihn schmerzt, dass seine Kinder nie Zeit finden, um ihn zu besuchen. Er beklagt sich nicht und er nimmt euch in Schutz. Aber dennoch verletzt es ihn. Stell es dir doch mal vor, wie es in fünfzig Jahren sein könnte. Wenn du irgendwo in einem Heim sitzt und deine eigenen Prachtexemplare nie Zeit für dich haben. Ganz im Ernst, das ist beschissen!«

»Fine!«

»Sorry, Anja, aber das musste mal raus. Und du kannst das Kai und Andreas gerne brühwarm weitererzählen. Die sind nämlich kein bisschen besser als du.«

»Was ist denn mit dir los?« Anja klang jetzt kleinlaut. »So kenne ich dich gar nicht.«

Ich kannte mich so auch nicht, aber ich hatte zumindest einen Verdacht, weshalb ich gerade austickte. Weil es beschissen war, wenn man jemanden liebte und darauf hoffte, dass dieser Mensch auftauchte und einem zeigte, dass er dasselbe empfand. Weil ich meinen Onkel so gut verstand. Aber das würde ich Anja nicht auf die Nase binden.

»Tja, vielleicht kennst du mich wirklich nicht. Für dich war ich doch immer nur die bequeme Ausrede. *Fine kümmert sich schon, also muss ich das nicht machen.* Und ja, ich kümmere mich, aber nicht, um dir das abzunehmen, oder weil ich nichts anderes zu tun habe. Ich mache es, weil ich deinen Vater sehr mag. Und weil es niemand verdient hat, alleine zu sein.« Plötzlich war die Luft raus. Ich schüttelte den Kopf und holte tief Luft. »Es tut mir leid, Anja. Aber weißt du, diesen Winter, da ging es deinem Vater wirklich schlecht. In seinem Alter ist eine Erkältung nicht ohne, besonders eine so krasse, wie er sie hatte. Und es hat mich einfach wütend gemacht, dass ihr nicht einmal da Zeit hattet, sondern auf das nahe Weihnachtsfest verwiesen habt, an dem ihr doch sowieso kommen werdet. Ist es euch nie in den Sinn gekommen, dass es da zu spät sein könnte?«

Anja schwieg eine Weile. »Vielleicht habe ich das verdient, Fine«, gab sie dann überraschend zu. »Es stimmt. Ich denke immer, wir haben noch ewig Zeit. Mein Vater gibt sich so rüstig und ich habe aktuell derart viel um die Ohren. Und dann rede ich mir ein, dass ich den Besuch noch einmal verschieben kann. Dass ich ja mit ihm telefoniert habe. Ich blende aus, dass es jederzeit anders sein kann. Ich war in der letzten Zeit keine besonders gute Tochter.«

»Das muss ja nicht so bleiben.« Ich spürte, dass Anja es wirklich ernst meinte, und hatte plötzlich ein schlechtes Gewissen. »Vielleicht schafft ihr es diesmal, ihn zu besuchen. Er würde sich sehr freuen.«

Das Gespräch mit Anja hatte mich zwar aufgeregt, aber auch ruhiger gemacht. Es tat gut, einmal auszusprechen, was einem schon so lange auf der Seele brannte. Solche Diskurse fielen mir nicht leicht, weil ich immer Angst hatte, damit anzuecken, nicht mehr gemocht zu werden. Aber dafür waren sie ungemein befreiend. Ich sollte mir vielleicht vornehmen, dass ich öfter mal etwas sagte, ohne vorher nachzudenken, wie das ankommen würde. Das gab mir Energie und seltsamerweise einen grimmigen Mut, den ich so nicht kannte. Ich hatte viel zu oft nur abgewartet und die Geschehnisse hingenommen. Mich darauf verlassen, dass andere aktiv wurden. Dass sie selbst erkannten, was richtig war. Und dass sie den Mut hatten, den ich nicht aufbringen konnte. Bisher hatte ich eher passiv auf mein Glück gehofft, aber jetzt kam mir der Verdacht, dass man vielleicht auch ein wenig aktiver darum kämpfen könnte. Dass man sich manchmal trauen musste zu sagen, was einem wichtig war. Kurz entschlossen griff ich nach meinem Handy und rief Kristan an. Der war mir wichtig.

Und wenn ich ihn nicht auf die Art haben konnte, wie ich das so gerne hätte, dann wollte ich ihn wenigstens nicht als Freund verlieren. Und das würde ich ihm jetzt sagen. Und ihm ganz nebenbei endgültig die Angst nehmen, dass ich mehr von ihm wollte, als er zu geben bereit war.

»Fine. Hallo.« Kristan klang ziemlich überrascht, meine Stimme zu hören.

»Hallo, Kristan.« Ich schloss die Augen. Ganz so einfach war diese Sache mit dem aktiv Kämpfen und dem spontaner Agieren nicht. »Ich hoffe, ich störe nicht. Du bist sicher bereits bei deinen Eltern, oder?«

»Ja. Ich wurde eben aus dem Wohnzimmer vertrieben, damit der Weihnachtsmann schon mal die Geschenke unter den Baum legen kann, als wäre ich noch der kleine Junge von früher.« Ich hörte, dass er schmunzelte. »Es würde dir gefallen. Du siehst, ich habe gerade nichts zu tun, du störst also absolut nicht.«

»Gut. Ich wollte dir nur noch einmal ein frohes Weihnachtsfest wünschen.«

»Danke.«

Himmel, was tat ich da? Es war kein Wunder, dass er jetzt vorsichtig klang. Schließlich hatten wir diesen Teil bereits vorgestern erledigt.

»Ja, und ich wollte noch etwas sagen. Also wegen der anderen Sache. Weil wir jetzt plötzlich aufgehört haben, gemeinsam Dinge zu unternehmen. Du weißt schon, über den Weihnachtsmarkt zu schlendern, Spaziergänge, diese Dinge.«

»Uns gegenseitig zu helfen, etwas weniger zu arbeiten und das Leben zu genießen?«, hakte er vorsichtig nach.

»Ganz genau. Aufeinander zu achten und für ein wenig Ausgleich zu sorgen. Ich weiß, das mit den Weihnachtsmärkten hat sich jetzt erledigt, aber Spaziergänge kann man dennoch unternehmen. Oder einfach mal reden und miteinander lachen.« Wie zur Untermauerung ließ ich ein schwaches Auflachen hören.

»Richtig«, sagte Kristan. »Das kann man machen.«

Ich spürte, wie mich mein Mut verließ. »Nun ja, und ich dachte, dass es wirklich schade ist, dass wir das nicht mehr tun. Und deshalb wollte ich nur sagen, dass wir das gerne wieder machen können. Wenn du willst. Ab und zu.«

Ich spürte erneut den Drang, meinen Kopf gegen ein Möbelstück zu donnern. Das hier war peinlich, auch wenn Kristan es zu genießen schien, wie ich mich zum Deppen machte. Er ließ ein leises, glucksendes Lachen hören.

»Wenn nicht, ist das auch okay«, knickte ich direkt ein und biss mir auf die Lippen. »Es ist nur ein Angebot. Du hast so viel für mich getan.«

»So viel, dass du jetzt denkst, du schuldest mir etwas?«

»Vielleicht. Aber das ist nicht der Grund. Ich habe mich heute Morgen wieder einmal daran erinnert, dass alles jederzeit anders sein kann.«

»Dir geht es aber gut, oder?«

»Ja. Ich bin vielleicht ein wenig konfus, aber mir geht es gut.«

»Das freut mich. Und ich habe das wirklich gerne getan. Es gibt keine Schuld, die du nun abarbeiten musst.«

Ich schluckte. Das war unmissverständlich.

»Aber wenn wir dieses unsägliche Aufrechnen vergessen und du es endlich als Freundschaftsdienst sehen könntest ...«

»Ja«, sagte ich schnell. »Das könnte ich.«

»Gut. Schön, dass wir das geklärt haben.«

»Und gehen wir dann auch wieder spazieren? Ab und zu?«, fragte ich hastig.

»Das wäre großartig. Du hast es ja mitbekommen, auch ich brauche manchmal etwas Hilfe. Dein Spezialgebiet, oder?«

Ich konnte förmlich hören, wie er bei diesen Worten zwinkerte.

»Absolut.«

»Danke. Fine. Du hast mir eben eine große Freude gemacht.«

»Weil ich dich von deinem Schreibtisch vertreiben will, wenn du es übertreibst?«

»Weil du mich angerufen hast. Ich dachte, du bist schon auf dem Weg zu deinem Onkel und hast nur noch diese Feier im Kopf.«

»Ich bin auf dem Sprung. Aber das wollte ich vorher noch klären. Weil du mir wichtig bist. Du und … unsere Freundschaft.« Ich schloss kurz die Augen. Das sollte doch unmissverständlich genug sein.

»Danke, Fine. Oh, ich glaube, hier tut sich was. Ich muss los. Viel Spaß und Grüße an Josef. Ach, und Fine?«

»Ja?«

»Frohe Weihnachten.«

Seine Stimme klang bei diesen Worten so warm und echt, dass ich meine Hand auf die Brust presste und mit einem glücklichen Lächeln die Augen schloss, um tief durchzuatmen, ehe ich antwortete.

»Frohe Weihnachten, Kristan.«

# Kapitel 37

Mein glückliches Lächeln hielt sich, bis ich im Heim eintraf. Ich hatte mich mächtig in Schale geworfen, den rotkarierten kurzen Schottenrock angezogen und dazu den schönsten Weihnachtspulli, den ich hatte. Meine Locken ringelten sich vorbildlich unter der roten Baskenmütze hervor. Es war richtig kalt heute, aber nicht mehr regnerisch, wofür ich sehr dankbar war. Plötzlich war die Weihnachtsfreude wieder da. Auch wenn sich eigentlich nichts geändert hatte, fühlte es sich so an, als wäre etwas passiert. Nur weil ich mit Kristan gesprochen hatte. Weil ich mich getraut hatte, ihm zu zeigen, dass ich unsere Freundschaft schätzte und er mir wichtig war. Alleine das Wissen, dass ich ihn nicht ganz aus meinem Leben verlieren würde, war wunderbar. Also aus meinem Leben abseits der Arbeit. Und wer weiß? Manchmal machte das Glück kleine Schritte. Manchmal begann es ganz winzig, um sich dann nach und nach in etwas sehr Großes zu verwandeln. Mein altbekannter Weihnachtsglaube machte sich wieder in mir breit. Ich hatte zumindest nicht alles verloren und ich wollte jetzt einfach daran glauben, dass das Ende erst dann kam, wenn es gut war.

Unter anderen Umständen wäre ich jetzt glücklich im Gemeinschaftsraum hin und her gesaust, hätte unsere Gäste begrüßt, ihnen etwas zu trinken geholt und wäre zwischendurch immer mal wieder zu Josef geflitzt. Aber das war mit der Gehhilfe noch nicht möglich. So humpelte ich eben hin und her, strahlte jeden an, der den Raum betrat, und erfreute mich wie ein kleines Kind an den leuchtenden Augen ringsum. Wieder einmal dachte ich, wie einfach es doch war, ein wenig Liebe in der Welt zu verteilen, und dass man so viel zurückbekam, wenn man etwas gab. Als alle versammelt waren und die altbekannten Weihnachtslieder angestimmt wurden, konnte ich mich nicht mehr zurückhalten. Ich schmetterte die Melodien aus vollem Herzen und mit feucht glänzenden Augen, einfach, weil ich in diesem Moment glücklich war. Das war der Geist des Weihnachtsfests, dieses Miteinander und sich gegenseitig eine Freude bereiten.

Dann winkte mich Diana verstohlen heran.

»Es wird langsam Zeit für den Weihnachtsmann.«

Ich sah auf die Uhr. »Der müsste eigentlich schon längst hier sein. Ich werde mal draußen nachsehen.«

Ich machte mich so schnell wie möglich auf den Weg. Gerade als ich aus der Eingangstür trat, hielt ein Wagen und kurz darauf schälte sich Weihnachtsklaus hinter dem Steuer hervor. Er winkte und lachte dröhnend.

»Fine! Und? Alles bereit?«

Ich hob strahlend beide Daumen.

Klaus ging zum Kofferraum und holte einen prall gefüllten Jutesack sowie ein dickes, in Goldfolie eingebundenes Buch heraus.

»Na, dann wollen wir mal! Geh du rein, ich komme in zwei Minuten nach.«

Schon von der Tür aus gab ich Diana ein Zeichen. Sie sprang erleichtert auf und klatschte ein paar Mal laut in die Hände. Die Gespräche verstummten nur zögernd, weil nicht wenige der alten Herrschaften Probleme mit dem Gehör hatten. Sie plauderten munter weiter, bis sie einen mehr oder weniger sanften Stoß in die Seite bekamen. Dann hoben sie den Kopf, sahen sich um und knufften diejenigen in ihrem direkten Umfeld, die immer noch nichts bemerkt hatten. Es war wie eine sehr langsame und eigentümliche La-Ola-Welle und ich musste mir ein Kichern verkneifen. Endlich hatten es auch die Letzten mitbekommen und Ruhe kehrte ein. Diana verkündete, dass nun eine ganz besondere Weihnachtsüberraschung warten würde, und fragte schelmisch, ob denn alle brav gewesen waren. Sofort ahnten die Schlaueren unter den Gästen, was jetzt passieren würde, und sahen erwartungsvoll zur Tür. Ich drehte ebenfalls den Kopf, um in den Gang zu spähen. Am Ende hatte sich Klaus bereitgestellt. Seine große, kräftige Figur sah in diesem Anzug beeindruckend aus. Wieder bewunderte ich sein hochwertiges Kostüm, das, wie ich mittlerweile wusste, eine Maßanfertigung war und ihn richtig Geld gekostet hatte.

»Geld, das ich nur zu gerne investiert habe. Das ist es mir wert. Wenn es möglich wäre, würde ich es das ganze Jahr tragen«, hatte er fröhlich gestanden. »Ich liebe Weihnachten!«

Jetzt sah er mich und hob den Sack an. Ich reckte erneut einen Daumen in die Höhe, zum Zeichen, dass wir hier bereit waren, und eilte dann mit einem dumpfen *Klonk* bei jedem zweiten Schritt zu meinem Onkel.

»Was habt ihr euch heute wieder ausgedacht?« Er wirkte sehr zufrieden. »Sind wir nicht ein wenig zu alt, um Besuch vom Weihnachtsmann zu bekommen?«

»Ist man dafür je zu alt?«

Er lachte und tätschelte meine Hand.

Dann hörte man draußen im Flur eine Glocke. Klaus hatte auch an der nicht gespart und sie dröhnte laut und Gänsehaut erzeugend durch das Haus. Ausnahmslos alle starrten jetzt zur Tür. Ich rutschte vor Freude ein wenig auf dem Stuhl hin und her und verknotete die Finger ineinander. Das Dröhnen kam näher und nun wurde es von einem munteren *Hohoho* begleitet. Aufgeregtes Getuschel waberte durch den Raum, das schlagartig verstummte, als Weihnachtsklaus in der Tür erschien.

Seltsam, diese Menschen waren allesamt nicht mit einem Weihnachtsmann aufgewachsen. Zu ihrer Zeit hatte noch das Christkind die Geschenke gebracht und bei manchen war es bis heute so. Sie kannten den klassischen Nikolaus mit Mitra und Hirtenstab, der am Nikolaustag vorbeikam. Und hätte man sie gefragt, dann hätten sie empört die Nase gerümpft und entschieden abgelehnt, dass einer dieser neumodischen Weihnachtsmänner in ihren roten Bademänteln sie am Heiligen Abend besuchen sollte. Doch Klaus in seinem prächtigen Gewand und mit seinem – wie ich mittlerweile ebenfalls wusste – eigenen wilden Bart, den er das ganze Jahr stoisch trug, nur um an Weihnachten echt auszusehen, hatte alle sofort in seinen Bann geschlagen. Wie kleine Kinder starrten sie die Erscheinung an und stießen sich aufgeregt gegenseitig in die Rippen.

»Na, hier scheine ich richtig zu sein. Ich soll hier einiges Lob aussprechen und ein paar Ohren lang ziehen, hat man mir gesagt.« Weihnachtsklaus sah sich im Raum um.

Die Menge lachte.

»Allerdings stehen in meinem Buch viel mehr gute Dinge über euch als Vergehen. Und dass ihr gelegentlich heimlich ein Bier trinkt, habe ich geflissentlich übersehen. Das braucht man manchmal eben, sogar ich.« Er rieb sich seinen beeindruckenden Bauch und lachte wieder ansteckend. »Und auch die Eierlikörflaschen in den Nachttischen habe ich nicht gesehen.« Dieses Mal winkte er jovial in Richtung eines runden Tisches, an dem ein ganzer Damenclub entzückt kicherte. »Überhaupt seid ihr hier ein recht fideler Verein, wie mir scheint. Und das ist gut so. Ihr seid zwar alt, aber immer noch am Leben. Darauf darf man schon mal einen heben.«

Ich sah zu Diana hinüber. Sie wirkte überrascht, jedoch nicht auf eine schlechte Art. Anscheinend gefiel ihr dieser Weihnachtsmann, der sich nicht so ganz an das Protokoll hielt, denn sie formte mit Daumen und Zeigefinger einen

Kreis und konzentrierte sich dann wieder auf Klaus. Der begann nun, ein paar Begebenheiten und Geschichten aus dem Heim zu erzählen; die Hintergründe dazu hatte ich ihm zusammengestellt. Auch hier war er eher aufgeräumt und ein wenig flapsig und er traf damit genau den Nerv seiner Zuhörer. Er machte aus ihnen keine senilen Alten oder einsame Menschen, die nun in einem Heim untergebracht waren und den einen oder anderen Ballast mit sich rumschleppten. Er ignorierte die Schattenseiten des Altwerdens nicht und schien genau zu wissen, wovon er sprach. Aber vor allem nahm er sie ernst. Er gab ihnen das Gefühl, wichtig zu sein und richtig, auch wenn der eine nicht mehr gut hörte und die andere eine Beckenbodenschwäche hatte. Er fand genau das passende Maß, nahm sie ein wenig auf die Schippe, ohne ihre Sorgen herunterzuspielen. Und den alten Leuten gefiel das, dass hier einer kam, der sie nicht als Tüttelgreise abtat, sondern sie einfach so behandelte, wie man das unter guten Freunden machte.

»Der gefällt mir«, brüllte Onkel Josef in mein Ohr. Vermutlich hatte er flüstern wollen, was bei Schwerhörigen ja immer ein kleines Problem war. »Der weiß, wovon er spricht.«

»Natürlich weiß ich das«, dröhnte Klaus über das Gelächter hinweg. »Kommt ihr erst mal in mein Alter, dann werdet ihr schon sehen!«

# Kapitel 38

Klaus absolvierte seine Rede, ohne einen Blick in sein Buch zu werfen.

»Das ist nur Zierde. Ich kann es eh nicht mehr lesen, die Elfen schreiben heutzutage viel zu klein«, hatte er uns gestanden und dafür heiteres Gelächter geerntet. Als er nun endete, brandete donnernder Applaus auf, den er strahlend entgegennahm. Dann hob er seinen Jutesack und schwenkte ihn lässig vor seinem dicken Bauch hin und her.

»Wer will Geschenke?«, rief er und wieder brach Jubel aus.

»Aber zuerst«, er schwang den Sack auf seinen Rücken. »Möchte ich ein Lied von euch hören.«

Josef stupste mich an und Diana warf mir einen auffordernden Blick zu. Ich schlug drei Lieder vor, wohl wissend, dass es *Oh du fröhliche* werden würde – es wurde immer *Oh du fröhliche*. Und heute passte es ausgezeichnet.

Nach dem motivierten Liedvortrag war es Klaus, der uns applaudierte. Dann ließ er noch einmal die Glocke dröhnen, schritt zum ersten Tisch und öffnete den Sack. Da sich darin lauter identische Geschenke befanden, war es kein Problem, jeden einfach hineingreifen zu lassen. Wir hatten natürlich nicht die Mittel, um persönliche Präsente zu besorgen, aber darauf kam es gar nicht an. Es ging um die Geste und darum, etwas zu bekommen, das in buntes Papier eingewickelt war. Klaus ließ sich wie auf der Firmenfeier auch hier Zeit mit der Bescherung, hielt mit jedem noch ein kleines Schwätzchen, hörte sich an, was die Menschen bewegte.

Es dauerte deshalb, bis er sich zu unserem Tisch ganz hinten durchgearbeitet hatte. Aber das schien ihn nicht zu kümmern. Immer noch war er aufmerksam bei der Sache, fragte nach Wünschen, machte kleine Scherze und schenkte den Menschen damit vermutlich noch mehr Freude als wir mit unseren Präsenten. Ich hörte zu, wie sich eine alte Dame an unserem Tisch wünschte, dass sie es noch erleben dürfte, Uroma zu werden.

»Die Produktion läuft bereits, ich muss nur noch sechs Monate durchhalten. Das sollte ich doch packen, oder?«

»Ich denke schon«, gab Klaus zurück und zwinkerte ihr zu.

Die Zweite wünschte sich, dass sie die Hochzeit ihres Enkels erlebte, und die dritte, dass sie noch den nächsten anstehenden Geburtstag – »Einen runden, aber ich sag nicht, der wievielte« – feiern konnte. Klaus betrachtete sie einen Moment, ehe er mit dem Finger auf sie zeigte.

»Das musst du auch gar nicht. Es ist der Siebzigste, richtig?«

Er erntete ein aufgeregtes Kichern und ein paar Handbewegungen, die *Du alter Charmeur* ausdrückten und den Kern ziemlich trafen, denn ich hätte locker auf den Neunzigsten getippt.

Dann war er endlich bei Onkel Josef.

»Ich habe alles. Das Einzige, was ich mir wünsche, ist, friedlich gehen zu dürfen, wenn es so weit ist. Nicht lange herumliegen zu müssen.«

Ich schluckte betroffen.

»Das verstehe ich. Ich kann es zwar nicht garantieren, aber ich werde es weitergeben.« Klaus sah Onkel Josef ernst an. »Ein sehr guter Wunsch.«

»Was nützen mir jetzt auch noch Autos oder Frauen?« Josef legte wieder eine seiner unfassbaren Gemütsschwankungen hin. »Nein, im Ernst, ich habe hier alles, was ich brauche. Wir sind gut versorgt und wir sind nicht alleine. Wir haben es warm und gemütlich und es gibt Menschen, denen wir nicht egal sind.« Er tätschelte meine Hand. »Ich hatte einiges Glück im Leben und nun hoffe ich, dass ich das auch im Sterben habe. Aber nicht heute! Heute wird gefeiert, bis sich die Rollatoren biegen.«

Das ist die andere Seite, wenn man mit alten Menschen zusammen ist. Sie sprechen Dinge an, die Jüngere gerne zur Seite schieben. Aber sie tun das nicht, weil sie die Stimmung drücken wollen, sondern weil sie wissen, dass es zum Leben dazugehört. Nachdenklich betrachtete ich meinen Onkel. Alt zu werden war in mancher Hinsicht herausfordernd.

»Und was ist mit dir?«

Ich zuckte zusammen, als mich Weihnachtsklaus anstupste und aus meinen Überlegungen riss.

»Was?«

»Was ist mit deinem Weihnachtswunsch?«

»Ich bin gerade wunschlos glücklich.« Ich zeigte die Zähne beim Lächeln und hoffte, dass Klaus sich damit zufriedengeben würde. Ich wollte mir keinen banalen Wunsch aus den Fingern saugen – nicht nach den wirklich wichtigen der anderen hier. Und meinen wahren Wunsch würde ich ihm nicht verraten, Kostüm hin oder her. Ich hatte ihn bereits einmal einem Weihnachtsmann anvertraut und was hatte es mir gebracht?

Klaus neigte sich vor und brachte sein Gesicht näher an meines.

»Das hatten wir doch schon. Denkst du immer noch, dass ich nur ein Symbol bin und du dir deswegen nichts wünschen möchtest? Oder hast du deinen Glauben an die Weihnachtsmagie wiedergefunden? Willst du es wirklich riskieren, deine Chance zu verpassen?«

Ich dachte zurück an die Weihnachtsfeier und unsere kleine Diskussion. Eigentlich hatte sich mein Standpunkt nicht geändert. Und doch schien heute tatsächlich eine Art Magie von ihm auszugehen, die meine Haut prickeln ließ.

Ich war mir nicht sicher, was das war oder wie ich es benennen sollte. Wahrscheinlich lag es an der Atmosphäre, der Gewissheit, dass heute wirklich Weihnachten war. Ich wollte dennoch den Kopf schütteln, als ich die aufmunternden Gesten der anderen am Tisch sah. Sie alle hatten sich etwas gewünscht und vermutlich sollte ich mitspielen. Was konnte es schon schaden, wenn ich mir Gesundheit wünschte? Ich hätte zumindest nichts zu verlieren.

»Bedenke deinen Wunsch gut! Es muss ein echter Herzenswunsch sein. Etwas, was du dir mehr wünschst als alles andere.«

Ich nickte langsam. Dann lag ich mit Gesundheit ja richtig, die wollte ich wirklich. Er fixierte mich und wieder musste ich an die Weihnachtsfeier denken, als ich mir einbildete, in seinen Augen Sternschnuppen zu sehen. Die fand ich heute nicht in ihnen. Trotzdem starrte ich ihn irritiert an, als plötzlich goldene Lichter zu tanzen begannen. Wie ein Kreisel drehten sie sich und machten mich ganz wirr im Kopf.

»Dein größter, geheimster Herzenswunsch, Fine.«

Ich spürte, wie mein Widerstand unter dem Einfluss der tanzenden Lichtflecken bröckelte. War das erlaubt, dieses verrückte Ding mit seinen Augen zu machen und blödsinnige Ideen in viel zu leichtgläubige Herzen zu pflanzen? Bestimmt nicht, und ich wollte mich nicht so einfach beugen.

»Und wenn der eigentlich dumm ist?«

»Es gibt keine dummen Wünsche, glaub einem Profi. Es gibt nur welche, die man sich selbst versagt.«

»Weil es Verschwendung wäre, da sie sich nie erfüllen werden.«

»Das weißt du erst, wenn du es ausprobiert hast.«

Ich sah die goldenen Lichter, die sich jetzt in hypnotischen Spiralen zu drehen begannen. Es war absolut verrückt und ich konnte mir in keiner Weise erklären, wie er das machte. Seine Stimme hatte mich gefangen und schien uns in eine andere Welt katapultiert zu haben. Und doch spürte ich, wie Onkel Josef aufmunternd meine Hand drückte.

»Dein Wunsch, Fine. Es ist so weit.« Jetzt klang die Stimme gleichzeitig raumfüllend und leise, auffordernd und gütig, befehlend und schmeichelnd. Oder hypnotisch? Ohne es zu wollen, machte ich den Mund auf.

»Ich wünsche mir einen Mann, der mich liebt, mit allen Fehlern.« Die goldenen Lichter schienen sich immer schneller zu drehen und mich anzutreiben. Mich aufzufordern, mit ihnen zu tanzen. »Und ich wünsche mir, dass Kristan dieser Mann ist.«

Vermutlich wurde ich jetzt völlig verrückt, denn einen Moment meinte ich, dass die goldenen Flecken explodierten. Aber dann bemerkte ich, dass Weihnachtsklaus einfach seine Augen geschlossen hatte, so wie man das tat, wenn endlich etwas passiert war, auf das man schon so lange wartete. Es war wie ein kurzes Stoßgebet, dann machte er sie wieder auf und ich blinzelte. Goldene Flecken waren keine mehr zu sehen, nur ein paar helle bernsteinfarbene Einsprengsel im warmen dunklen Braun seiner Iris.

»Na siehst du, das war doch gar nicht so schwer.«

Ich lachte peinlich berührt. »Nein«, gab ich zu. Plötzlich kam ich mir ziemlich blöd und leichtgläubig vor.

»Du musst daran glauben, Fine. Mit ganzem Herzen.«

Ich nickte noch einmal. Inzwischen sahen alle am Tisch interessiert herüber und versuchten, etwas aufzuschnappen. Und da nicht alle so schwerhörig waren wie mein Onkel, lag mir viel daran, das Thema zu beenden.

»Das tue ich«, versicherte ich deshalb und war mir selbst nicht sicher, ob ich log oder nicht.

Weihnachtsklaus hingegen schien das zu genügen. Er richtete sich auf, ruckelte seinen breiten Gürtel zurecht, schwang sich den leeren Sack über die Schulter und drehte sich auf dem Absatz seiner glänzenden schwarzen Stiefel um. Und da sah ich es. In der Tür stand eine Gestalt. Ein großer, schlanker, dunkelhaariger Mann, der in den Raum spähte und jemanden zu suchen schien. Mein Herz setzte einen Schlag aus. Dann hob er eine Hand und trat einen Schritt vor, sodass ich sein Gesicht sehen konnte und fassungslos nach Luft schnappen musste.

# Kapitel 39

Er sah mich im selben Augenblick. Einen Moment wirkte er verlegen, dann hob er eine Hand zu einem zögernden Gruß. Ich nickte stumm zurück und musste kräftig schlucken. Endlich setzte er sich in Bewegung und kam langsam herübergeschlendert, die Augen fest auf unseren Tisch gerichtet. Ich stand zitternd auf und wartete, bis er uns erreicht hatte.

»Fine. Frohe Weihnachten.«

»Danke. Das wünsche ich dir auch, Kai.«

Mein Onkel, sonst nicht mit dem besten Gehör ausgestattet, fuhr beim Klang dieses Wortes zusammen. Langsam drehte er seinen Kopf.

»Frohe Weihnachten, Vater.«

»Junge!« Noch nie hatte ich die Stimme meines Onkels so ergriffen gehört. »Was machst du denn hier?«

Kai zuckte die Schultern. »Anja hat mich angerufen. Sie hat mich ziemlich rundgemacht. Den Andreas übrigens auch. Aber der hat heute Abend die Familie seiner Frau zu Besuch, so wie Anja die ihres Mannes bewirtet. Und da ich weder Frau noch Mann oder Kind habe und somit keine Verwandtschaft bekochen muss«, er hob die Arme wie ein Filmstar, »dachte ich, dass ich doch den Heiligen Abend mit meinem Vater verbringen könnte, anstatt mit ein paar Kumpels abzuhängen.« Er umarmte Josef, der sichtlich mit den Tränen kämpfte.

Ich kämpfte ebenfalls. Allerdings waren es bei mir weniger Tränen der Rührung, auch wenn ich es schön fand, dass Josefs Jüngster spontan hier aufgetaucht war.

*Wie dumm von dir,* tönte es in meinem Kopf, während ich das muntere Gespräch zwischen Vater und Sohn ausblendete. *Hast du wirklich geglaubt, dass dieser Klaus in seinem blöden Kostüm magische Kräfte hat und im Handumdrehen den Mann herzaubern kann, auf den du wartest?*

Ich weiß nicht, wie lange ich mit einem bemühten Lächeln und abwesenden Augen am Tisch saß und so tat, als lausche ich der Unterhaltung, während ich in Wahrheit nur gegen meine Enttäuschung ankämpfte und meine Naivität geißelte.

»Und der Weihnachtsmann war auch hier«, drang schließlich Josefs Stimme zu mir durch. Vermutlich war es das Wort *Weihnachtsmann,* auf das mein Gehirn ansprang. »Es war das schönste Fest, das wir hier je hatten. Und nun wird es noch schöner. Jetzt bist du hier. Und mein Mädchen.«

Ich spürte, wie er nach meiner Hand griff, und zwang mich, mit dem Grübeln aufzuhören.

»Sie ist dafür verantwortlich, dass wir diese Feier haben. Sie ist der Sonnenschein unseres Heims. Und meiner sowieso.«

»Das sagt er ständig.« Kai sah mich mit einem warmen Lächeln an. »Du bist etwas ganz Besonderes, Fine. Und du hast uns heute alle wachgerüttelt und endlich den Kopf zurechtgerückt.« Er wandte sich wieder an seinen Vater. »Und sie hat recht. Wir waren egoistisch und dumm. Das wird sich ändern. Morgen kommen die anderen. Anja und Andreas mit dem ganzen Anhang. Und dann feiern wir, wie es sich gehört. Als Familie. Wir rechnen fest mit dir, Fine.«

Ich winkte ab. »Ich will euch nicht stören, wenn ihr endlich mal wieder alle zusammenkommt.«

»Du störst doch nicht! Ohne dich wird nicht gefeiert und damit basta.« Josef drückte sanft meine Hand. »Dieses kleine Weihnachtswunder geht auf deine Kappe. Und ich freue mich unglaublich darüber. Aber du, Mädchen, du bist für mich schon längst ebenfalls eine Tochter. Ohne dich wäre es nicht richtig.«

Ich gab ihm einen Kuss auf die Wange. »Natürlich komme ich. Ich freue mich. Aber jetzt muss ich mal eben zu Diana. Ihr habt sicher genug zu bereden.«

Mein Onkel ließ meine Hand nicht gleich los. Stattdessen drückte er noch einmal zu, dann wedelte er mit der anderen, dass ich näher kommen sollte. Als ich mich zu ihm gebeugt hatte, posaunte er mir seine Botschaft ins Ohr.

»Ich habe den Weihnachtsmann belogen. Ich will einmal friedlich sterben, das ganz sicher. Aber insgeheim habe ich mir gewünscht, noch ein Weihnachtsfest mit allen gemeinsam zu feiern. Nicht jeden Tag mit einem anderen, und das auch erst, wenn die Feiertage vorbei sind. All meine Lieben noch einmal gemeinsam um mich versammelt. Und er hat es gehört, auch wenn ich es nicht laut ausgesprochen habe.«

Ich grinste schief. »Anscheinend hat er das. Oder aber Anja hat ihre Brüder einfach lange genug beschwatzt.«

»Nein.« Auch Josef grinste. »Ich bin alt genug, um wieder an den Weihnachtsmann glauben zu dürfen. Und du solltest es auch tun. Du siehst jetzt ja, dass er es draufhat.«

Ich ging zu Diana und ließ sie schwärmen, wie wunderbar dieses Fest verlief und wie beeindruckend Weihnachtsklaus gewesen war. Auch ihr hörte ich nicht wirklich zu. Immer wieder wirbelten die Worte meines Onkels durch meinen Kopf und schienen mich noch ein bisschen mehr zu verhöhnen. Ich sah zu ihm und Kai hinüber. Jetzt, ohne das Licht des Flures im Rücken und in der sanften Beleuchtung des Raumes, war die Ähnlichkeit zu Kristan deutlich geringer. Die Größe stimmte und die Statur kam in etwa hin. Auch die dunklen Haare hatten die zwei gemein. Aber das Gesicht war anders. Und Kais Gesten waren ausgeprägter. Dafür war sein Gang langsamer, sein Lachen lauter. Wie hatte ich die beiden nur verwechseln können? Wie hatte ich ernsthaft einen Moment glauben können, dass ich mir nur etwas wünschen musste, und schon würde es passieren? Zum zweiten Mal innerhalb kürzester Zeit hatte ich mich so dumm und naiv gefühlt, als Kai die Hand zum Gruß erhoben hatte und ich heftig meine Enttäuschung herunterschlucken musste, weil alleine diese kleine Geste gereicht hatte, um meinen Irrtum zu erkennen.

*Schluss damit!*, dachte ich. *Jetzt ist endgültig Schluss mit diesen verrückten Gedanken. Es gibt keine Weihnachtswunder, außer man kümmert sich selbst darum und macht ein paar Anrufe, um jemandem endlich mal die Meinung zu sagen.*

»Wir hätten diese Mistelzweige nicht überall aufhängen sollen.« Dianas amüsierte Stimme durchbrach meine Gedanken. »Die nehmen das viel zu ernst.«

Ich folgte ihrem Blick und sah hinüber zu einem Tisch, an dem sich ein paar unserer Gäste damit vergnügten, sich gegenseitig auf die runzeligen Wangen zu küssen und sich dann halb tot zu kichern.

»Wenigstens haben sie Spaß.«

»Oh ja. Den haben sie.«

»Lassen wir ihnen die Freude.« Ich fühlte mich plötzlich ziemlich müde und ein ganz klein wenig einsam.

»Und dein Weihnachtsmann war ein voller Erfolg. Der war richtig überzeugend.«

»Ja, allerdings.« *Ich werde die Scham darüber noch lange spüren, wie überzeugend er gewesen war*, dachte ich frustriert.

»Ein Abend voller Überraschungen. So wie ein echter Weihnachtsabend sein sollte.« Dianas Stimme bekam einen aufgeregten Unterton.

»Stimmt«, gab ich ihr halbherzig recht. Dieser blöde Weihnachtsklaus und seine Spielchen hatten meine Stimmung doch etwas gedämpft.

»Himmel, das ist wirklich aufregend.«

»Was? Die küssenden Senioren?« Ich machte mir nicht die Mühe, noch einmal hinüberzusehen. Mein Bedarf an Mistelküssen war für die nächsten zwanzig Weihnachtsfeste gedeckt. Mindestens.

»Quatsch. Aber die überraschenden Gäste.«

»Oh. Ja, das ist toll. Kai ist der Jüngste von Josefs Kindern. Ich hätte nie gedacht, dass meine Predigt auf fruchtbaren Boden fällt und tatsächlich einer kommt. Und nun werden morgen alle auftauchen.«

Diana wirkte verwirrt und unkonzentriert. »Ist das schlecht?«

»Nein! Nein, es ist toll. Ich freue mich wirklich. Er hat es sich so gewünscht. Auch wenn er immer so tut, als verstehe er, dass sie nie Zeit haben.«

»Hm.« Immer noch schien meine Gesprächspartnerin abgelenkt zu sein. Vielleicht sollte ich doch noch mal einen Blick zum Tisch mit den Mistelzweigküssern werfen. Da schien es ja mächtig abzugehen, wenn Diana so aufgeregt wurde. »Er hat es verdient, dein Onkel. Und du auch.«

»Was? Dass sie kommen? Na ja, ich freue mich natürlich, aber …«

Diana wedelte mit der Hand und brachte mich dazu, irritiert abzubrechen.

»Sag mal, ist alles in Ordnung bei dir?«, erkundigte ich mich besorgt.

»Klar.« Ein breites Lächeln überzog ihr Gesicht. »Alles großartig.« Sie sah noch einmal über meine Schulter und schien sich wirklich von Herzen darüber zu freuen, was dort drüben passierte. »Sag mal, Fine, wie ist das denn mit deinem Fuß?«

»Was? Der ist gebrochen, das weißt du doch.«

»Ja. Aber stehst du gut auf diesem Ding?« Sie deutete auf meine Gehhilfe. »Ich meine, stehst du darauf sicher? Sonst würde ich dir jetzt nämlich raten, Platz zu nehmen.«

»Natürlich stehe ich sicher. Das tue ich schon den ganzen Abend.«

»Aber jetzt könnte es schwieriger werden.« Dianas Augen blitzen mittlerweile fast so sehr wie die von diesem falschen Weihnachtsmann.

»Diana? Hast du den geheimen Eierlikörvorrat geleert?«

»Nein. Ich mache mir nur Sorgen, dass du gleich umkippst.«

Ich öffnete den Mund, um ihr zu versichern, dass ich das nicht tun würde, sie mir aber so langsam Angst machte, als sich eine Hand auf meinen Arm legte und ich eine sehr vertraute Stimme hinter mir hörte.

»Keine Sorge. Ich passe auf, dass ihr nichts passiert. Weder heute noch an einem anderen Tag, solange sie lebt. Wenn sie das will.«

# KAPITEL 40

Mein armes Herz! Was dem in den letzten Tagen zugemutet wurde, war bestimmt grenzwertig. Das ließ es mich jetzt ganz deutlich spüren, als es zu galoppieren begann und ungesund laut pochte. Ich war einen Moment unfähig, etwas anderes zu tun, als nach Luft zu schnappen und dieses Poltern zu ertragen, dann drehte ich mich endlich um.

»Kristan! Was machst du denn hier?«

»Ich habe einen Anruf vom Weihnachtsmann bekommen, dass ich hier erwartet werde.«

Shit! Jetzt hatte ich nicht nur Herzrasen, sondern auch noch einen Kopf, der röter leuchtete als mein Rock. Wenn das wahr sein sollte und dieser blöde Weihnachtsklaus mich reingelegt und so hintergangen hatte, dann würde ich zum ersten Mal in meinem Leben darüber nachdenken müssen, jemandem den Autolack zu zerkratzen oder ihm einen saftigen Tritt gegen das Schienbein zu verpassen. Aber erst, wenn ich das hier geklärt hatte.

»Was?«, fragte ich und versuchte, das Wort gelassen und cool klingen zu lassen. Muss ich erwähnen, dass es nicht klappte und ich einfach nur kurzatmig klang?

Kristan musterte mein rotes Gesicht und auf seine Züge legte sich das schönste Lächeln, das ich je gesehen hatte. Und das gefährlichste, zumindest für mein armes Herz.

»Anscheinend werde ich hier erwartet«, wiederholte er. »Ich bin doch hoffentlich nicht zu spät?«

»Kommt darauf an.«

»Und worauf?«

Ich biss mir auf die Lippen. Was hatte ich noch zu verlieren? Röter konnte ich nicht werden, im Fettnäpfchen steckte ich bereits und vermutlich hatte er auch wirklich einen Anruf von seinem Ex-Mitarbeiter bekommen, der keine Fragen mehr offenließ. Und wenn das so war und er sich dann auf den Weg gemacht hatte … Mein Herz kam jetzt wirklich an seine Grenzen, als mir aufging, was das bedeuten würde.

»Es kommt auf den Grund deines Besuches an. Wenn du zur Feier wolltest, dann bist du zu spät.«

»Und wenn ich aus anderen Gründen hier bin?«

Ich holte tief Luft. »Dann nicht«, sagte ich schlicht und wagte es endlich, länger als drei Sekunden in seine Augen zu schauen. Es tanzten keine goldenen Lichter darin wie bei Weihnachtsklaus. Ihr Blau war einfach nur strahlend, aber noch mehr freute mich der Ausdruck, den ich darin entdeckte. Ich hatte nicht gewusst, dass Blau so warm sein konnte, so einladend, so verführerisch.

»Ich habe dich in den letzten Tagen so vermisst.« Auch Kristans Stimme war warm und verführerisch.

»Ich dich auch.«

»Wie dumm wir waren.«

»Ich ganz sicher. Aber du?« Ich sah ihn fragend an.

Er ruckte leicht den Kopf, was ich als *Oh ja, ich auch* interpretierte.

»Zum Glück gibt es den Weihnachtsmann«, bemerkte er dann.

»Wenn du damit diesen Klaus meinst …« Ich blies mir hoffentlich vielsagend eine Strähne aus dem Gesicht. Sie hüpfte kurz im Luftzug und fiel prompt wieder zurück. »Den muss ich leider umbringen.«

Kristan lachte. Dann streckte er eine Hand aus und strich die störrischen Haare sanft hinter mein Ohr.

»Sei gnädig mit ihm. Wir haben ihm viel zu verdanken, wie es aussieht.«

»Er hat dich nicht wirklich angerufen, oder?«

»Doch. Und ich bin sehr froh darüber. Denn im Gegensatz zu dir hält er sich nicht mit Botschaften auf, die man nur schwer deuten kann.«

»Das mache ich auch nicht!«

»Nein? Als du heute angerufen hast, hatte ich mir so gewünscht, dass du etwas sagst, was mir Hoffnung gibt.«

»Und das habe ich nicht getan?« Ich dachte an das Gespräch zurück. Ich hatte mein Möglichstes getan, um ihm Hoffnung zu machen – und vor allem mir.

»Du bist immer so verdammt unverbindlich, Fine. Seit diesem Tag, als du mit Fieber auf deinem Sofa gelegen und mich mit dem Weihnachtsmann verwechselt hast …«

»Erinnere mich bloß nicht daran!«

»Seit diesem Tag«, fuhr er unbeirrt fort, »als du mir deinen größten Weihnachtswunsch verraten hast, hoffte ich darauf, dass ich ihn dir erfüllen kann.«

»Du? Aber …« Ich überlegte, dann kniff ich ein Auge zusammen. »Du warst doch mindestens genauso unverbindlich wie ich. Du warst immer so nett und wundervoll und so verdammt …« Ich suchte nach einem passenden Wort.

»Liebenswert?«, schlug er vor.

»Unverbindlich«, griff ich doch wieder auf seine Umschreibung zurück.

Seine Augenbrauen hoben sich und ich wand mich kurz, ehe ich gestand: »Und verdammt liebenswert auch, ja.«

Seine Hand, die, die vorher meine Haut entzündet hatte, nur weil sie kurz mein Ohr streifte, machte jetzt noch verheerendere Dinge mit der Haut auf meiner Wange. Er strich sanft darüber und doch hinterließen seine Finger eine brennende Spur.

»Dann haben wir all die Zeit das Gleiche empfunden und waren einfach zu feige, das zuzugeben?«

»Nun ja, ich habe es einmal ausgesprochen.« Ich hob den Kopf und war tatsächlich ein ganz klein wenig stolz.

»Auch wenn ich dir verschwiegen habe, dass ich weit weniger im Delirium war, als ich zugab.«

»Wer hätte das gedacht? Du siehst aus wie ein Engel und hast es faustdick hinter deinen niedlichen Ohren.« Zur Verdeutlichung ließ er ihnen wieder eine kleine Streicheleinheit zukommen. »Ich muss mich wohl auf einiges gefasst machen.«

Mein Gesicht glühte jetzt vor Glück und Freude. Ich musste nichts mehr sagen, weil es ihm sowieso alles verriet, was er wissen musste.

»Hey, ihr zwei!«

Ein lauter Ruf drang zu uns durch und automatisch drehten wir beide den Kopf in die entsprechende Richtung. Er kam vom Tisch der munteren Gäste mit dem Hang zu Mistelzweigen. Und auf eben einen solchen zeigten sie nun.

»Was ist nur mit euch jungen Leuten los? Da steht ihr seit Stunden genau unter einem Mistelzweig und schmachtet euch an. Kennt ihr die Regeln nicht? Wir wollen etwas sehen!« Die forsche Ennie, die immer für einen vorlauten Spruch gut war, deutete auf etwas über uns. »Wir warten.« Sie kicherte frech und steckte prompt den ganzen Tisch damit an.

Kristan machte eine entschuldigende Geste in ihre Richtung, dann sah er mich an.

»Nun denn … es könnte ihr letzter Wunsch sein. Wir sollten ihn ihr erfüllen, schließlich ist heute Weihnachten.«

»Du hast recht. Es wäre sehr egoistisch von uns, es nicht zu tun.« Meine Stimme wurde immer leiser, während sein Mund sich unaufhaltsam näherte.

»Absolut egoistisch«, bestätigte er.

Ich spürte seinen Atem und schloss die Augen, genau in dem Moment, als seine Lippen meine trafen.

Mein erster Mistelzweigkuss war unglaublich sanft und warm und schön und absolut geeignet, um ein paar Senioren mit Herzschwäche zu erfreuen. Vor allem aber war er geeignet, mich so glücklich zu machen, dass ich fürchtete zu platzen. Als wir uns voneinander lösten, senkte sich Kristans Stirn gegen meine und ich genoss auch diesen Moment mit geschlossenen Augen. Ich hörte ihn atmen, viel schneller, als es üblich war, und dann flüsterte er meinen Namen. Noch nie hatte darin solch eine Sehnsucht mitgeklungen, eine Liebe, die mich unfassbar erstaunte und alle Schranken niederriss.

»Ich liebe dich«, flüsterte ich, obwohl ich wusste, dass man diese Worte nie bei einem ersten Kuss sagen durfte. Aber es war so und ich hatte lange genug nicht das gesagt, was ich wirklich empfand.

Kristan antwortete nicht. Das konnte er auch nicht, weil sein Mund sich direkt eine andere Beschäftigung gesucht hatte. Er war wieder auf meinen Lippen und dieses Mal war es kein sanfter Kuss. Dieses Mal zog er mich so fest an sich, dass ich einen Moment ins Schwanken geriet, trotz des Halts, den er mir bot. Dann schlangen sich seine Arme noch fester um mich und ich konnte nicht anders, als ihn ebenfalls endlich in meine zu schließen. Ich reckte mich ihm unwillkürlich noch mehr entgegen, wollte nichts verpassen von dieser Berührung und es war mir absolut egal, dass es alle sahen. Ich liebte diesen Mann, und zwar mit jeder Faser meines Herzens – und wenn wir uns nicht bald trennten, dann auch mit jeder Faser meines Körpers. Was dann doch zu viel gewesen wäre, selbst für die toughen Senioren hier. Auch er schien das zu merken und gab meinen Mund frei. Wieder senkte sich seine Stirn gegen meine und nun war er es, der die Augen schloss und leise seufzte.

»Und ich liebe dich, Fine. Du ahnst nicht, wie sehr ich dich liebe.«

Es gibt Dinge, die kann man nicht mal dann ignorieren, wenn man vor Glück zu schweben meint. Und das tat ich. Kristans Worte, so sehnlich herbeigewünscht, so willkommen und trotz dieses Kusses so unerwartet und schön, schienen die Welt um uns herum einen Moment anzuhalten. Wie oft hatte Quentin diese Worte gesagt, aber nie, niemals hatten sie mich so sehr berührt, waren sie mir so wertvoll, so einzigartig und kostbar vorgekommen. Und noch nie hatten sie so wahr geklungen, so endgültig, so sicher. Aber nicht einmal sie konnten verhindern, dass irgendwann das begeisterte Johlen durch den Glücksschleier drang, der uns umschloss. Und dass die durchaus recht zotigen Kommentare uns irgendwann erreichten. Oder dass ich das Winken und Rudern meines Onkels weiterhin ignorieren konnte, wenn mir nicht egal war, dass er morgen mit einem Riesenmuskelkater und womöglich einer Sehnenscheidenentzündung oder einem Tennisellenbogen aufwachte. Ich nahm Kristans Hand und gemeinsam schlenderten wir dämlich grinsend und in meinem Fall sogar kurz vor besagtem Tisch mit den fidelen Herrschaften knicksend zu ihm hinüber.

»Du kennst ja Kristan«, sagte ich glücklich.

»Natürlich kenne ich den Jungen. Gut gemacht!« Er strahlte ihn an. »Hat ja lange genug gedauert.«

Kristan lachte und nickte zustimmend.

»Aber am Ende habt ihr es endlich kapiert. Dachte schon, dass du mein Mädel ewig leiden lässt.«

»Onkel Josef«, mahnte ich milde.

»Stimmt doch.« Er ignorierte gekonnt meine Miene. »Sie hat sich dich heute gewünscht. Beim Weihnachtsmann«, verriet er ohne Scheu.

»Onkel Josef!« Jetzt war meine Stimme nicht mehr so sanft. Auch wenn das mittlerweile kein Geheimnis mehr war, kam es mir dennoch illoyal vor, das so entspannt auszuplaudern.

»Und damit hat sie mich sehr glücklich gemacht.« Kristan zog mich an sich und gab mir das gute Gefühl, dass ich genau das Richtige getan hatte und so etwas wie eine Heldin war. »Sie ist weit mutiger, als sie denkt.«

»Und sie ist der beste Mensch, den du dir wünschen kannst.«

»Das weiß ich.«

Ich musste schon wieder gegen einen Kloß anschlucken, als ich Kristans Worte hörte. Auch ich hätte mir keinen Besseren wünschen können.

»Und nun verschwindet, ihr beide.« Plötzlich wurde mein Onkel recht resolut und wedelte erneut mit den Armen. »Los, feiert Weihnachten!«

»Aber wir wollten doch zusammen feiern«, warf ich überrascht ein.

»Die Pläne haben sich geändert. Ich werde Weihnachten mit meinem Jungen feiern.« Er sah zu Kai, der die Szene grinsend genoss.

»Du schickst mich weg?«

»Nein.« Mein Onkel wurde noch einmal ernst. »Du weißt, dass ich das nie tun würde. Du bist immer für mich da und du kannst dir nicht vorstellen, was das bedeutet. Du hast mir heute das schönste Weihnachtsfest geschenkt, das ich mir ausmalen konnte. Aber jetzt wirst du auch mal an dich denken. Ich habe Gesellschaft«, er sah zu seinem Sprössling. »Und ich würde mich freuen, wenn ihr Morgen eine Stunde übrig hättet, um mit uns allen zu feiern. Falls ihr es einrichten könnt und nicht anderweitig beschäftigt seid.« Er zwinkerte eindeutig zweideutig. Ich sah ihn fassungslos an, ehe ich nachgab und breit grinste.

»Das werden wir schaffen. Frohe Weihnachten, Onkel Josef. Ich hab dich sehr lieb.«

»Ich dich auch, mein Mädchen. Frohe Weihnachten.«

# KAPITEL 41

»Weißt du, wie sehr ich mir das gewünscht habe?« Ich kuschelte mich fest an Kristan und seufzte glücklich. »Genau das.«

Zufrieden sah ich zu meinem prächtigen Weihnachtsbaum, der so schön funkelte wie nie zuvor. Wir hatten es uns auf dem Sofa bequem gemacht, im Hintergrund lief mein liebster Weihnachtssong und ich fühlte mich, als wäre ich am Ende doch eine Heldin in einem Weihnachtsfilm geworden. Nur viel besser, weil bei uns niemand *Klappe!* und *Danke! Das war es dann für heute!* rufen würde.

»Vermutlich ebenso sehr wie ich. Und trotzdem hätten wir es beinahe vermasselt.«

»Warum eigentlich?« Ich warf meinem Freund einen Blick zu und erschauerte. Meinem Freund! Wenn das kein Weihnachtswunder war.

»Ich hatte Angst«, gab er offen zu. »Dass du immer noch nicht über deinen Ex hinweg bist. Dass du eine Beziehung zwischen Kollegen immer noch als explosive Mischung siehst, die du nie mehr wagen würdest. Und vor allem Angst, dass du nicht dasselbe empfindest wie ich.«

»War das nicht klar? Ich war ständig in Sorge, dass du es bemerken könntest.«

»Ach ja? Du hast es gut verborgen. Es gab da manchmal diese Momente, in denen ich hoffte, dass es dir ähnlich geht.« Er strich mir nachdenklich eine Strähne aus dem Gesicht. »Aber ehe ich den Mut hatte, etwas zu sagen, hast du wieder umgeschwenkt. Dir schien es nur um die Arbeit zu gehen. Das machte es nicht unbedingt leichter für mich.

Ich bin dein Arbeitgeber. Ich kann nicht einfach einer Mitarbeiterin gestehen, dass ich mir ganz andere Dinge erhoffe, als eine dumme Tabelle zu besprechen, wenn ich abends mit ihr alleine in ihrer Wohnung bin.«

»Dumm?«

Er lachte leise. »Du weißt, was ich meine. Ich kann nicht einfach meine Gefühle gestehen und hoffen, dass du ähnliche für mich hast. In was für eine Situation würde ich dich bringen? Am Ende hättest du keinen anderen Ausweg gesehen als zu kündigen.«

»Niemals. Aber für mich war es nicht leichter. Ich konnte ebenso wenig meinem Chef sagen, dass ich mich in ihn verliebt habe. Ich wäre vor Scham gestorben, wenn du meine Gefühle nicht teilst und ich mir das nur zusammengeträumt hatte. Und die Gefahr war da, das kannst du nicht abstreiten. Jeder in der Firma weiß, wie hilfsbereit du bist. Ich wurde hinreichend gewarnt, deine Aufmerksamkeit nicht falsch zu verstehen. Ich konnte ja nicht ahnen, dass du ausgerechnet bei mir anders empfindest.«

Ich wartete, bis er mich geküsst hatte, um mir ebendies noch einmal zu beweisen. Dann kniff ich ein Auge zu und überlegte laut.

»Und deshalb hast du dich letzte Woche an deinen Schreibtisch verkrochen? Weil du mich … liebst?« Ich hatte immer noch eine seltsame Scheu, das auszusprechen. Als würde ich etwas absolut Undenkbares sagen.

»Weil ich auf die dumme Idee gekommen bin, dass ich mich schützen muss. Mit jeder Sekunde, die wir zusammen verbrachten, saß ich tiefer in der Falle. Und ausgerechnet zu dem Zeitpunkt hast du ständig davon gesprochen, dass du endlich zurückwillst in dein eigenes Leben, wieder selbstständig werden, die Dinge alleine angehen. Ich hatte plötzlich den Eindruck, dass ich mich übermäßig aufgedrängt hatte. Ich habe jeden einzelnen Tag geliebt, an dem wir zusammen waren. Und mit jedem Tag wurde es schwieriger, dich nicht sehen zu dürfen. Ich habe Ausreden erfunden, um hierher zu kommen. Ich habe gehofft, dass du eine Packung Milch brauchst, nur damit ich einen Grund hatte, vorbeizuschauen.« Er verzog das Gesicht. »Ich habe dich arbeiten lassen, trotz Krankmeldung, weil ich dich dann sehen durfte.«

»Und ich habe aus genau diesem Grund gearbeitet«, gestand ich.

»Du hast es mir so schwergemacht. Gerade als ich beschlossen hatte, dir den Freiraum zu geben, von dem ich fürchtete, dass du ihn willst …« Er seufzte leise. »Als ich begann, Termine zu erfinden und Aufgaben, die mich ins Büro fesselten, da warst du plötzlich so anders und ich begann wieder zu hoffen.« Er sah zu unserem Weihnachtsbaum und ich dachte an meinen Aussetzer an jenem Abend, bevor wir ihn kauften. »Du hast so verletzt und niedergeschlagen gewirkt. Ich fürchtete, dass du insgeheim noch an deinem Ex-Freund hängst, dass du ihn vermissen wirst an Weihnachten. Und doch hätte ich in diesem Moment alles getan, um dich wieder glücklich zu machen, ohne Rücksicht auf meine eigenen Gefühle. Zumindest konnte ich dir einen Wunsch erfüllen und dafür sorgen, dass du deinen Baum bekommst. Endlich hast du wieder gelacht und warst die Fine, die ich kannte. Ich begann, einmal mehr zu hoffen. Verbrachte einen wundervollen Tag mit dir. Nur um wieder zu fürchten, dass ich mehr will als du. Deshalb habe ich mich in den kommenden Tagen gezwungen, im Büro zu bleiben.«

»Damit hast du mich zur unglücklichsten Frau der Welt gemacht«, gab ich zu. »Ich hoffte jeden Abend, dass du einfach hier auftauchst.«

»Ich war hier, jeden Abend. Ich saß wie ein verliebter Schuljunge in meinem Auto und habe zu deinen erleuchteten Fenstern hochgesehen.«

Und ich hatte ihn gesehen. Aber nicht daran geglaubt, dass es wirklich er sein könnte, der so nah und doch unendlich weit entfernt war.

»Ach, Kristan. Was hätte ich dafür gegeben, dich zu sehen. Du hast mich eine Woche Weihnachtsvorfreude gekostet, ist dir das klar?«

»Es tut mir leid. Und ich verspreche, dass es nie wieder passieren wird. Von nun an werden wir sagen, was wir wirklich empfinden.«

»Ich weiß, dass ich auf diesem Gebiet noch nie besonders gut war. Einfach einem Mann zu sagen, was ich für ihn fühle, meine ich. Aber dich hätte ich in dieser Hinsicht für mutiger gehalten. Du wirkst so selbstbewusst und gefestigt. Und voller Erfahrung«, setzte ich ein wenig verlegen hinzu.

»Das dachte ich bis vor Kurzem auch.« Kristan ließ ein bezauberndes Lachen hören, voller Überraschung und Unglauben. »Und dann kamst du. Du warst ganz anders als alle Frauen, die ich bisher kannte. Und du hast mich hineingelassen in eine Welt, in der andere Werte zählten, andere Dinge wichtig waren. In deine Welt, die voll mit Licht und Liebe und Zuversicht ist. Und voller Zimtgeruch und kitschiger Songs.«

»Hey! Sag nichts gegen meine Musik!«

»Ich würde es nie wagen. Es ist lange her, dass ich einen Advent so bewusst erlebt habe. Die kleinen Vorfreuden und diese ganz besondere Magie. Deine Magie, Fine.«

Ich küsste ihn auf die Halsbeuge. »Die du entzündet hast.«

»Nein. Sie war schon da, als ich dich das erste Mal sah. Nur dass ich mir das lange nicht eingestehen wollte, dass du einfach so in mein Büro geschneit bist und mein Herz für immer verloren war.« Er küsste meinen Haaransatz, wie er es schon einmal getan hatte. Nur dass er sich dieses Mal nicht damit zufriedengab. Langsam arbeitete er sich nach unten, bis er auf meine wartenden Lippen traf. Sein Kuss war so unglaublich schön, dass ich nicht anders konnte, als mich näher an ihn zu schmiegen. Er antwortete mit einem Stöhnen.

»Wir sollten aufhören. Du trägst noch immer diesen Stiefel. Wir können warten.«

Ich hörte die Sehnsucht in diesen Worten und beschloss, dass ich jetzt endgültig oft genug nicht gesagt hatte, was ich wirklich wollte. Das hier zum Beispiel.

»Wir sollten weitermachen«, flüsterte ich deshalb zwischen zwei Küssen. »Ich will das schon viel zu lange und mein Fuß wird mich jetzt nicht abhalten.«

Noch einmal ließ er ein Stöhnen hören, sehr begehrlich und heiß. Dann senkten sich seine Lippen wieder auf meine und seine Hände glitten unter meinen Pulli. *So sollten Weihnachtsfilme enden,* dachte ich noch. Dann erreichten seine Finger ihr Ziel und ich stellte das Denken ein.

Auch wenn man die Füße nicht zwingend brauchte für das, was wir gerade getan hatten, würde ich doch froh sein, wenn ich in ein paar Tagen dieses Ding endlich ganz ablegen durfte. Nachts musste ich die Orthese schon eine Weile nicht mehr tragen, aber wir hatten plötzlich keine Zeit mehr gehabt, sie erst abzuschnallen. Nun ja, falls es jemand interessiert oder irgendwer in eine ähnliche Situation gerät: Es klappt auch mit. Es ist zwar ein wenig seltsam, wenn deine Beine sich um einen Menschen schlingen wollen und du daran denken musst, dass du ihm dann dieses Monstrum ins Kreuz donnern würdest – falls du es schaffst, ihn derart schwungvoll anzuheben. Und auch wenn du das Ding irgendwann abgelegt hast, macht es sicher noch mehr Spaß, wenn der andere nicht immer ein wenig Angst hat, dir einen fast verheilten Knochen erneut zu brechen. Noch mehr Spaß, denn an der Sache an sich gab es absolut nichts auszusetzen. Man kann so vieles schaffen, wenn man es nur will.

Und dann schaute ich einmal mehr auf meinen Weihnachtsbaum und zu der Freude, die mich dabei jedes Mal überkam, gesellte sich ein ganz neues Gefühl. Ich fühlte mich verwegen und wild, weil wir uns jetzt nackt unter der weichen Fleecedecke aneinanderschmiegten. Ich, Fine Engels, das nette Mädchen von nebenan, war plötzlich eine verwegene Frau, die sich gerade ihren allergrößten Traum erfüllt hatte.

»Das war mein allerschönstes Weihnachtsgeschenk«, gestand ich atemlos und errötete schon wieder.

»Ich liebe dich«, gab Kristan schlicht zurück. »Ich kann gar nicht genug davon bekommen, das endlich laut aussprechen zu dürfen.«

»Und ich werde nie genug davon bekommen, es zu hören.« Zufrieden schloss ich die Augen.

»Vielleicht könnten wir dennoch ins Bett wechseln«, schlug Kristan vor und küsste meine Schulter. »Dein Sofa ist wirklich außerordentlich groß und bequem, aber du solltest dir dringend abgewöhnen, ständig hier zu schlafen.«

»Ins Bett? Willst du denn bleiben?« Ich sah, wie sich seine Augenbrauen überrascht zusammenzogen und einen Ausdruck bekamen, der beinahe Angst sein könnte. »Nicht, dass ich etwas dagegen hätte. Aber hattest du nicht was vor? Himmel, du solltest doch bei deinen Eltern sein. Wissen sie, dass du zu mir wolltest?«

Er nickte. »Ja. Und sie werden es verstehen.«

»Aber was werden sie von mir denken? Wenn ich dich gleich am ersten Abend hier übernachten lasse?«

Er lachte amüsiert. »Sie werden dich dafür lieben. Ich habe ihnen schon so viel von dir erzählt. Mehr, als mir bewusst war, wie ich heute erkennen musste. Anscheinend habe ich deinen Namen viel zu oft beiläufig in ein Gespräch einfließen lassen. Sie haben mich beinahe ins Auto geschoben, als Klaus anrief, und mir versichert, dass sie mich die nächsten zwei Tage nicht sehen wollen.«

»Und dann?«

»Dann würden sie sich freuen, dich kennenzulernen. Um vielleicht das Weihnachtsfest einen Tag auszudehnen und mit uns gemeinsam noch einmal zu feiern. Wenn dir das nicht zu schnell geht.«

»Ich glaube, ich würde sie gerne kennenlernen. Und damit, Weihnachten zu verlängern, habe ich bestimmt keine Probleme.« Ich grinste zufrieden. »Wobei ich mich vermutlich nicht mit einem einzigen Tag zufriedengeben werde. Für mich wird jetzt jeder Tag Weihnachten sein, solange ich dich an meiner Seite habe.«

# EPILOG

Wir feierten das beste Weihnachtsfest unseres Lebens. Ganz besonders an diesem Heiligen Abend, an dem wir uns endlich in die Arme nahmen und küssten und jede Menge ganz unchristlicher Dinge taten, die sich so richtig anfühlten. Wir besuchten meinen Onkel, wie er sich das gewünscht hatte, und ich freute mich von ganzem Herzen mit ihm mit, als ich ihn dort im Kreise seiner Lieben antraf. Als Anja mich fest umarmte und gestand, dass sie froh war, von mir diesen Tritt in den Allerwertesten bekommen zu haben, vergoss ich sogar ein paar Tränchen. Aber dann lachten wir hauptsächlich. Ich versprach meiner Cousine, dass ich mich auch in Zukunft um Josef kümmern und ihn weiterhin regelmäßig besuchen würde; ich liebte den alten Haudegen viel zu sehr, um das einzustellen. Aber jetzt waren meine Besuche nicht mehr die einzigen, auf die der alte Knabe sich freuen konnte. Auch wenn sie nicht so häufig vorbeischauen konnten wie ich, arbeitete sie bereits an einem Konzept, bei dem mein Onkel regelmäßig von einem seiner Kinder besucht werden würde.

Mit Kristans Eltern feierten wir tatsächlich einen Tag nach den offiziellen Feiertagen Weihnachten. Zwischendurch hatte mich doch noch einmal kurz die Sorge gepackt, was sie wohl von mir denken würden, aber das legte sich spätestens in dem Moment, als ich sie traf. Ich fühlte mich vom ersten Augenblick an wohl und heimisch in ihrem Haus. Wie auch nicht – Kristan hatte sehr viel von ihnen und so entdeckte ich in ihnen jede Menge von ihm. Sie freuten sich offen darüber, dass er nun einen Menschen hatte, der ihm die Liebe schenkte, die er verdiente – und der dafür sorgte, dass ihr Junge nicht mehr ganz so viel Zeit im Büro verbrachte, gaben sie mit einem bedeutsamen Blick in Richtung ihres Sohnes zu. Ich versprach, mein Bestes zu tun, und schämte mich beinahe ein wenig. Schließlich war das auch mein Wunsch, aus sehr persönlichen Gründen.

Rechtzeitig zu Silvester musste ich noch einmal zum Arzt und bekam versichert, dass mein Fuß wieder völlig in Ordnung war. Ich durfte den Stiefel endlich ablegen und war offiziell gesund. Wir nutzten es weidlich aus in dieser besonderen Nacht, in der ein neues Jahr begann und sich die Möglichkeiten und Chancen frisch mischten. Ein weiteres Kapitel meines Lebens wurde aufgeschlagen und ich war mir sicher, dass ich es mit reichlich Liebe und Lachen füllen würde.

Und dann war auch dieser Tag vorbei und das Leben kehrte in seinen gewohnten Gang zurück. Und damit war es auch an der Zeit, das Homeoffice endgültig zu verlassen und wieder ins Büro zu gehen. Ich freute mich darauf, denn ich hatte Lia und die anderen wirklich vermisst. Und trotzdem war mir ein wenig bang, weil ich jetzt plötzlich Kristans Freundin war.

»Wir sind erwachsen. Wir werden uns im Büro zurückhalten können. Oder muss ich fürchten, dass du zwischen Tabellenkalkulationen und langweiligen Ablaufbeschreibungen über mich herfällst?«, fragte Kristan frech.

»Erstens wäre das nichts, was du fürchten solltest, und zweitens kann ich mich durchaus beherrschen«, gab ich kokett zurück. »Aber was werden die anderen sagen?«

»Wann lernst du endlich, dass es vollkommen egal ist, was andere denken?« Er küsste meine Nasenspitze. »Aber wenn du es unbedingt wissen willst: Sie werden sich freuen und dann weitermachen wie bisher. Was wird sich ändern?«

Ich zuckte die Achseln. »Sie können nicht mehr mit mir über dich lästern.«

»Haben sie das je gemacht?«

»Nein.« Ich sah ihn an. »Weil es nie einen Grund gab, das zu tun. Du bist der beste Chef, den man sich wünschen kann, das weißt du.«

»Und das werde ich bleiben, egal, mit wem ich ins Bett gehe«, sagte er und brachte mich wieder einmal dazu, vor Freude zu erschaudern. »Und zudem würden wir Lia schwer enttäuschen, wenn wir nicht endlich ein Paar werden. Sie hat seit dieser Weihnachtsfeier eine Andeutung nach der anderen fallen gelassen.«

»Was? Und dabei hat sie mir versichert, nichts zu sagen!«

»Tja, da siehst du es. Unsere Mitarbeiter wollen, dass wir zusammen sind.« Er legte seine Hände auf meine Schläfen und sah mir in die Augen. »Hör auf, dir unnötige Gedanken zu machen. Wir haben es bisher auch geschafft, gut miteinander zu arbeiten, obwohl ich oft genug den Wunsch hatte, alles in die Ecke zu pfeffern und dich einfach zu küssen.«

»Und nun hast du diesen Wunsch nicht mehr?«

»Oh doch.« Er nutzte die Gelegenheit und zog mein Gesicht zu sich heran, bis ich seine Lippen bereits zu spüren meinte. »Aber jetzt weiß ich, dass ich nur ein wenig warten muss, um zu bekommen, was ich will.«

Wie so oft hatte Kristan recht. Ich machte mir im Vorfeld viel zu viele Gedanken und Sorgen über absolut unerhebliche Dinge. Lia war wie erwartet ein paar Tage völlig aus dem Häuschen, dann bekam sie sich wieder ein und die Sache war erledigt. Natürlich war es anders, mit ihm tagsüber zu arbeiten und abends … nun ja, das zu machen, worauf nicht nur er den ganzen Tag wartete. Wobei jetzt bitte nicht der Eindruck entstehen sollte, als würden wir wie zwei hormongesteuerte Teenager nur noch darauf hinleben, uns abends hinter verschlossenen Türen zu vergnügen. Zumindest nicht umgehend, denn auch wenn ich jetzt ein Privatleben hatte, gab es immer noch andere Pflichten.

Meine Besuche bei Josef zum Beispiel. Er hatte anfangs angedeutet, dass er es verstehen würde, wenn ich ihn nun nicht mehr so häufig aufsuchen würde, aber davon wollte ich nichts wissen. Erstens einmal fand Kristan Gefallen an meinem schrulligen, großartigen Onkel und er begleitete mich daher oft, wenn ich mich auf den Weg machte. Zweitens fand ich diese Stunden auch dann großartig, wenn ich ohne meinen Freund dort war und Josef nicht aufhören konnte, von Kristan zu schwärmen. Ich bremste ihn nie und befeuerte es sogar noch ein wenig, weil ich selbst der Meinung war, dass dieser Mann etwas ganz Besonderes war. Und drittens liebte ich meinen Onkel einfach viel zu sehr, um ihn nun nicht mehr regelmäßig zu sehen.

Auch meine Arbeit bei den Ehrenamtlichen behielt ich bei. Jetzt, wo die Weihnachtszeit vorbei war, hatten wir weniger Treffen. Es gab zwar weiterhin Veranstaltungen, aber bei denen war die Vorbereitung recht gut zu meistern und wir waren ein eingespieltes Team. Ich freute mich wie verrückt, als Kristan erklärte, dass er sich uns gerne anschließen würde. Natürlich passte es zu ihm, denn seiner Neigung, anderen zu helfen, kam das sehr entgegen. Und da es in der Firma gerade weder Fußverletzte noch anderweitig in der Klemme steckende Mitarbeiter gab, hatte er Kapazitäten frei, wie er grinsend feststellte. Er hielt auch sein Versprechen, uns als Sponsor zu unterstützen. Spätestens da hatte er sich die volle Liebe von Diana gesichert, auch wenn ich wusste, dass sie ihm schon länger verfallen war. Und mir machte es noch mehr Spaß, dieser Tätigkeit mit ihm zusammen nachzugehen. Wir hatten in unserem Leben so viel Glück, so viel Gutes, so viel Liebe. Und wir waren uns einig, dass wir einen kleinen Teil davon zurückgeben wollten.

Und dann kam irgendwann dieser Tag, den ich sonst immer gefürchtet hatte: das Verschwinden der Weihnachtsdekorationen. Wäre es nach mir gegangen, dann hätten die Lichter das ganze Jahr bleiben können, aber mich fragte ja keiner. Und irgendwann verlor sogar der prächtigste Baum seine Nadeln – wenn man nicht wie Cindy auf Kunststoff setzte. Und so sah ich am zweiten Freitag im Januar Lia dabei zu, wie sie den Büroweihnachtsbaum abschmückte.

»Zu schade«, seufzte ich. »Der sah so schön aus und ich hatte kaum Zeit, ihn zu bewundern.«

Sie warf mir einen Blick zu und machte weiter. Eine Feiertagssaison hatte genügt, um ihr klarzumachen, dass es fruchtlos war, in dieser Sache mit mir zu diskutieren.

Ich konzentrierte mich erneut auf meine Zahlen und sah erst wieder hoch, als ich ein dröhnendes Lachen hörte. Das kannte ich doch! Ich stand auf und ging zur Tür. Im Flur stand Lia, schon in Jacke, Schal und Mantel, und wechselte ein paar Worte mit Weihnachtsklaus. Dann winkte sie und machte sich davon und Klaus richtete seine Aufmerksamkeit auf den Baum. Er hatte ihn besorgt und so wie es aussah, war er auch für den Abtransport verantwortlich. Er schien meine Blicke zu spüren, denn er sah auf und winkte erfreut.

»Fine. Und? Wieder alles gesund?« Er deutete auf meinen Fuß, der endlich wieder in Winterstiefeln steckte.

Ich nickte und schlenderte zu ihm hinüber. Seltsam, es war das erste Mal, dass ich ihn in normaler Kleidung sah, und trotzdem sah er aus wie ein Weihnachtsmann. Einer, der inkognito Urlaub machte, aber wie ein Promi dennoch sofort erkannt wurde. Über seinen abgewetzten Jeans hing ein rotkariertes Baumwollhemd, breite Hosenträger suchten sich ihren Weg zwischen den Hemdzipfeln und dem

Bund der Hose. Seine glänzenden Stiefel hatte er auch heute an und sein Bart war so prächtig wie eh und je.

»Freut mich«, rief er dröhnend. »Oh ja, es freut mich sehr.«

Ich wusste instinktiv, dass er nicht nur von meiner Genesung sprach.

»Was ich immer schon mal fragen wollte: Gibt es für Weihnachtsmänner eigentlich keine Schweigepflicht?« Ich sah ihn an und hob die Augenbrauen.

»Wieso?«

»Wieso? Weil man denen seine geheimsten Wünsche anvertraut. Und dann gehen die hin und plaudern alles aus?«

»War dir das nicht klar? Woher wussten deine Eltern früher, was du dir wünschst?«

Ich überlegte. »Das ist was anderes.«

»Nein.« Er ließ den Stamm los und rieb sich über den Bauch. »Und ja«, gab er dann überraschend zu.

»Ja? Also gibst du es zu, dass es nicht in Ordnung war?«

»Überhaupt nicht. Es war richtig. Oder hättest du gewollt, dass es anders kommt?«

Ich schüttelte den Kopf.

»Na also.«

»Dann musst du aber zugeben, dass es im Gegenzug keine Weihnachtswunder gibt.«

»Wieso?« Klaus kratzte sich im dichten Bart.

»Weil es kein Wunder ist, wenn du zum Telefon greifst und meine geheimsten Wünsche ausplauderst.«

»Ist es nicht? Ist es kein Wunder, wenn du jemandem so wichtig bist, dass er das tut? Ist es kein Wunder, wenn sich jemand daraufhin ins Auto setzt und fährt wie der Teufel, nur um bei dir zu sein?«

»Nein«, behauptete ich.

Klaus kam einen Schritt näher. Seine Augen fixierten mich und wieder meinte ich, darin die goldenen Funken tanzen zu sehen.

»Es ist ein Wunder, Fine. Und es ist keines«, beschied er in der ihm eigenen Art, sich auf gar nichts festzulegen.

»Was jetzt? Wunder oder nicht?«, fragte ich leicht irritiert.

»Es ist vor allem der Geist der Weihnachtszeit. Ob uns ein Wunder passiert oder nicht, hängt davon ab, wie wir an die Sache rangehen. Wir müssen vertrauen, verstehst du? Wir müssen hoffen. Und wir müssen an uns selbst glauben.«

Wieder begannen die Funken zu tanzen und mich zu bezirzen.

»Wenn du nicht tief in deinem Herzen daran geglaubt hättest, dass in dieser Zeit Wunder möglich sind, dann hättest du mir diesen Wunsch nie verraten. Und ich hätte meinen Anruf nicht machen können.« Er hob einen Finger, als ich ihn unterbrechen wollte. »Einen Anruf bei dem Mann, der mir nur wenige Wochen zuvor auf einer anderen Weihnachtsfeier gestanden hat, dass er sich wünscht, endlich die richtige Frau gefunden zu haben. Und der dich dabei so sehnsüchtig angesehen hat.«

Ich schluckte ergriffen. »Das hat Kristan gesagt?«

Klaus zuckte gelassen mit den Schultern. »Ich bin gut in meinem Job. Irgendwie landen am Ende alle Herzenswünsche bei mir.«

Ich betrachtete seine Augen. Wieder meinte ich, diese Lichtblitze darin zu entdecken, die absolut unerklärlich waren. Ich wusste, das war meine Chance, ihn zu fragen, wie er das anstellte. Es musste ein Trick sein, das war klar. Einer, mit dem er an die geheimsten Wünsche gelangte. Ich öffnete den Mund, um ihn einfach danach zu fragen, doch dann schloss ich ihn wieder. Musste man wirklich alles wissen, alles rational erklären können? Nein, eigentlich wollte ich lieber für den Rest meines Lebens die Hoffnung haben, dass alles möglich war und dass Dinge passieren konnten, die absolut unmöglich schienen. Spontan beugte ich mich vor und gab ihm einen Kuss auf die Wange.

»Ja, du bist wirklich gut in deinem Job. Danke.«

Er tätschelte erfreut meine Hand. »So wirke ich meine Wunder. Indem ich die Menschen dazu bringe, sich zu öffnen und zu hoffen. Sich etwas so sehr zu wünschen, dass sie endlich bereit sind, alles dafür zu wagen.«

Ich sah, wie sich einmal mehr Millionen Fältchen um seine Augen bildeten und sich die unerklärlichen Goldfunken noch schneller drehten.

»Vergiss das nie, Fine! Wunder folgen ganz eigenen Regeln. Wir sehen sie einfach oft nicht. Aber wenn wir sie zulassen, wenn wir sie willkommen heißen, wenn wir etwas für sie tun, dann können sie plötzlich eine Macht entfalten, die nach Magie riecht.«

Wieder war ich mir einen Moment nicht ganz sicher, ob er mich mächtig auf den Arm nahm oder ob dieser Mann nicht doch mehr wusste und ahnte als wir anderen. Aber ich hatte mich entschieden, an ihn zu glauben, deshalb nickte ich schließlich zustimmend.

Klaus hatte unterdes in einer irren Geschwindigkeit den Baum aus dem Ständer genommen und sich über die Schulter geworfen. Ohne dass eine einzige Nadel auf den Boden gefallen wäre, wie ich misstrauisch bemerkte.

Ich spürte eine Hand auf meinem Rücken und sah mich um. Kristan war neben mich getreten und entgegen unserer Gewohnheit legte er hier in diesen Räumen die Arme um mich.

»Danke«, sagte er und zeigte auf den leeren Baumständer.

Klaus schüttelte den Kopf. »Es war mir wie immer eine Freude. Bis nächstes Weihnachten.« Er ließ noch einmal sein dröhnendes Lachen erklingen. »Wenn ich wiederkomme und mir eure Herzenswünsche anhöre.« Er grinste und zwinkerte, dann schien er zu stutzen. Er legte kurz den Kopf schief wie ein Vogel, der auf etwas lauschte, was andere nicht hören konnten. »Obwohl ich bei dem vermutlich nicht wirklich behilflich sein kann.«

Kristan drehte irritiert den Kopf. »Noch ein Wunsch?«, fragte er mich.

»Ich? Nein. Ich bin absolut wunschlos glücklich«, wehrte ich ab.

Klaus lachte. »Nein? Nun, ich denke doch. Viele kleine, trippelnde Wünsche.« Er verzog vielsagend den Mund.

Kristan sah mich überrascht an. Sofort wehrte ich ab.

»Ja, irgendwann wäre das bestimmt schön. Aber nicht jetzt. Ich meine, wir sind doch noch ganz am Anfang und …«

»Fine, ist das deine Meinung oder fällst du wieder in die schwierige Angewohnheit zurück, nicht zu sagen, was du dir wirklich wünschst?«, erkundigte sich Kristan mit leiser Stimme.

Ich senkte kurz den Blick. »Trippelnde Füßchen wären toll und ich habe keine Zweifel, dass ich die nur mit dir haben will. Aber ich weiß, dass normale Menschen ein bisschen länger brauchen, um sich in solch einer großen Sache sicher zu sein.«

»Nun, dann bin ich ebenso wenig normal wie du.« Er küsste mich, ungeachtet dessen, dass wir immer noch im Vorraum der Firma standen.

Als wir uns endlich wieder dessen bewusst wurden, sah ich mich um und bemerkte, dass wir alleine waren. Beinahe alleine, denn von irgendwoher dröhnte schwach das unverkennbare Lachen eines Weihnachtsmannes mit rotkariertem Hemd. Ich sah zum leeren Christbaumständer auf seiner goldenen Decke und einen Moment war ich mir sicher, dass die darauf aufgedruckten Sterne tanzten. Und da wusste ich, dass die Magie nicht mit der Weihnachtsdekoration verschwand. Nicht, wenn wir das nicht wollten.

Ich drehte mich zu Kristan um und legte unbewusst eine Hand auf meinen flachen Bauch. Wie lange hatte ich mit meinem Ex-Freund vergeblich versucht, ein Kind zu bekommen? So lange, dass ich bereits gefürchtet hatte, dass dies etwas war, was mir nicht vergönnt wäre. Aus heiterem Himmel war diese Furcht weg. Ich würde diesen großen Traum eines Tages erleben. Vielleicht musste ich offener werden, verschiedene Möglichkeiten in Betracht ziehen. Es war möglich, dass ich eines Tages endlich diesen berühmten zweiten Strich auf einem Test bestaunen durfte, aber vielleicht wartete das Glück auch woanders. Womöglich war ich, waren wir dazu bestimmt, einem Kind ein Heim und eine Zukunft zu schenken, das ohne Chancen auf die Welt gekommen war? Ich würde es irgendwann wissen. Und mit Kristan hatte ich den Mann an meiner Seite, der für jede Eventualität bereit war. Der es ebenso wollte wie ich. Ja, ich würde eine eigene Familie bekommen. Der Weihnachtsmann hatte es mir versprochen und ich musste jetzt daran glauben. Und, nun ja, meinen Teil dazu beitragen, dass es vielleicht doch auf die althergebrachte Weise passieren konnte. An mir sollte es nicht liegen, ich würde mit dem größten Eifer alles geben, um es möglich zu machen. Ich sah in Kristans schöne Augen und musste lächeln.

»Pass auf, was du dir wünschst, mein Liebster. Es könnte schneller in Erfüllung gehen, als du denkst. Vor allem, wenn dieser unsägliche Weihnachtsklaus seine Finger im Spiel hat.«

»Nun, ich hoffe doch schwer, dass in dieser bestimmten Sache nur ich meine Finger haben werde«, wandte Kristan mit samtweicher Stimme ein.

Ich ließ es nur zu gerne geschehen, dass er mich dabei wieder in seine Arme zog. Ich sah zu ihm auf und genoss es, dass ich die Frau war, die den Atem dieses wunderbaren Mannes mit einem Blick so vielversprechend beschleunigen konnte.

»Nur du«, versprach ich aus ganzem Herzen. »Für immer und ewig.«

# Bevor wir uns verabschieden …

… möchte ich mich ganz herzlich bei Ihnen bedanken, dass Sie Fine durch diesen turbulenten und einzigartigen Advent begleitet haben. Ich wünsche Ihnen von Herzen, dass Sie ebenfalls nie den Glauben an die Magie dieser ganz besonderen Jahreszeit verlieren und ebenso glücklich und voller Hoffnung das Fest der Liebe feiern dürfen. Ich hoffe, dass ich mit dieser Geschichte einen kleinen Beitrag dazu leisten konnte.

Wenn dem so war und Ihnen das Buch gefallen hat, würde ich mich über eine Rezension sehr freuen.

Wenn Sie gerne noch mehr romantische Geschichten miterleben möchten, dann **folgen Sie mir auch gerne auf Amazon**. Sie werden dann informiert, wenn ein neues Buch erscheint.

- Suchen Sie einfach auf Amazon.de oder in der Amazon App nach diesem Buch.
- Klicken Sie auf den Autorennamen, um zur Autorenseite zu gelangen.
- Klicken Sie dort einfach auf den **Folgen-Button**.

Oder scannen sie einfach diesen QR-Code, um direkt auf die Autorenseite zu gelangen:

# Weitere Bücher der Autorin:

- Meeresflausen
- Verdammt, es könnte Liebe sein (Little Lovemere 1)
- Wenn's dumm läuft, ist es Liebe (Little Lovemere 2)
- Und so was nennt sich Fest der Liebe (Little Lovemere 3)
- Die vermutlich beste schlechteste Idee ever (Das vermutlich beste Team ever 1)
- Der vermutlich beste schlechteste Kuss ever (Das vermutlich beste Team ever 2)
- Kisses in London Drei Worte
- Kisses in London Drei Dates
- Kisses in London Drei Hochzeiten (Okay, zweieinhalb)
- Vorlaute Blumen und andere Eskalationen
- Verliebte Bücher und andere Schlamassel
- Tanzende Törtchen und andere Herausforderungen
- Beschwipste Früchtchen und andere Weihnachtskatastrophen
- Flamingo-Sommer
- Kolibri-Sommer
- Kakadu-Sommer
- Alles nur Ansichtssache ?!
- Alles nur Familiensache ?!
- Alles nur Vertrauenssache ?!
- Diese Sache mit Paris
- Von Muthasen, Fellnasen und dem ganz normalen Wahnsinn mit der Liebe
- 99 Tage mit Julie
- Verwünscht - Manchmal ist das Falsche richtig
- Drei Väter sind dann doch zu viel
- Maxi - Wer will schon einen Mann mit Porsche?
- Das Christkind wohnt in Hütte 7
- Das Glück wohnt in der Hütte 7
- Die Liebe wohnt in Hütte 7
- Believe - Mit dir kamen die Wunder (Sammelband)

# IMPRESSUM

1. Auflage Oktober 2023



Cover-/Umschlaggestaltung:

Buchgewand | www.buch-gewand.de

**Unter Verwendung von Motiven von**

depositphotos.com: Prikhnenko

stock.adobe.com: ArtPavo, Bombdesign, Salindar, Saichol, Arlenta

Apostrophe, Ann Lou

Innengestaltung: Franziska Erhard

Unter Verwendung eines zusätzlichen Motivs von

Chrystal Elizabeth auf Pixabay

Korrektorat: Doris Eichhorn-Zeller | www.perfekte-texte-coburg.de

Franziska Erhard

Rosenstr. 21

76337 Waldbronn

franziska.erhard@gmx.de

ISBN: 9798860780873

Imprint: Independently published

Franziska Erhard

Rosenstr. 21

76337 Waldbronn

franziska.erhard@gmx.de

Printed in Poland
by Amazon Fulfillment
Poland Sp. z o.o., Wrocław

29766180R00165